侦探灰瞳

未 / 来 / 危 / 机

郑星 ◎ 著

中国致公出版社　　知音动漫

知音动漫图书 · 漫客小说绘出品

目录 CONTENTS

- 001　第一章　宇宙航线
- 029　第二章　三口之家
- 057　第三章　怪物凶猛
- 085　第四章　猴子与打字机
- 117　第五章　死亡回旋
- 145　第六章　罪恶之眼
- 175　第七章　推下神坛
- 205　第八章　无人驾驶
- 233　第九章　人间快乐指南
- 261　第十章　闪电脉搏

第一章

宇宙航线

YU ZHOU HANG XIAN

1

"让我们为威尔凯斯星举杯。"

时隔五年,又是一个十二月,威尔凯斯号飞船上的十位宇航员全部从睡梦里醒来,他们要花一个月的时间,对飞船进行全面的检查,以保证它能继续安全地向他们的目的地威尔凯斯星进发。

在这期间,他们可以与地球进行联系,为家人送去问候,也可以学习这五年来地球上的新知识,了解地球上的重大新闻,以防与故乡脱节。

到了平安夜那天,众人齐聚在飞船会议舱里,一起庆祝他们在宇宙里又平安航行了五年。

"这是我们离开地球的第几年?"庆祝会上,有人感慨着发问。

"第五十年,我们离开地球已经五十年了。"船长Jam给大家搬来一些小金属罐,"尝尝仓库里2022年的红酒。"

"2022年……听上去已经是很遥远的年份了。"

"值得庆幸的是,我们还未变老。"Jam转头看向飞船的窗户。有了黑暗的宇宙作为底色,窗户能清晰地照出他们的脸庞。按照地球上的时间来算,他们都已有七八十岁了，但单从容貌上讲，他们还是青年。

"这多亏了休眠舱，让我们永葆青春。"

"休眠舱只不过是让我们延缓衰老罢了。"

"喂喂喂，你能不能不要这么扫兴！"

庆祝会上，众人轻松地聊着天，然后就看到会议舱的门滑开，严威走了进来。有人问他要不要喝2022年的红酒，严威脸上的表情让众人都有点儿困惑。

诚然，严威以往总是显得沉默阴郁，但不至于像今天一样，让人有些……嗯……怎么说呢……大家在脑子里寻找合适的词汇，最终，他们明确了自己的感受——今天的严威，让人有些害怕。

就在众人想问他发生什么了的时候，他们看到严威一边走向Jam，一边从衣服里掏出了一个银质的针筒。

一瞬间，飞船里的画面变得异常缓慢。

严威一手箍住Jam的肩膀，将他拉到了自己面前，一手举起针筒，朝着他的心脏用力地刺去。

周围在聊天、喝酒，在听地球近五年TOP5热曲的船员们纷纷露出惊恐的表情。

尖叫声响起。

"停！这一段不用给我慢放。"会议舱里，身着S&T制服的路隐转头看向自己的助手莫闻。

莫闻一惊，暂停住了会议舱里的画面。

此刻，严威正把针筒里的毒液注进Jam的身体里，周遭的船员个个表情狰狞。

"我以为这个过程很重要。"同样身着S&T制服的莫闻露出尴尬的笑容。

"是，这个过程是很重要，但你不用三次都在这里慢放。"

莫闻咧嘴一笑，露出一颗小虎牙来："重要的事情慢放三遍嘛。"

路隐用一只是黑色、一只是灰色的眼睛斜了他一眼。莫闻心领神会地闭了嘴,取消了慢放,重新按下了播放键。

会议舱里,Jam应声倒下,众人飞奔过来拉开了严威。

有人赶紧查看Jam的情况,有人则拾起掉在地上的针筒大喊:"TR2原液有解毒方法吗?"

"没有。没人能解TR2原液的毒!"有人给出了肯定的回答。

"Jam!Jam!"有人则呼唤着Jam的姓名。

然而没过多久,Jam的眼神就开始涣散,他瞪着眼睛,直直地看着会议舱的上方。

上方的天花板上印着地球的样子,那是他再也不能回去的家。

路隐走到人群中,俯身盯着Jam的脸良久,才对莫闻举手示意。

莫闻又一次暂停了会议舱的画面。

"需要我倒回去吗?"

"不必了。你关掉吧。"

莫闻闻言,关掉了三维影像,飞船的会议舱消失了,惊恐的船员们也不见了踪影。偌大的房间呈现一片空白,空白之中只剩下路隐和莫闻。

"威尔凯斯号飞船的监控好厉害,传回来的记录组成的三维影像都能让人身临其境。"莫闻不无感慨,"那可是五十年前的监控系统啊。"

"五十年前其实并不遥远。"路隐站在空白的成像室里说道。

"可对我来说,五年前我都觉得很遥远。"莫闻说。

"所以威尔凯斯号飞船对于你们这一代人来说,很遥远?"

"老大,你不过比我大十岁,不要用'你们这一代人'这种句子吧?"

"十年一代,有异议吗?"

"没,没有异议。"莫闻挠挠头,"不过话说回来,威尔凯斯号飞船对我们这一代人来说,的确是很久远的存在。毕竟我还没出生,它就在宇宙里航行了。我每次听到它的新闻都很惊讶,原来宇宙里还有这么一艘飞船哦。"

说到新闻，路隐看了莫闻一眼："所以你已经了解过他们之前的案子？"

"嗯。"莫闻点点头，"我了解过，从十五年前开始，每隔五年的全员苏醒时期，飞船上都会有人死去，就像诅咒一样。"

"就像诅咒一样。"路隐低声复述着莫闻的话，异色的瞳孔中闪过一道冷光。

"所以老大，我们接下来去干什么？"

"去会会这次的杀人凶手——严威。"

莫闻操作自己手中的平板电脑，成像室的场景瞬间切换，一张桌子和三把椅子从地板下升起，整个空间变成了审讯室。

被关在飞船囚禁室里的严威，以虚拟的影像，出现在了桌子的另一头。

"你们是？"他大概听到了囚禁室的提示音，发现自己与审讯室有了联系，从沉默里抬起头来。

"我是 S&T 调查专员路隐。"

"莫闻。"莫闻紧接着简练地介绍自己。

严威露出狐疑的神色："S&T？"

"Science and Technology。"路隐解释道，"你们在宇宙里航行太久可能不知道，随着科技的发展，有关科技的案件越来越多，所以我们就单独成立了一个带有实验性质的科技案件调查组，简称 S&T。"

"所以你们算是警察？"

"我们只会称自己为调查专员或是侦探。"

"严谨。"严威扯着嘴角笑了笑。

"多谢夸奖。"路隐的异色瞳孔聚焦，"如果没有别的疑问，我们想听听你为什么杀了你们的船长 Jam。"

"不，我有疑问。"严威收起笑意，看着路隐，"你为什么不把你这只灰色的假眼设置成黑色？"

"咳咳。"莫闻企图用咳嗽打住这个话题，但是严威根本没有理会他。

"因为你心里有恨。你让假眼保持初始颜色，是为了提醒自己，记住失去一只眼睛的仇,对吗?"严威向路隐发问。

莫闻心情复杂地偷偷看向路隐。

但路隐似乎并没有被严威略带挑衅的话语刺激到。他一如既往地镇定,眼睛直视着严威:"所以,你对 Jam 也有恨吗?用剧毒杀了他,为什么?"

严威以沉默回应路隐,似乎不想聊这个话题。

但是路隐戳穿了他:"你无须演一个心有城府的凶手。你毫无掩饰,在如此高清的监控之下杀死 Jam,不就是为了坐到这里,把自己的苦衷说一说嘛。"路隐冷笑一声,道,"我们时间宝贵,处理完你的案子,我们还要去救掉进水里的智能猫咪,或者调查扫地机器人到底有没有吞掉女主人的钻戒进行倒卖之类的案件呢。"

严威没想到自己的表演这么快被识破,嘴角抽搐了一下。

路隐见他还不开口,瞥了一眼莫闻手里的平板电脑,上面列有威尔凯斯号飞船这十五年来的其他三起死亡案件的新闻。

"如果你不知道从哪里开始说,那就从十五年前的船员丁宇死亡案开始说吧。"

严威的身体颤抖了一下,他问道:"你怎么知道事情是从那时开始的?"

"我猜的。"路隐露出一个轻松的微笑。

莫闻知道他在撒谎。

2

十五年前,威尔凯斯号航行的第三十五年。

又一个十二月,飞船上的十三位宇航员第七次全部苏醒……

他们像往年一样,要在接下来的一个月里,检查飞船的安全系统,学习近五年的地球知识,并为地球的新年举杯庆祝。

这一切跟以往没什么不同,他们只要好好完成任务,等苏醒期结束,其中的十二位船员就会重新进入休眠舱休眠。剩下的一位，将要在之后的一年里，以人工的方式值班，以免飞船遭遇系统无法应急的变故。一年之后，这位值班者会唤醒下一位船员，代替自己值班，他则进入休眠状态。如此往复，直至飞船抵达目的地。

"我们还有多少年才能抵达威尔凯斯星啊？"第三十五年，严威第五次在平板电脑上读完《自然哲学的数学原理》，转头看向船舱窗户外的无尽宇宙，呢喃道。

"预计还有七十年。"丁宇一边回答着严威的问题，一边从密封的罐子里挤出一个棕色的小球，把它塞入嘴中。

"你喝的是浓缩奶茶？"

"不，是咖啡。"棕色的小球在丁宇的嘴巴里融化，变成液体，顺着他的喉咙流下去。

严威看着他滚动的喉结，道："你不是最讨厌苦的东西吗？"

"没办法，待会儿要出去维修飞船 B2 区域的外壁，得靠这苦东西提一提神。"丁宇皱了皱眉头，"这玩意儿真苦啊。"

"要我从仓库帮你拿点儿工业糖精吗？"严威靠在窗边，轻松地同丁宇聊天。

"糖是好东西，即使是工业糖精也能让人感到快乐，但是却不抗衰老啊。为了七十年后不比你们老，还是算了。"丁宇吐了吐舌头，同样语气轻快。

对于他们来说，出舱作业并不是件难事。严威也曾经维修过飞船外壁，那时有颗陨石把 C12 区的铁板砸出了一个窟窿，他和丁宇在宇宙里修了半天。

"对了，你这次任务的搭档是谁啊？"

"是咱们的大领导。"

"Jam？"

"没错。"丁宇耸耸肩，"所以搞得我压力很大。"

严威想，自己若是跟 Jam 出舱作业，应该也会有些紧张。毕竟他们听过他太多的"传说"。

第一章 宇宙航线 YU ZHOU HANG XIAN

传说 Jam 从小智力超群，小学的时候，语文老师问同学们有什么梦想，Jam 回答说自己以后想当个炼金术士。老师礼貌地夸他想法很棒，说只要心中有魔法，未来就有希望。但 Jam 皱了皱眉，对老师说："这不是魔法。如果我们从汞原子里剥离一个质子和三个中子，就能造出金原子。"

语文老师："哦哦哦，我们让下一位同学说说自己的梦想。"

后来长大一些，Jam 英俊的容貌反倒成了他最惹人注目的地方。朋友让他去当明星。他摇头，说："我不想因容貌被大众记住，我想像牛顿那样，靠自己的才华被写入史册。"

朋友笑他："你有什么办法流芳百世？"

他抿着嘴轻轻一笑，说："我想找到组成物质的颗粒中，比夸克还小的颗粒。"

朋友："哦哦哦，所以你现在要不要跟我一起去喝酒？"

Jam 没去喝酒，他不想对酒精上瘾。但后来，他对自己的学术上了瘾。大学时期，他在科室做项目，做得昏天黑地，隔壁的研究室着火了他都没反应过来。最后，他自己傻乎乎地从火场走出来的画面被记者放大做成头版头条，成了一则新闻。

反差萌的高智商帅哥是偶像剧里最爱演的男主人设，吸引了不少女性粉丝的关注。他不仅受邀参加各种科普讲座，还给他们自己的项目带去了巨额的投资。那时，就连不爱关注新闻的严威也知道他的姓名。

Jam 本可以成为现代科学的宣传者，享受世人的拥戴，但他却毅然加入了长达一百零五年的威尔凯斯星计划。该计划的具体内容是机密，大众只知道有十三位宇航员要前往遥远的星球，开展某项科学实验，其中就有 Jam。

一时间，Jam 拥护者的声音充斥网络，有人支持他对事业的追求，有人伤心自己有生之年可能没有机会再见到自己的偶像。

在众人热烈的讨论声中，威尔凯斯号起航，飞向无垠的宇宙。Jam 因为各项考核都是最优秀的，被任命为威尔凯斯号的船长。

尽管过去了三十五年，人们对 Jam 的讨论不再热烈，他的很多拥护者有了新的偶像，但在船员们的心里，这位英俊的船长依旧是传奇般的存在，所以跟他出舱作业，有压力也很正常。

"但也不是所有人都有机会跟 Jam 出舱作业。"严威拍了拍丁宇的肩膀，鼓励道。

跟 Jam 一同作业，一般情况下代表着你能更快更安全地下班休息。

丁宇也这么认为，所以他呼出一口气，就去穿他的宇航服了。

但是令众人都没有想到的是，这一次，丁宇并没有活着回来。

在出舱维修的过程中，因为丁宇的操作失误，B2 区的几块铁板猛地飞起，直接朝着他的胸口砸去，他的身体被弹出去又被安全绳拽了回来，撞在了飞船外壁上，只那么一下，他就吐出一大口血来。

当 Jam 用尽全力把丁宇拉回舱内时，接到警报的众人已经围了过来。

众人关闭了舱门，把丁宇抬到了地上。严威摘下了丁宇被鲜血浸染的面罩，血一点一点地滴落在地板上，像曼陀罗花竞相绽放，而丁宇已经无法抵达彼岸。

威尔凯斯号上第一次出现如此重大的事故，众人都陷入无尽的感慨和悲伤之中。反倒是亲历丁宇死亡的 Jam 保持冷静，向地球发送了事故报告，并且通知了宣传部门，在向大众公布情报时，模糊处理丁宇操作失误的部分。

他想要给逝者留下最后的尊严。

严威能理解他的做法，如果这一次死的是他，他也不希望世人知道是自己的失误才导致了这样的结果。

那时，他对 Jam 心生敬佩，认为他的确能担任威尔凯斯号的船长，因为他不仅业务能力强，还够有心。

"啊，我想起来了，我小时候画过丁宇！"虚拟的审讯室里，莫闻突然想到了自己的童年，"那个时候，电视上天天播放威尔凯斯号船员执行任务出意外的新闻。为了纪念死去的英雄，我曾经在老师的组织下，画过宇航员丁宇。"

"在当年,这新闻的确闹得很大。"路隐并不否认。

"那也是我第一次知道,原来有一艘威尔凯斯号在宇宙里。"莫闻说。

"没错,当时网上也有很多人如此感慨。"严威回忆道。

"不过你说的这起死亡案件里,Jam 似乎并不坏啊。"莫闻发出了疑问。

严威冷笑道:"因为他是从胖喜死亡时,才变得可疑的。"

3

胖喜因为脸圆嘟嘟的,又爱吃,大家便都叫他胖喜。

威尔凯斯号航行的第四十年,第八次全员苏醒前,在飞船里值班的人就是胖喜。

众人从休眠舱里苏醒,就看到了胖喜为他们准备的小零食。天知道他是怎么在飞船里烤出蛋挞来的。但众人都觉得,他有这个本事。

"胖喜,你又胖了一点儿哦。"与他要好的阿川跟他拥抱,掐掐他脸上的肉。

胖喜也不躲,一如既往憨憨地笑,不过明眼人都能看出那是假笑。毕竟被说胖对胖喜来说不见得是好事。

严威瞥了一眼爱打趣的阿川,转身看向一旁的霍妮。她是飞船上的程序专家,此刻正拿着手机浏览地球上过去五年的信息。

"天哪!连他都会塌房!"不知刷到什么新闻,霍妮发出惊叫。

看她如此八卦的样子,严威低头笑了笑。

阿川这时却又跑过来打趣:"这位女士,按照地球时间,你都可以当这位男明星的奶奶了,还幻想跟他演偶像剧呢?"

"你滚开!"霍妮不耐烦地骂道。

阿川刚要开口再说些调侃的话,就看到 Jam 走了过来,他立刻收敛了不少。

只见 Jam 走过来,看了一眼霍妮,问道:"这五年,地球上有关于我们的报道吗?"

"有的，前几年……丁宇的事还有人讨论，不过也很少了……"

"除了那件事，就没有别的讨论了？"

"没有了。"

Jam 了然地点点头，若有所思地离开了，留下其他人陷入了回忆里。

丁宇的逝世仿佛就发生在昨天。那种失去朋友的痛苦，如潮水般涌上来。

"别想这些了，吃吃胖喜给我们准备的蛋挞吧。"阿川不知何时拿来了胖喜做的蛋挞，殷勤地塞到女生们的手中，然后对严威说："严威，蛋挞你自己拿。"

严威无奈地摇了摇头，自己去拿蛋挞，却看到 Jam 把胖喜拉到了一旁。他没有故意想要偷听，但 Jam 脸上凝重的表情让他有些疑惑，于是他偷偷地往两人凑近了一些。

"发生了什么？" Jam 严肃地问胖喜。

胖喜脸上却仍挂着憨憨的笑，道："没有发生什么，一切都好，船长。"

"不,不对。" Jam 摇头，"别人不了解你，但我了解你。你不喜欢别人说你胖，所以一直在控制身材，但是你现在还是胖了。"

"一不小心吃多了。"

"胖喜，你一伤心就想用食物麻痹自己，这才是你长胖的原因。" Jam 压低声音，"到底发生了什么？"

"我真的只是吃多了。"胖喜仍然嘴硬。

Jam 有些生气："别忘了，我有权力去心理咨询室调阅你们每个人的心理报告，只要你有去那里咨询过。"

威尔凯斯号的心理咨询室是严威值班时最常去的地方，因为那本书籍形状的机器人可以跟他聊上一整个世纪。当然，它也会记录每个人的心理状况，以及他们分享的所有烦恼。

一听到船长有权力调取自己的心理报告，胖喜脸上虚假的憨笑终于消失了。严威看到他的情绪渐渐失控，几乎要哭出来了。

Jam 问道："我们去厕所聊聊？"

飞船上唯一没有监控的地方就是厕所。

胖喜点了点头。

这下，严威也没机会知道胖喜说了什么了。他只知道，从那之后的半个月里，Jam 经常找胖喜"去厕所聊聊"，每次聊完，胖喜的眼睛都是红红的。就连最不敏感的阿川也察觉到，胖喜似乎情绪不佳。

但那时大家都觉得，不要去打扰胖喜，让他自己消化情绪才是正确的选择，毕竟能登上威尔凯斯号的人，都经过高强度的心理训练。最不济，那台"心理之书"也有办法开导他。

然而一个集体入眠的夜晚，严威被尿憋醒，起来上厕所时，却在厕所里看到了死去的胖喜。他瘫坐在马桶上，双手下垂，右手边的地板上掉落着 TR2 原液注射器——这玩意儿是为了杀死可能存在的外星生物而研制出来的，而胖喜的左手上，有一个注射的针孔。

严威愣愣地看着厕所里的胖喜，温暖的黄光打在他脸上，映出一条浅浅的泪痕。

"胖喜。"严威轻声叫他，即便他知道所有的呼唤都是徒劳的。

严威感觉自己的心脏在愤怒地狂跳，他告诉自己必须努力地压制住情绪，但按下厕所墙壁上的警报按钮时，他的手仍抖得厉害。

警报声响起，整个船舱从熄灯状态转成开灯状态。众人纷纷从调成普通睡眠模式的休眠舱里醒来。

"是谁大半夜上厕所不带纸！老子要杀了他！"第一个冲来的是阿川，他手里还拿着一卷卫生纸。

"严威？"他看到伫立在厕所门口的严威，刹住脚，"你按的警报？"

严威失神地点点头，目光一直对着厕所里的胖喜。

于是下一秒，阿川手里的卫生纸掉在地上，滚出去长长的一条。

"上厕所没带纸也不需要按警报吧？"被吵醒的众人嘟囔着围过来，却在看到胖喜尸体的瞬间，纷纷瞪大了眼睛。

阿川颤抖着爬到胖喜面前，伸出手探了探他的鼻息，眼泪瞬间涌了出来。

"喂，你这个家伙！给我醒醒！给我醒醒啊！为什么啊？你为什么啊？"阿川难以置信地掐着胖喜的脸蛋，一如往常他调戏他一样。

霍妮则捂着脸哭泣着问严威："这是怎么回事？胖喜他自杀了？"

"不，也有可能是他杀。"严威冷冷地说道。

"什么意思？"

"我刚刚起来上厕所的时候，厕所门是关闭的，而且关了很久。这导致我在黑暗里等了很久，顺便看了一会儿星空。"严威指指自己刚才所站的窗户所在处，"那时船舱漆黑，我隐在黑暗里……然后我看到有人从厕所里走了出来，于是我准备开门进去上厕所，结果打开厕所门，就看到了胖喜现在这个样子。"

"你的意思是……有人杀了他？那个人是谁？"霍妮惊讶地问道。

"是我。"Jam 的声音从他们身后传来。

众人惊诧地转过身，看到 Jam 眼睛通红地站在人群的最外圈。以往，他总是冲在最前头。

"严威看到的那个离开厕所的人是我。"Jam 一板一眼地说，"但我没有杀胖喜。"

从 Jam 口中，严威终于听到了胖喜隐藏在微笑下的痛苦。

胖喜有一个相依为命的弟弟，他罹患重病，需要高昂的医药费来维持治疗，所以胖喜便以生物学家的身份加入了威尔凯斯号的计划，用自己在宇宙里的漫长旅途，换取弟弟在地球上短暂的生命。

弟弟也足够争气，这些年来一直没有被病魔打倒。可再坚强的人，面对病魔有时也会败北。这一次，胖喜从休眠舱醒来，与阿川交接，进入值班状态，却怎么也联系不上地球上的弟弟。他心里隐隐有了不安，在屡次与总部取得联系，对方多次敷衍之后，他还是逼问出了弟弟的情况——他的弟弟死于一次创伤感染，他唯一的亲人就此化作一捧尘埃。

对于胖喜来说，这样的结果，他是有心理准备的。弟弟能撑这么多年实属不易，他应该觉得庆幸了。可是，在孤独而漫长的一年值班时间之中，他独自面对亲人离世的痛苦，被悲伤的情绪压得喘不过气来。独自游走在威尔凯斯号里，如同机器一样例行公事地进行检查时，胖喜觉得自己形同僵尸。

这期间他做过很多尝试，他以为心理咨询室里的"心理之书"会对他有帮助，他以为塞进嘴里的食物会有帮助，他以为自己把痛苦告诉苏醒后的 Jam 会有帮助……

但都没有用，从心理咨询室里拿出来的药物与食物一样没起什么效果，Jam 的劝解也无济于事。

所以最后他决定不再与痛苦搏斗，他决定缴械投降。他拿了 TR2 原液注射器，躲进了厕所里。

等值夜班的 Jam 发现胖喜的休眠舱里没人，而监控里也没有胖喜时，他狐疑地走去了厕所。

作为船长，他可以打开飞船上的任意一扇舱门，包括厕所的门。可就算如此，他还是迟了，胖喜已经将 TR2 原液注射进了自己的手臂里。

"胖喜！"他冲进厕所，厕所门随即关上。

那时，胖喜尚留有一些意识。

Jam 握住了胖喜的手。

"胖喜！"

"船长，对不起，这趟航班太孤独了。"他已经失去了寄托，漫长的航程对他来说是一种恐惧。

Jam 紧紧握着胖喜的手，终于流下泪来："我知道，我知道这里太孤独了。"

胖喜再也说不出一句话来，但是他像是得到解脱似的，露出了憨憨的笑容。但这笑容转瞬即逝，因为他立刻失去了所有的力气。

Jam 不知所措地瘫坐在胖喜面前良久，才慢慢起身，离开了厕所。

"那你为什么不按下警报？"听完 Jam 的陈述，严威质问道。

"胖喜已经死了，没有救了，按下警报有什么用？把所有睡了不到四小时的人吵醒，能更好地处理这件事？"

"所以你离开后去了哪里？"

"我去向地球总部汇报情况。"

"真不是你杀了胖喜吗？！"

"霍妮不仅是程序专家，也是痕迹学专家，她可以判断，到底是我还是胖喜自己把注射器的针刺进了他的手臂里。"Jam镇定地说道。

"所以胖喜真的不是Jam杀的？"虚拟的审讯室里，路隐抬头看向严威。

"那一针的确不是Jam刺的。霍妮在注射器上只发现了胖喜的指纹，而胖喜左手上注射器针尖的形状，的确是他自己用右手才能刺出来的。"

"但他可以从后面抱住受害人，模拟右手扎针。"莫闻说出另一种可能。

"首先，飞船上的厕所很小，胖喜又有点儿胖，这样的操作很困难。另外，霍妮也没有在胖喜的衣物上提取到Jam的毛发或指纹，你提出的可能性十分小。更何况胖喜的心理报告证明他的确有抑郁症。"

"可是我怎么记得，新闻上说胖喜是死于过度劳累？"路隐垂下异瞳，看了一眼桌上平板电脑里的资料，"这也是Jam的'贴心之举'？"

"没错。在这件事上，Jam也模糊了事实。"

"为了什么？"莫闻问。

"为了让人们歌颂宇航员的艰辛？"路隐紧跟着问。

严威点了点头。

莫闻想起来了，当年胖喜的新闻报道出来后，网上又掀起了一阵对威尔凯斯号的关注。

"宇航员太不容易了！"

"威尔凯斯号是什么呀，我以前都没听过！我是小学生。"

"我们不能忘记，还有一艘威尔凯斯号在宇宙里，为了科学探索而翱翔！"

……

第一章 宇宙航线 YU ZHOU HANG XIAN

莫闻想起了当年看到的这些评论。

"可是,"莫闻疑惑道,"因为工作罹患抑郁症而自杀,不能让人们感受到宇航员的艰辛吗?"

"不,对于宇航员来说,自杀等于背叛。辜负组织与人民的信任,是可耻的。"路隐一针见血地说。

严威点了点头。

而这时,路隐把话头又转回到严威的身上:"严威,"他的灰色瞳孔快速地转动,"我刚才问你'所以胖喜真的不是 Jam 杀的?'时,你并没有正面回答我。你说'那一针的确不是 Jam 刺的'……在你心里,你还是觉得 Jam 杀了胖喜?"

严威陷入了沉默。

良久,他才开口,缓缓道:"至少,我觉得他间接杀害了胖喜。他明明有机会救他的……但他任由他死去……他可是船长!他有责任保护每个人的生命安全!但他没有这么做!"

"你觉得他没有这么做的理由是什么?"路隐犀利地看着严威。

严威颤抖着道:"因为他想要用船员的牺牲,让世人记住威尔凯斯号,让世人记住他自己!只有威尔凯斯号闹出一点儿动静,地球上的人们才会一直记得它。在这之前,我们已经在宇宙里航行了数十年,地球上的人早已不关心我们了。你们更关心新的航天项目,更关心新的明星的八卦新闻,你们早就忘了宇宙中有我们这群为了人类科学事业深陷孤独的旅途之中的人。Jam 不甘心,他可是想要像牛顿一样名垂青史的人啊。他当年参与威尔凯斯星计划,也是因为这个理由吧。更何况,他曾经可是享受过万众瞩目的宠儿,他怎么能允许自己被遗忘?他从丁宇失事的新闻里尝到了甜头,所以在面对胖喜时,他任由他死去,只为再创造一个新闻!"

路隐打断了他的话,说:"可有时候,人们真的很难阻止一个决心去死的人。"

"不,你听我说,他还怂恿了一个人自杀!"严威咬牙切齿地说道。

路隐看了一眼资料,威尔凯斯号的第三起案件,死的人是霍妮。

4

严威听说霍妮一开始拒绝加入威尔凯斯星计划,原因是威尔凯斯号不允许携带宠物登船。后来,在威尔凯斯星计划筹备的过程中,她的宠物狗波咚寿终正寝,这才让她放下牵挂,前往威尔凯斯星。

所以一开始,严威觉得霍妮不太靠谱,但是后来他发现霍妮除了对宠物母爱泛滥之外,她在自己领域里的专业度足够让她登上威尔凯斯号。

虽然她不像阿川那么跳脱,但她与生俱来的活泼和与人交往的能力,还是让严威印象深刻。

然而她的生命戛然而止于威尔凯斯号航行的第四十五年,第九次全员苏醒的十二月。

一开始一切如常,似乎什么也没有改变,直到追思会那天。

是霍妮组织大家来纪念逝者的。

飞船上的每一个人都赞成她的想法。上一次苏醒月,他们并没有有仪式感地缅怀逝去的丁宇,因为每个人都想逃避朋友离世的痛苦。但是经历了胖喜的事件,他们反倒有勇气来讨论死亡的话题。

除了忙于自己任务的 Jam,其他人都参加了追思会。

追思会上,大家尽可能地用轻松的话语,来回忆与丁宇、胖喜相处的日子。可就算如此,说到最后,大家还是或多或少有些哽咽。

尤其是到了霍妮做总结发言时,她双手合十,终于忍不住流着泪祈祷:"愿逝者原谅我们的过错,安息。"

阿川听完,想到胖喜,忍不住哭了起来。

严威的心情也无比沉重。他时常在想,自己无法阻止丁宇的逝世,但当年他或许可以阻止胖喜自杀。如果他当时没有抱着"让他一个人静一静"的想法，而是走到他身边问他到底发生了什么，会不会就有机会劝住胖喜？

悔恨令严威难受无比，追思会结束时，他甚至想去心理咨询室给自己做一场心理治疗。

然而就在这时，他看到了Jam。

他叫走了霍妮。

五年前，Jam也是这样一脸严肃地叫走了胖喜。

严威的心里有隐隐的不安，本想偷偷跟上去听一听他们的谈话，却被阿川拦住了。

"哥，你怎么还不去换宇航服？你没看到任务表？我们待会儿要搭档去修飞船C3区外壁。"

"那外壁是怎么损伤的？"严威看了一眼Jam和霍妮离开的方向，犹豫了一下，还是决定先专注于面前的任务。因为他们如同军人，以服从命令为第一要务。

"霍妮说，在她值班期间，有一颗小陨石砸到了上面。"阿川解释道。

"哦，在所难免的事。"严威一边说着，一边跟阿川去取衣服。

他本以为这是一次简单的修补，但不知是在执行任务时想到丁宇，还是休眠太久手脚不太灵活，在维修的过程中，有一个组件怎么都合不上。折腾了半天，两人才把这项任务完成，回到船舱里。

那时严威累得满头大汗，疲惫让他暂时忘记了Jam和霍妮。

明天再去问问霍妮到底发生了什么吧。

严威往嘴里塞了一块压缩饼干，喝了一口水，就躺进了休眠舱里休息。

结果第二天，他被阿川的尖叫声惊醒。

众人又一次围在了飞船唯一的厕所外面。

霍妮像当年的胖喜一样，毫无生机地瘫坐在马桶上，右手上还拿着每个船员都有预备的TR2原液注射器。众人初步判断，她和胖喜一样，是自杀身亡。

飞船的监控也显示，在众人苏醒之前，失魂落魄的霍妮独自一人进入了厕所，再也没有出来。

可是……

"为什么，为什么霍妮会自杀？！"阿川不相信如此活泼开朗的霍妮会这样结束自己的生命。

"太可怕了！我们难道被诅咒了吗？！"船员中有人不可思议地叫嚷起来。

人心惶惶之时，Jam 在霍妮的储物柜里发现了她的遗书。

"对不起，这无尽的航程太无聊了……"

"这是霍妮的笔迹吗？"严威不禁发问。

众人调出霍妮曾经的笔记进行对比，发现这遗书是霍妮亲笔写的。他们还发现，纸上有泪痕。

"所以，她和胖喜一样，受不了值班时的孤独就自杀了吗？！"阿川抓耳挠腮，有些暴躁起来。

"孤独这么……可怕吗……可是她这些天，一点儿都没表现出来啊……她甚至还组织了追思会……"

"她没有去心理咨询室吗？"严威咬了咬嘴唇，转头看向一旁的 Jam。

"没有，我调取过她的心理报告，并未显示她值班期间以及最近几天进过心理咨询室。"

"不可能，她受过专业训练，知道自己心理出了问题，一定会去心理咨询室的！"严威提高了音量，"Jam，你昨天单独叫她去干了什么？"

所有人的目光聚集到了 Jam 身上。

"我去询问她，在她值班期间，陨石撞击飞船 C3 区外壁的情况，总部认为她当时没有进行完整的记录，存在失职的情况。如果你不信，我可以给你调她写的报告记录原件。而你和阿川执行任务前拿到的那份，是总部重新模拟后的报告。"Jam 直视严威的眼睛，"你该不会以为是我害了她吧？"

"你们的谈话在哪里进行的？"严威咄咄逼人地追问道。

"在会议舱里单独进行。"

"我们能否查看监控记录？"

"不能。"

"为什么？！"

"监控记录已经上传回地球总部。总部认为她像当年的丁宇一样，犯了低级错误，于是封禁了监控记录。"

"不过是没有完整记录陨石撞击的情况，有严重到要封禁监控记录吗？"

"如果你有任何异议，可以向总部发起调查申请。"Jam 也提高了音量，"还有，我想要提醒你们，尤其是严威！一颗小小的陨石，能让我们整个威尔凯斯星的计划全部泡汤！我不希望再听到有人轻描淡写地说什么'不过是'之类的话！"

严威哑口无言，他刚才的确太莽撞了。他想起昨天那块难以合上的组件，不禁汗颜。

严威忘记那天众人是怎么散去的。他只知道自己看着霍妮的遗体被打包好，抛出飞船之外时，内心仍有无尽的怀疑。为什么活生生的一个人，就这么死了？这一切真的跟 Jam 没有关系吗？

没过几天，霍妮死亡的消息在地球上被公开。不过官方的消息称，她也是过度劳累而亡。

于是，在人们快要彻底忘记威尔凯斯号时——毕竟这个时代信息太多了，五天前的新闻都能被人遗忘，更别说五年前上过头条的威尔凯斯号了——他们再一次记起了威尔凯斯号。

网上有人开始传言：威尔凯斯号是受到了诅咒，不然怎么每隔五年都会出事？

也有人说：你们行行好吧，人家宇航员那么辛苦，你们还说他们受到了诅咒，真没品！

"无论如何，人们没有忘记威尔凯斯号，人类没有忘记你，你更有机会名垂青史了。"严威看向刷着网络评论的 Jam，内心讥讽着。

"可是至此，你也没有证据证明，是 Jam 怂恿霍妮自杀。"路隐打断了严威的回忆，他很想知道，刚刚严威如此斩钉截铁地说 Jam 怂恿人自杀是怎么一回事。

严威冷笑道："因为我无意间发现了证据。"

"什么证据？"

"霍妮遗书的另一半。"

5

威尔凯斯号航行的第五十年，第十次全员苏醒前，值班的人是严威。

按照规定，他要在众人苏醒前检查一遍全员的制服和宇航服。这是项几乎没有什么技术含量的工作，因为若这些服装真有损坏，飞船系统会有提醒。他的检查只不过是走个过场。他甚至怀疑这种检查只是为了让他不那么无聊而设置的。

然而这一次，当他的目光扫过 Jam 的制服时，他忽然没来由地冒出了一个想法。

他取下 Jam 的制服开始仔细检查，也不知道自己突然的执着是为了什么，好像冥冥之中有什么预感在他心中萌芽。

然后，他就在 Jam 制服内里的兜中，发现了霍妮遗书的另一半。它被卷成小小一卷，塞在兜的最里面。

严威躲到厕所里，小心翼翼地打开，看到了霍妮的字迹。

"船长你说得对，死亡才能让我的内心重获平静……"

严威颤抖着把这行字反复读了几遍，心里的怒火已然腾起。面对船员的心理问题，作为船长的 Jam 应该积极地提出解决办法，而不是怂恿对方去死！

既然他怂恿霍妮去死，那么严威有理由相信，胖喜的死也有 Jam 的推波助澜。

严威笃定地想，Jam 做这些，只是为了搞新闻，让地球上的人们不要忘记威尔凯斯号！

他恨不得立刻唤醒 Jam 与他对质，可是当他走进休眠舱的时候，他犹豫了。因为他想到了一件可怕的事……

"什么事？"莫闻看着再次陷入沉默的严威，急切地追问道。

严威的身体微微颤抖，低着头一言不发。

这时，路隐缓缓地开口道："胖喜死之前，Jam 经常拉着他去厕所谈心，因为厕所没有监控，他尚可以在里面怂恿胖喜去死。但是霍妮是女生，Jam 再怎么都不会单独带她去厕所。而除了厕所之外，飞船到处都有监控。如果 Jam 怂恿霍妮自杀，监控就会上传该信息到地球总部。"

"但是地球总部没有反应。"莫闻呢喃着，"可霍妮留下的字条明确说过船长希望她死……这说明……"

"这说明地球总部默许了 Jam 的行为！"严威抬起了头。

"为什么？"

"谁知道呢！也许总部也希望威尔凯斯号有持续的新闻出现被大众记住，这样他们就能拿到更多的投资。也许 Jam 是他们不可或缺的人才，他们舍不得处置他！"严威激动起来。

"所以你最后并不敢跟 Jam 对质，不然全员苏醒时，你就该和众人对他发起讨伐。但是你一直没有这么做，直到平安夜……"路隐的异瞳再次闪出寒光，"为什么你最后会在平安夜杀了他？"

"因为我发现他一苏醒就调取了其他人的心理报告！"严威吼道，"当我发现了 Jam 怂恿霍妮自杀的证据，而又不敢与他对质时，我十分痛苦，从那时起，我就经常跑去心理咨询室……但我无法跟那破'心理之书'说出真实的情况。因为 Jam 有权调取我们的记录！我虽然没有权限调取 Jam 的记录，但是我发现我的记录显示被调取过。于是我去问了阿川和其他人，他们告诉我，他们的记录也被调取过。对他们而言，船长调取自己的心理报告不过是件小事，他们并不在意。但是我知道，Jam 有自己的目的。他想要寻找下一个心理有问题的人，然后故技重施，让他们成为下一个胖喜或是霍妮！"

有了这个猜测，严威再也控制不住自己的怒火。

他不允许这一次的苏醒期再有人自杀。于是他从自己的储物柜里取出了分配给他的 TR2 原液注射器，冲进了会议舱，一针刺倒了 Jam。

严威讲完自己的故事，感觉用尽了力气，他瘫坐在椅子上，失魂落魄。

"可是……"而这一头，莫闻发出了疑问，"可是 Jam 为什么要把霍妮的遗书放在自己的制服口袋里？如果我是 Jam，有证据指认我，我一定立刻把它销毁。"

"我不知道，可能只是他的疏忽吧，以为没人会发现这卷纸条。"严威说。

路隐却换了一个姿势，道："不，我不认为 Jam 会犯下这样的错误。"

"那你以为他为什么会留下这纸条？"

"因为他自责，他悔恨，他要自己记住是他让霍妮走到最后一步的。"路隐指了指自己灰色的瞳孔，"就像我用这只眼睛记住恨一样。"

"行吧，管他怎么想呢，反正是他怂恿霍妮自杀的。"严威手一挥，说道。

"一边怂恿他人自杀，一边又自责，听上去不矛盾吗？"

"谁知道呢，人都是矛盾的。"

"的确，人都是矛盾的。但我想跟你说的是，Jam 并不是导致霍妮自杀的元凶。"

路隐的话让严威怔住了，然后他看到路隐从平板电脑里调出一个视频来。

那是 Jam 和霍妮在会议舱里单独谈话的视频。

严威趴在桌子上，紧紧盯着视频，随即瞪大了眼睛。

与此同时，他听到灰瞳侦探路隐说："Jam 并不是怂恿霍妮自杀，而是接到总部的指令，命令霍妮自我了结。"

威尔凯斯号预计在宇宙航行一百零五年。根据规定，登船的船员将以一年时间为单位，轮流值班，以保证飞船的正常运行。

常人被关在封闭的空间里一个月，早就心态崩溃了，但宇航员却对此习以为常。他们有超强的心理素质，飞船上也可以看预备好的电影剧集、文字小说打发时间，更何况还有心理咨询室开放给他们做心理咨询。

尽管如此，在经历了数次漫长的孤寂之后，个别船员的心理还是出现了问题。

这其中就有霍妮。

这无聊的漫长旅途快要将她逼疯了，她必须找点儿事做。什么事呢？她不想再看无聊的电影和小说，她想要波咚，她的宠物狗！飞船上是没有宠物狗的，但是有人类的胚胎。为了防止出现意外，在冷冻库里，存有十三枚人类的胚胎。如果飞船的原始人数有所减少，船长就有权输入密码，开启人类胚胎繁殖程序。

霍妮聪明又细心。她猜中了 Jam 设置的密码，在威尔凯斯号里培养了一枚人类胚胎。在这期间，这位程序和痕迹学的专家侵入系统，用一段假视频覆盖了监控，得以让自己的养育游戏继续。

威尔凯斯号上，人类胚胎培养系统跟休眠舱的系统完全相反，休眠舱是减缓衰老，而人类胚胎培养系统是加快成长。三个月后，一个婴儿在霍妮手中诞生。

起初霍妮觉得很开心，她为他取名波咚，沉浸在养育的快乐里。然而婴儿跟宠物狗完全不同，渐渐地，霍妮发现自己开始厌烦这个随时哭闹、随时要上厕所的家伙，她发现自己对人类婴儿完全丧失了耐心。

而下一次值班交接的日子即将到来，交接者是船长 Jam。她不知道如何向他解释自己擅自培养了一个婴儿这件事，于是她变得越发焦虑和暴躁。

一次睡梦中，霍妮被婴儿吵醒，她的躁郁症爆发，竟失手杀死了那名婴儿。她吓坏了，将尸体抛出飞船之外，然后抹掉了所有的记录。

因为专注于处理婴儿的事，所以她才会在陨石撞击飞船 C3 区外壁时，仅做了潦草的记录。

霍妮佯装一切都没有发生，笑着跟 Jam 进行了交接。然而 Jam 又岂会发现不了飞船上的异常？几个被篡改的数据很快让他产生了疑问，他不得不展开调查。最后，他猜到了飞船上发生了什么。

那天，霍妮组织追思会，并在会上祈祷"愿逝者原谅我们的过错，安息"，并不仅仅是出于对友人的愧疚，她是在向那个被自己杀死的婴儿忏悔。

追思会结束后，Jam把霍妮带到会议舱私谈，不仅谈了陨石撞击的事，还点出了她杀死婴儿的秘密。

霍妮知道面对Jam，她的谎言一戳就破，所以很快就放弃了挣扎。她哭着忏悔，说自从杀了婴儿之后，内心久久无法平静，尽管她每天对船员露出微笑，但是心里却忍受着无尽的折磨。她不敢去心理咨询室咨询，也不敢向朋友敞开心扉。她说她愿意接受总部的任何处罚。

Jam犹豫良久，才告诉她："或许死亡才能让你的心重获平静。"

霍妮知道，这便是总部给出的决定。

于是那天凌晨，她走进厕所，关好了门，像胖喜一样，给自己注射了一针。而她留下的遗书，是为自己最后的辩解和祈祷。

6

"这……这怎么可能……"严威不敢相信这个真相。

路隐略带怜悯地说道："自己的船员做了违法的事，并受到了如此严重的惩罚，Jam十分自责，所以他才把那半张遗书留在了自己的制服口袋里。他向总部申请升级了你们的'心理之书'，希望它能更有效地干预你们的心理问题——因为系统升级，你才能在后来看到报告被调取的记录。每次一苏醒，他都第一时间去查看船员的心理报告，也是因为他想要及时了解船员的心理健康程度，以避免再发生类似霍妮的情况。"

"为什么他不跟我们说……"

"因为他不相信自己能调节你们的心理问题，他只能把希望寄托到心理咨询室的'心理之书'上。"

"为什么……"

路隐觉得他并不是真的在提问题，只是在失神地呢喃，但他还是试着解答他："因为他尝试过解决胖喜的心理问题，但是失败了。"

"所以他也没有怂恿胖喜自杀？"

"从始至终都没有证据证明，他怂恿过胖喜。"路隐看着严威，问道，"你为什么会觉得，胖喜和霍妮的死，是 Jam 为了让地球上的人们记住威尔凯斯号而搞的新闻？"

"我……"严威说不下去了。

"因为那个想让地球上的人们记住威尔凯斯号的人是你啊！"路隐戳穿了他，"当丁宇意外去世后，被世人遗忘的威尔凯斯号重新被提起，连带被提起的宇航员中就有你。后来，每当有案子发生，你的潜意识都会注意到，威尔凯斯号又被提起了，人们又记起了你们。这颗兴奋的小小的种子，埋在了你的心里。当你对 Jam 产生怀疑时，你把自己的想法套在了 Jam 的行为逻辑里。然而 Jam 可能并没有这么想过……"

严威陷入了无尽的沉默中。

"当你把注射器刺向 Jam 的胸膛的时候，你没有躲开监控，没有躲开人群，因为你想要坐在这里，告诉我们 Jam 是坏人，而你是英雄。你想要让世人记住你。"

严威闭上了眼睛，当他知道霍妮的死并不是因为 Jam 恶意的怂恿时，他就知道自己错了。或许正如眼前这位灰瞳侦探所说，是他自己想要被世人记住，是他给 Jam 妄加了罪名。

"最后，我想告诉你，霍妮拿到人类胚胎时破解的 Jam 设置的密码。"

"为什么告诉我这个？"

"你刚才提到，当朋友让 Jam 去当明星时，Jam 说'我不想因容貌被大众记住，我想像牛顿那样，靠自己的才华被写入史册'。但事实上，Jam 的偶像不是牛顿，而是首先提出夸克粒子的默里·盖尔曼与乔治·茨威格。"路隐说道,"霍妮用默里·盖尔曼与乔治·茨威格的缩写,解开了Jam的密码。"

严威想起自己读了五遍的《自然哲学的数学原理》,那是牛顿的著作。

思及此,他忽然觉得自己无比可悲,于是自嘲地笑起来。

"是啊,牛顿是我的偶像,想要像牛顿一样被写入史册的那个人,是我。我……记错了。"

7

整理完威尔凯斯号船长被杀案的总结报告,已是晚上十点。路隐和莫闻从S&T调查组的办公楼走出来,准备去吃个夜宵。

"老大,严威会受到霍妮一样的惩罚吗?"

"也许吧。"路隐叹了口气,抬头看向苍穹。

城市的夜空,只能看到零星的几点星光,不知道这中间是否有威尔凯斯号要抵达的那颗星球。

"哎,这样的话,威尔凯斯号就只剩下八个人了,他们岂不是会更孤独?"莫闻也顺势看向天空,不由得感叹道。

"是啊,但是会有新的生命产生。"

"新的生命?你是指剩下的十二枚人类胚胎?"

"没错,在威尔凯斯号上,如果人类数量小于初始数量的70%,那个人类培育系统就会自动上线。所以其实在我们审讯严威时,那个系统已经开始运作了。"

"出生于宇宙航线上的婴儿,他们能快乐地成长起来吗?"莫闻看着远方的星辰,愣愣地问道。

路隐无法给出回答。

漫长的宇宙旅行是伟大的,也是残酷的。

他能理解胖喜、霍妮,甚至是严威产生心理问题的原因,所以他在向上级提交的总结报告里留下了一些建议，可能微不足道，可能无济于事，但他希望威尔凯斯号的轮班制度变得更加科学，船员们的心理问题能被更及时地处理……

这些建议是冠冕堂皇了一点儿，但小小的改变，也许会让悲剧发生的概率变得更小一点儿。

同时他也希望，上级能多给威尔凯斯号一点儿宣传——忍受着等待与孤寂的宇航员，不应该被人们轻而易举地遗忘。

路隐久久地凝视着远方的天空，威尔凯斯号还要在无尽宇宙里航行五十五年。在飞船里，会有新的生命诞生，也会有新的故事发生，只愿之后关于它的新闻，不再是悲剧。

— 第二章 —
三口之家
S A N　K O U　Z H I　J I A

1

夜又深了，今晚爸爸又没有回来，妈妈好像又哭过……

想到这些，男孩在床上辗转反侧，无法入眠。最后，他索性爬起来，取出爸爸送的望远镜，来到窗边。窗户外是这片高级别墅小区的主路，爸爸如果回家的话，应该会经过这条路。

男孩想着，举起望远镜，望向远方。夜色之下，无人入镜。他等待着，等待着，反正对于孩子来说，时间有的是。

只是一旦等待被拉长就变得无趣，他忽然开始生气，就在这时，一只溜进小区的流浪猫出现在了他的镜头里。

猫在小区里漫步，他的望远镜也跟着它移动。有时，猫行动太快，他会跟丢。但没关系，寻觅猫的踪影，至少能让时间不那么难熬。

忽然，移动的望远镜停住，因为男孩看到镜头里出现了一个人影。

是爸爸吗？

不，那不是爸爸。男孩通过对方的身形，敏锐地判别出此人与爸爸的不同，但他难以把望远镜从他身上移开，因为镜头里的他十分可疑。

此人穿着一身黑色衣服，卫衣的兜帽盖住了他的上半张脸，一个口罩则将他的下半张脸也遮得严严实实。他鬼鬼祟祟地走在路上，身后还拖着一个黑色的行李箱。这行李箱似乎被塞满了东西，鼓鼓的，几乎要爆开来。

行李箱里装着什么？他要去哪里？

男孩的望远镜一路跟随。

突然，刚刚他跟丢的那只猫从草丛里蹿了出来！

男孩看到黑衣人被吓了一跳，差点儿一个跟跄摔倒在地。他快速地将自己稳住，但手里的行李箱却摔了出去，砸在地上，拉链瞬间爆开，一个球形的黑影从行李箱里滚了出来。

男孩下意识地用望远镜追踪黑影，结果下一秒，他僵在了原地。因为他从望远镜里看到了一颗头颅，一个女人的头颅。

他不敢相信自己的眼睛，以为自己看错了。万一那是万圣节的面具呢？他鼓起勇气睁开眼，将镜头拉近一些。

女人断掉的头颅瞬间被镜头放大，她那双瞪大的眼睛直直地闯进男孩的眼帘。男孩感到心脏猛地收紧。

就在他快要窒息的时候，更可怕的一幕发生了——与他四目相对的眼睛忽然诡异地眨动了一下。

"啊！"男孩终于发出惊恐的尖叫。

夜被惊醒。

"老大，我们也太惨了一点儿吧，值个夜班还要出任务。"莫闻的哈欠打得太大，甚至露出了他那颗标志性的小虎牙。

路隐却没工夫听他抱怨。他用一只是灰色、一只是黑色的眼睛，看了一眼莫闻，问道："所以目前的情况是什么？"

莫闻虽然爱抱怨，但是搜集信息的工作从没落下过："我从头开始汇报吧。"他一边跟着路隐走进高级的别墅小区，一边如实道来，"今日凌晨，有家住户的小孩在窗边等爸爸回来，用望远镜看到有个女人的头颅从一个人的行李箱里滚了出来。他被这个场景吓坏了，连声惊叫，惊动了他的母亲。他的母亲立刻报警，并通知保安控制住了那个带行李箱的男人。保安很快发现，这男人也是这个高档小区的住户。他是一名年薪颇高的程序员，但有偷窃癖。我其实很不理解，为什么有些人那么有钱，却还喜欢偷东西。"

"因为人是很奇怪的动物。"路隐打断了莫闻的吐槽，示意他挑重点说下去。

莫闻抓了抓略微凌乱的头发，继续说道："患有偷窃癖的程序员得知小区监控正在升级系统无法使用，于是趁着夜色潜入了 8 幢 6 号别墅的夏晋川家。他本想先潜入客房看看有没有值得偷的东西，却发现有个女人在那个房间里，且还未入睡。那女人看到陌生人惊讶不已。而这程序员更是吓坏了。他脑子一蒙，冲过去，抄起窗边的望远镜架就朝她挥了过去。"

"然后他就把她的头打断了？"

"没错。"莫闻耸了耸肩，"那程序员说，他随即就后悔了。他只是想把她打晕而已，可不想成为杀人犯。结果对方的头就这么滚到了地上。他觉得自己这辈子完了，但是下一秒，他就松了一口气。因为地上没有血，女人断掉的脖子下面也没有血，而是露出了一些机械零件和电线。"

"机器人。"路隐简单直接地吐出三个字。

莫闻点点头，继续说道："当时那程序员高兴坏了——这是他自己说的。他从刚刚的懊恼恐惧变成了好奇，因为现在还不允许制造这么逼真的机器人。他意识到这家人可能违反规定偷偷制造了一个保姆机器人，于是他的偷窃癖又犯了。他认为自己偷走这个机器人，夏家也不会报警，所以就在房间里找了个行李箱，把整个机器人装了进去。但是机器人太大了，行李箱被撑得太满，所以之后才会发生闹剧，被人目睹行李箱爆开，滚出一颗女人的头颅。"

"现在这个小偷是被警方带走了吗？"

"是的。"莫闻如实回答。

"所以警方把案子转到我们 S&T 调查组，是让我们调查夏家私造保姆机器人？"

"不，那不是什么普通的保姆机器人。那机器人是夏家的女主人——姚梦。"

"女主人变成了机器人……是因为她去世了，家人舍不得她离开，而制造了替代品吗？"这在电视剧里都不算什么新鲜的情节，所以路隐率先想到的就是这种可能。

但是莫闻摇了摇头，说："根据我搜集到的信息，姚梦并没有被认定死亡过。要知道，一个人去世火化，是要开具死亡证明的。但是姚梦并没有。"

"可她变成了机器人。"路隐皱起眉头，喃喃自语道，"这说明她失踪了，而有人要掩盖她失踪这件事。"

"该不会是那种案件吧？"莫闻小声地惊呼道，"丈夫杀害了妻子，却用机器人来代替她，制造她仍活着的假象？"

彼时，他们已经来到了夏家门口。两人双双停下脚步，打量起面前的门牌。

路隐一灰一黑的眼睛闪过寒光，然后他伸出手，按下门铃。

此刻的天仍是黑的。

2

"怎么可能？我怎么可能杀了姚梦，然后用机器人来代替她？！"夏家别墅内，主人夏晋川激动地嚷道，"请你们不要对我进行恶意揣测！"

莫闻被他激动的情绪震慑到，一时有些无所适从。但是路隐却仍气定神闲地打量着这栋别墅。

富丽堂皇的别墅过分宽敞，大理石的墙面尽显奢华，隔音效果应该也极佳，难怪小偷袭击姚梦的时候，屋里的其他人没有任何反应。

这"其他人"指的不仅是夏晋川，还包括他和姚梦的女儿，夏诗梦。

此刻，夏诗梦坐在夏晋川身旁，低着头，出神地打量着地上的姚梦，准确地说，是支离破碎的机器人姚梦。警方拍完照片，就将它还了回来。

大概是知晓对方是机器人，所以即使头颅断裂也不会觉得恐怖吧？路隐偷偷打量眼前的女孩，女孩大概十六岁，长长的刘海遮住了一半的脸。

然后，他顺着她的目光，又一次注意起地上的机器人。不得不承认，这机器人做得太逼真了。如果她现在完好如初，一般人很难发现这个人是机器人。

"可是就算如此，作为亲人，尤其是作为与之同床共枕的丈夫，总不可能发现不了妻子变成机器人了吧？"

"这位灰瞳警官……还是侦探？"夏晋川打量着路隐身上的S&T制服，鄙夷地笑道，"你应该知道刚刚那小偷是在客房袭击的姚梦吧？你难道推理不出，我们早就分房睡了吗？"

"哦，原来如此，因为你们感情不好。"路隐佯装了然地点点头。

夏晋川咽了咽口水："你这是在暗示什么？"

"没有暗示什么。"路隐继续环顾着整栋别墅，"能让我参观一下你们现在的房间吗？"

"没问题。我现在住在三楼的卧室，姚梦住在二楼的客房，说是客房，规格其实跟卧室差不多。她喜欢看星星，所以房间里有望远镜。"

"你们女儿的房间呢？"

"诗梦的房间在阁楼，她自己说喜欢小空间，有安全感，我们就由她搬去那里住了。"

三个人，三层空间，还真是奢侈。路隐看了一眼一直低着头的夏诗梦，起身去参观每一间房。

莫闻跟在路隐身后，轻声道："老大，你干看有什么用？如果夏晋川在家里杀妻，即使留下血迹，也早被清理干净了。除非我们叫人来做鲁米诺测试，才能知道这里有没有发生过杀人案。"

路隐却摇了摇头，说："不必找人做鲁米诺测试了，这里应该没有发生过见血的案子。"

"你怎么知道？"

"这只假眼总得搞点儿高科技吧？"路隐指了指自己灰色的眼瞳。

"你的灰瞳可以做血迹检测？！"

"别跟没见过世面似的。"

"其实我一直想问,你在哪里安装的这枚眼球……"

"秘密。"路隐吐出两个字,随即下了楼。

莫闻知道他若是不想说,自己怎么也问不出来,只好悻悻地闭了嘴,跟着他一起回到了一楼客厅。

"所以,有指向我是嫌疑人的证据吗?"夏晋川似乎也猜到了路隐的用意,直截了当地开口问道。

路隐看着他微微一笑,道:"房间打扫得还是很整洁的,是姚梦打扫的吗?"

"是的。"夏晋川回答。

"这么大的一栋别墅,一个人打扫很累吧?"

"本来是有保姆的,但是姚梦说一个人在家很无聊,所以……"

"你胡说!"出乎意料地,夏诗梦开了口,打断了父亲的谎言,"明明是保姆目睹了你打妈妈,你才把她开掉的。"

路隐看到女生抬起头,脸上带着愤怒。

"家暴?这是怎么回事?"路隐转向夏诗梦。

夏诗梦旋即低下头,似乎在犹豫要不要说。

这下,反倒是见自己的谎言被拆穿的夏晋川先开了口:"的确,我承认,我有打过姚梦几次。我喝醉了就会这样……我控制不住自己……但我不会杀她。因为我爱她。你们别不相信,尤其是你这个露虎牙的毛头小子,你这是什么表情?你不相信我爱她吗?可这是真的!而且我现在已经控制住了,我很久没有失控过了!"

"那也掩盖不了你之前打她的事实!你爱她为什么打她?!"夏诗梦终于忍不住喊道。

"我控制不住!"

"第一次家暴是什么时候?"路隐冷静地问道。

"是他公司破产的时候。"夏诗梦截穿道。

夏晋川露出震惊的表情："你知道？"

"我又不是傻子！"夏诗梦吼道。

夏晋川和姚梦两家原本都是经商的富豪家庭，两个人的婚姻也被看作是门当户对，天作之合。但是两年前，夏家的公司经营不善，破产倒闭。从那时起，夏晋川的性情就发生了改变。他觉得自己是个废物，搞垮了父亲好不容易攒起来的家业，陷入了无尽的自责中。

姚梦作为妻子，很是心疼他。她安慰他说没有关系，有她在，他们的生活还是会好好地继续下去。

但在一个失意者的耳朵里，这些言语如同针刺。

"你什么意思？我需要你养吗？我需要你家养吗？！"

"你怎么会这么想？我不是这个意思！"妻子姚梦急忙解释。

可是夏晋川已经暴跳如雷。

破产后沉迷于酗酒的他，吵架的理由越来越离谱，每次的咒骂也越来越尖锐——

"我还不需要你可怜！

"别以为你家有什么了不起的！你们家有今天，也有一部分是我们家扶持的功劳！"

"是啊，我承认，你们家了不起！不然我为什么跟你结婚？"

互相矛盾、荒唐至极的言语，时常从夏晋川的口中蹦出。随之而来的，是他举起的拳头。

可当酒醒之后，夏晋川对姚梦的态度又会有一百八十度的转变。他跪下来求她原谅，让她以牙还牙地打他，甚至还紧紧地抱着她不让她回娘家。

姚梦每次看到他忏悔，都于心不忍，犹豫来犹豫去，最后还是会选择原谅他。她觉得自己的丈夫终有一天会改变，变回原来的样子，只要再忍一忍，再忍一忍。

不知不觉间，她已经在爱里迷失了自己。

"所以，谁能保证你没有杀了她呢？你可能不是故意要杀她，你只是失手杀了她，然后怕自己的罪行暴露，造了个机器人代替她！"说这话的不是莫闻，不是路隐，而是夏诗梦。

夏晋川难以置信地看着夏诗梦："我真的没有杀人！不信你们可以去查！你们可以去查！"

偌大的客厅，竟有回声。

路隐抬头看了看挑高有两层楼那么高的天花板，上面悬挂的水晶灯折射着斑斓梦幻的光彩。它也曾注视着底下发生的暴力吧？

路隐收回目光，让面前的两人都冷静一下。不知过了多久，他才问夏诗梦："那么你呢？夏诗梦，这些日子以来，你都没发现妈妈被换成了机器人吗？"

"我……我要上学。我们其实在家里见面的时间……很少。"夏诗梦又一次低下头去，"我甚至回想不起来妈妈真实的脸。"

"因为你不想看到她伤痕累累的样子？"

"嗯。"女孩顿了顿，"那样子看上去很愚蠢。"

"愚蠢？"这个形容词很不留情面。

"她被这么欺负，还能一次次原谅他，不愚蠢吗？"夏诗梦冷冷地说道，与刚才激动的那个人完全不一样。

路隐和莫闻都愣了愣。

3

"老大，你觉得夏晋川说的都是实话吗？他真的没有杀害姚梦？"从夏家出来的路上，莫闻忍不住追问。

路隐思索着刚才在别墅里的对话，皱了皱眉头，道："夏晋川在没有杀害妻子这事上，表现得问心无愧，他或许真的没有杀害妻子。不然他演得也太好了。"

"那夏诗梦呢？他们的女儿会不会因为不想看到母亲愚蠢的样子，而杀害母亲？"莫闻说完自己的猜测，也觉得这猜测太离谱了。

"处理尸体对成年人来说都很困难,对一个十六岁的女孩来讲,更是难上加难。"路隐说,"除非她真的心理有问题,且天赋异禀,不然很难做到。更何况……她看上去是那么柔弱。"

"他们两个都不是凶手的话,那么真相是……姚梦是自己失踪,自己做了机器人,放到了家里代替自己?"

"有这个可能。"路隐看着远方渐渐亮起的鱼肚白道,"我们一开始猜测有人杀害了姚梦,用机器人代替她,是因为我们不敢相信,她的丈夫会发现不了妻子变成了机器人。但是从刚刚了解到的情况来看,他们虽然住在一个房子里,但其实像是三个世界的人。"

"就连女儿也似乎躲着夏晋川和姚梦。"

"没错,这也是她搬到阁楼的原因吧,不是什么小空间有安全感,只是因为不想见到爸爸妈妈。"

"在这样充满暴力的家庭里生活,如果是我,我也想逃离。"莫闻说道。

"姚梦虽然被家暴后总选择原谅夏晋川,但人的忍耐是有限度的,说不定她已经忍不下去了,所以用机器人代替自己并离开了家。"路隐分析道。

"为什么还要搞个机器人回来?要离开,不能收拾收拾行李就走吗?"

"也许是她要给自己争取离开的时间。"

"她怕夏晋川再找到她,不让她走?"

路隐点点头,又说出另一个猜测:"又或许机器人是她对这个家最后的爱。"他转头看了看那栋豪华的别墅,"这么大的一栋房子,总要有人打扫吧。"

"所以其实那个机器人就是保姆机器人?"

"有些婚姻里,女人早就变成了保姆机器人。"路隐叹息着,走进晨辉里。

莫闻赶紧追上:"老大,我们接下来要去干吗?"

"去验证我们的猜想,如果姚梦真的是自己消失的话。"

那么……一个女人离家出走,会去哪里?

路隐首先想到的是她的娘家。

一旁的莫闻很快查到了姚家的地址。两人一起登门拜访。

姚家住在另一个高级的别墅小区里，与夏家的房子相比，其豪华程度有过之而无不及。

听说女儿失踪了，姚爸姚妈急得团团转，早早在客厅等着路隐他们。

一见到路隐，他们就冲上来问这是怎么回事，末了，还要忍不住地抱怨："夏晋川也真是的，出了这么大的事也不告诉我们！"

他们给自己的女儿打电话，可根本没人接。因为她原先用的手机也留给了机器人姚梦，而机器人姚梦，此刻已经是断头的状态。

路隐看着姚爸姚妈急切的样子，就知道自己这一趟白来了。

姚梦并没有回到娘家。

"我就说不对劲吧！从夏家破产开始，梦梦就很少跟我们联络，她是不想让我们知道她过得不开心。"姚妈急得红了眼，说话声音都哽咽了起来。

"你哭有什么用，人家都说她可能只是躲去哪里散心了。"姚爸转向路隐，"你们能把她找回来的，对吧？"

路隐不敢给他们确切的答复，毕竟他现在无法判断姚梦的状态。所以他只能继续说道："我这边还有事想要问两位。姚梦有没有类似闺蜜的朋友，她会不会躲到她家去了？"

姚妈擦着眼角，告诉路隐，姚梦其实没有深交的闺蜜，所以她对夏晋川很是依赖。不过就算如此，她还是尽可能地报出了可能与姚梦有联系的人的姓名。

路隐和莫闻展开调查，却发现大家都不知道姚梦去了哪里。唯一跟姚梦关系稍好的友人，也只是含糊其词地说，她知道姚梦和她老公出了点儿问题，她本来想让姚梦来她家住几天，但是姚梦拒绝了。

"她说她想要帮夏晋川渡过人生的难关，让他重新变回原来善良的模样。我听她这么说，以为他们的关系还有救呢……至于后来我和姚梦聊天……嗯……说实话，我没发现什么异常，也有可能是我最近工作太忙，没留心。"对方如此说道。

线索又断了。

更让路隐觉得头疼的是，莫闻按照他的指示去调查了姚梦的银行卡、电话卡之类常用的有定位功能的物件，都没能得到有用的线索。因为它们仍旧留在那栋豪华别墅里，放在机器人姚梦的口袋中，没有出现任何异常的操作记录。

"不过作为一个富家千金，姚梦应该会有其他的使用金钱的渠道吧？她肯定有一些支出并没有通过常用的银行卡，比如……"

"那台机器人？"路隐接话道。

"对啊。"莫闻说，"因为伦理道德的问题，政府规定不能制造如此逼真的机器人，但是有人铤而走险，提供了这项服务，应该要不少钱吧？老大，我们从一开始就应该从机器人下手啊！"

其实这一路上，莫闻就时不时地建议从机器人这条线索下手，调查是谁托人制造了它。可路隐总是把话题转开。

就像现在一样。

路隐看了看暗下来的天，说道："今天已经不早了，你先回家，我们明天再继续吧。"

"啥？不查了？"

这可不像是路隐的风格。他可是那种遇到问题，一定要立刻打破砂锅问到底的主。这种有案子没结，还准时准点下班的情况不多见。

"因为我家里有点儿事。姚梦案子的事，明天再查也来得及。毕竟她被换成机器人，应该也不是一天两天了。"说完，路隐就快步离去。

莫闻还是觉得有点儿不可思议，赶紧追上去问道："老大，真下班啊？"

路隐耸了耸肩膀，道："我家里真有事。"

4

"家里有事"是路隐跟莫闻撒的谎。他让他准点下班，是因为他不想让他跟着去"黑市"调查。

"黑市"并不是什么市集，而是灰色产业网络的总称。与那群游走在社会边缘又极度聪明的家伙过招，可不是一个初出茅庐的调查员能应付的。

路隐觉得莫闻聪明能干，但现在还没有到可以去黑市"开开眼"的程度。若是说出实话，年轻气盛的莫闻肯定不服，或许会缠着他，让他带他去见世面，所以撒谎让他回家反倒是最轻松的方法。

等确定莫闻回到家后，路隐才又重新出门。

他要去见自己在黑市的中介——老鬼。

说实话，路隐并不想去黑市。虽然他看上去总是沉稳冷静，但在面对那群狡猾的家伙时，有时也会乱了心绪。再者，每次跟中介老鬼要消息，都要付出一点儿"特别的东西"，那可比付钱更令人伤脑筋。

这也是路隐一开始不从机器人这条线索下手的原因。他希望通过调查姚梦的人际关系，找到姚梦的踪迹，这样就不必与黑市打交道。但调查陷入了瓶颈，他不得不又联系老鬼。毕竟那机器人一看就是黑市的产物。

路隐有一阵子没有联系老鬼，这一次老鬼又换了见面的地址。

路隐开车来到一片无名森林，跟随实时更新的定位标志，走进森林之中。夜色下的郊区森林，月光清冷，只能让他看个大概。老鬼让他别开手机的手电筒灯，所以他只能借着屏幕微弱的光线，一点点跟着定位走。

突然，他感觉自己脚下踩的泥土有点儿不对劲，还没反应过来脚下是什么，就看到一条蛇状的黑影缠住了他的一只脚。下一秒，一股巨大的力量把他往下一拉。他整个人"砰"地掉了下去。

他的身体快速地下降，在下降的过程中他才反应过来，这是通往老鬼新根据地的通道——一条滑滑梯。

这倒是跟老鬼的形象很符合。

因为他看上去很像个小孩，一个年近四十岁的小孩——侏儒的身躯，孩童的面貌，头上还戴着一顶报童帽。

"小路子，你的灰眼又坏了？"

路隐想起上次见到老鬼,是在某个海崖上的玻璃公寓里。那时他的灰眼损坏了,不得不找他来替换。没想到一阵子不见,他居然在这片森林的底下搞出了一个实验室。

见路隐在打量实验室,老鬼得意地笑了:"怎么样,我的新根据地不错吧?"

"你这次又要做什么?"

"秘密哦。"老鬼跳上实验台,震得试管丁当作响。

真是很不严谨的家伙啊。路隐在心里揶揄着。

老鬼却不耐烦起来,嚷道:"快说,你这次来找我干吗?!"

"我想问问,哪里可以制造仿生机器人。那种跟常人一模一样,难以辨别真假的机器人。"

"自己用,还是调查案子?"老鬼拿起一根试管,把里面的蓝色液体往自己嘴里倒。

路隐看得目瞪口呆,道:"是为了调查案子。"

"做仿生机器人可是违法的事,他们可不想被调查。"

"放心,我不是为了端掉他们。至少现在还不是。"

"你也够诚实。"老鬼把空的试管放回架子上,说,"不过我相信你。你说这次不搞事,肯定就不会搞出什么幺蛾子来。其实你要端了他们,我也无所谓,我倒是喜欢看他们鸡飞狗跳的样子,又或者,最后是你们警方鸡飞狗跳,谁说得准呢?"

路隐不想再跟他废话,直接掏出手机,给他看机器人姚梦的照片,问道:"所以你能告诉我,谁能做出这样的机器人吗?"

"等等,这次的交易条件还没谈呢。"

"你随便开,看我能不能答应。"

"哎呀,老客户,我就给个优惠啦。"老鬼跳下实验台,道,"我这个实验室刚开张,之后要是有什么研究项目,你得来当一次小白鼠。"

"总不会让我死吧?"

"放心,优惠的意思就是不会让你死啦。"老鬼轻松地说道。

我还真是谢谢你!路隐在心里咒骂,嘴上却说:"行,赶紧的,我还有事要办。"

"我已经记录下来咯,"老鬼指指实验室的摄像头,道,"太开心了,能让大侦探来做我的小白鼠。"

"别废话,快说,谁能造出这样的仿生机器人?"路隐蹲下来,与老鬼平视,将手机对着他。

老鬼俯身认真地看了看路隐手机上的照片,思索片刻道:"能做出这么逼真的机器人的,大概也就只有那个怪人了吧。"

"那个怪人叫什么?"路隐赶紧追问。

老鬼没好气道:"那怪人就叫怪人!"

黑市有时候不黑,比如这次要去见的这个怪人,他住的地方就永远灯火通明。天知道他是怎么盘下城市顶级酒店最顶层,还能安全地搞灰色产业的。

路隐乘着电梯一路上到43楼,见到怪人时,他正趴在地上,吃一块人形的蛋糕。

只要不是真人,我就该谢天谢地了。路隐安慰自己。

"哟,你就是老鬼介绍的那个人?"

路隐不知道怎么接话,只得点点头。

"要来点儿吗?"怪人从蛋糕里抓出一颗做成心脏形状的面包。

这是什么奇怪的东西!路隐赶紧摇了摇头。

"我这次来是想打听一下,姚梦有没有来你这里定制过跟她自己一模一样的机器人。"

"姚梦?谁?"

"就是这个人。"路隐把姚梦的照片翻出来,送到怪人面前。

怪人不看路隐的手机,而是啃着那颗心脏形状的面包,道:"我们干这行的,也要保护客户的隐私。"

这话的意思是拒绝回答。不过——

"老鬼说,你如果不帮我这个忙,他下次就让你当他的小白鼠。听说你有把柄在他手上?"

"该死!你该不会答应当他的小白鼠了吧?这破烂货居然为了你威胁我?"

"讨论这个没有意义。有意义的是……"路隐指着手机上的照片,再次问道,"请你如实回答我,这个人有没有找你定制过跟她一模一样的机器人。"

怪人翻着白眼,咒骂着老鬼,然后对着路隐的手机点了点头。

果然如此。案件终于有了一个方向,路隐心里暗喜,但是他按捺下喜悦的心情,冷静地问道:"制作仿生机器人不便宜吧?"

"其实挺便宜的,我这里只要八个狗狗币。"

狗狗币是黑市流通的虚拟货币,八个狗狗币大概能换两辆价格不菲的车。

还真是够便宜的!路隐在心里嘲讽着,追问道:"所以姚梦也是用狗狗币支付的?"

"没错。"

"看来她有隐藏的网络支付账号。"

"一些有钱人会这么搞。"

"我能反向追踪这个支付账号吗?"如果姚梦还活着,那么这个隐藏的网络支付账号一定会有消费记录。路隐想通过消费记录,调查出姚梦去了哪里。

"我可以给你她当时的支付链接,至于你能不能反向追踪,嗯……这需要技术水平很高的黑客。我这里可没有这项业务哦。"

"没关系,你给我她当时的支付链接信息就行。"

"你还认识技术高超的黑客?"怪人揶揄地看着他,"给我也介绍介绍呗。"

路隐冷哼了一声,道:"我不认识什么黑客,但有个人应该技术高超。"

5

"老大,为什么今天在警局集合啊?你一个人来警局调查,不带我?"凌晨四点,莫闻打着哈欠,站在警局门口,面带不悦。

刚从警局出来的路隐一脸疲惫,但是眼里闪着光。莫闻猜,他应该有了什么有用的线索。

"姚梦有线索了?是哪个警官提供的线索?"

路隐仍旧不回答他,只是把车钥匙丢给他,道:"我们要去的地方我已经发给你了,今天你开车,我睡一会儿。"

莫闻接过车钥匙,嚷道:"老大,你这就不厚道了,说家里有事是骗我的吧?"

"没有骗你,只是昨晚睡着睡着,临时想到一些办法。"路隐撒谎道。

莫闻不依不饶,问道:"什么办法?"

"以后再告诉你,现在你只需要知道,姚梦躲在我发给你的这个位置,你赶紧开车,我不知道她还能撑多久。"

"什么意思?"

"那个地方是一个只为高端客户服务的临终关怀机构。"

几个小时前,路隐从怪人那里拿到姚梦当时的支付链接后,直奔警局——那个有偷窃癖的程序员暂时还关在那里。路隐想起别墅小区的保安曾说他年薪颇高,那么他应该是有点儿真本事的。

果不其然,那程序员以前还参加过全球黑客大赛,甚至和团队一起拿到过冠军。

虽然狗狗币的程序对常人来说难破解,但他仅用了几个小时,就进入了姚梦的账号。

姚梦的狗狗币账号只有两条消费记录,一条是支付给怪人,用来制造仿生机器人,一条是支付给临终关怀机构。

路隐猜测，姚梦命不久矣。

"可是我没有从医疗系统内调查到她生病了啊。"莫闻听不到路隐的回答，于是瞥了一眼副驾驶位，只见坐在副驾驶位上的路隐已经沉沉睡去。

"哎。"莫闻无奈地叹了口气。他想，自己之所以没调查到姚梦生病了，可能是因为她让人隐藏了自己的病历。也许她不想让她的家人知道，所以才这么做。她用机器人代替自己，或许也是因为这。

车子沿着公路一直开，开出了城市。那家临终关怀机构建在风景秀丽的山野之中，宁静又美好，说是世外桃源也不为过。

有警方的介绍，莫闻得以将车开进机构的停车场。

车刚停好，路隐就醒了，仿佛熄火声是他的开关，反倒点燃了他。睡了一路的他精神抖擞，灰色的假眼珠子甚至闪出充满活力的光来。

莫闻跟在他身后，一路寻到机构的一个负责人。

负责人听说他们要找姚梦，瞬间露出了惋惜的表情，道："你们晚来了几天，她现在已经是昏睡状态，说实话，她可能永远都醒不过来了。"

负责人领着他们走到一个房间外。简约却高级感十足的房间里，躺着插着氧气管昏睡过去的姚梦，真实的姚梦。

但他们来得的确太晚了，她没法开口了。

连路隐都觉得有些挫败感，更别说莫闻了。

看到他们失落的模样，机构负责人安慰道："虽然姚梦没法再开口，但是说不定她的护工可以回答你们一些问题。我之前看到她们经常在花园里聊天。"

莫闻仿佛又看到了一点儿希望，赶紧点了点头。

负责人将姚梦的护工叫了过来。那是个年轻的女孩子，生着一张圆润的脸，脸上有着点点雀斑。

"你好，我们是来找姚梦的，可惜晚了一步。"路隐开门见山道。

"对于姚梦姐来说，你们其实早到了。"护工的眼睛里不知为何有敌意，语气也是冷冷的。

路隐皱眉，问道："什么意思？"

"姚梦姐说，她的家人可能一辈子都不会来找她。"

"因为她留了一个机器人在家扮演她，所以她的家人可能一直以为她就在家里。"路隐接话道。

"是的。她也是这么告诉我的。"护工问道，"等等，你们不是她的家人吗？"

"我们在替她的家人寻找她。"路隐如实回答。

一旁的莫闻则忍不住问道："姚梦是因为得了绝症，不想让家人伤心，所以才离家出走吗？"

"姚梦姐说，她其实很眷恋家人，她的老公和她的女儿……她也想在他们身边死去，但是没有办法了。"

"她说没有办法了？"

"是啊。我猜测她是想明白了吧。"护工不无哀伤地说，"你们知道，她一直受着老公的语言暴力和肢体暴力吗？"

刚刚护工大概以为路隐是姚梦的老公，所以眼里才有敌意，如今听说他们只是替姚梦的家人寻找她，眼神便柔和了许多。

而听到她的问题，路隐和莫闻都点了点头。

"姚梦姐没有说得很明白，因为她开始跟我谈心时，已经不太能完整地表达了。"护工回忆道，"但是我记得她刚来我们机构的时候，我给她洗澡，她身上青一块紫一块的。听说当时她是因为身上的这些伤才去医院的，结果还检查出了癌症晚期。那个折磨她的男人真的太可恶了。姚梦姐太可怜了。"

护工咬牙切齿道："我问姚梦姐当时为什么不报警，为什么不离婚，姚梦姐说因为她爱他，她觉得只要他在，家就在，所以她一直原谅他，以为能慢慢改变他。我当时听完都要气疯了。这是多么愚蠢的女人啊！"

护工跟姚梦的女儿夏诗梦用了同样的形容词。

看来旁人都不能理解这种爱意，都怪姚梦这个当局者太痴迷。

"可是最后她还是离开了家。因为生病，她有了新的感悟？"路隐问道。

第二章 三口之家 SAN KOU ZHI JIA

047

"姚梦姐没说，但我猜应该是这样的。当她发现自己命不久矣，她幡然醒悟自己不能像以前一样愚蠢地活。她要逃离那个男人的魔爪，所以去造了一个跟自己一模一样的机器人代替自己。然后她来到我们机构，告诉我们，她想要安静地度完余生。"

"她有没有说为什么不回娘家？"

"这个她倒是说过，她说她一不想让爸妈为她的身体担心，二不想让爸妈知道，她家从原来幸福的三口之家变成了她一个人苦苦支撑的家。"护工撇撇嘴，道，"说得难听点儿，我觉得姚梦姐有些恋爱脑。而且她的思想也太保守了一些。像我就觉得婚姻失败其实没什么，她却很在乎，不想让别人知道她的不幸。"

"每个人都有自己太在乎的东西吧。"莫闻感慨道。

"哎。"护工叹了口气，说，"不过好在最后她还是想明白了。至少她在我们这里度过了一段没有暴力、没有折磨的时光。"

护工的言语里有庆幸。

但是路隐却眉头越皱越紧。忽然，他像是想到了什么，浑身一震。

"姚梦不是想明白了才离开夏家的。"路隐冷冷地说道。

莫闻和护工不明白他在说什么，脸上露出困惑的表情。

路隐舔了舔嘴唇，继续说道："姚梦是因为失望透顶，才离开了夏家。"

"什么意思啊？"

"姚梦会因为病情幡然醒悟，离开老公夏晋川吗？"路隐转向护工道，"正如你所说，她可是把爱情看得比什么都重要的人。她甘愿忍受着夏晋川的暴力不离开，是因为她觉得他能变回原来那个不暴躁的男人。那么……她难道不想借着自己的病情，唤起夏晋川的善意吗？夏晋川虽然会发酒疯，却在正常时，仍对她表现出浓烈的爱意，她理应会再试试看吧？"

莫闻不语，思考着这层逻辑。

"刚才护工说，她其实很眷恋家人，她也想在他们身边死去，但是没有办法了。为什么没办法了？人之将死，作为她的亲人，再怎么也会陪伴一下吧？

"为什么会说没办法了呢?"路隐继续说道,"刚刚护工还说,她不回娘家的一个原因是她不想让爸妈知道她家从原来幸福的三口之家变成了她一个人苦苦支撑的家。她的这句话,会不会就是字面上的意思。"

"我没明白。"护工听得一知半解。

路隐解释道:"意思是,她发现,这个家只剩下她一个人了。"

"什么啊?这下我也听不明白了。"莫闻嘟囔道,"夏晋川和夏诗梦不是在家吗?"

"那是真的夏晋川和夏诗梦吗?"

"不然他们是谁?"

"如果姚梦可以制造机器人代替自己,那么夏晋川和夏诗梦为什么不可以?"

"啊?老大,你的意思是……在家里的夏晋川与夏诗梦都是机器人?"

路隐点了点头。

"怎么可能?!"莫闻发出了惊呼。

"怎么不可能?我们当时知道姚梦是机器人,是因为她的头被打断了,脖子下面露出了机械零件。如果她以完整的状态站在我们面前,我们会怀疑她是机器人吗?大概不会吧?所以,我们当时没有判断出夏晋川和夏诗梦有什么异常也很正常。但是与他们朝夕相处的姚梦,那个真实的姚梦,却发现了问题。一个妻子,很可能轻而易举就发现了深爱的丈夫的异常,尽管他们早已分房睡。一个母亲,也很可能轻而易举地发现女儿的不同,尽管她们相处的时间越来越少。当她发现家里她深爱并且依赖的两个人都是机器人时,她会是什么反应?"

"她应该会崩溃,会心冷吧?"护工说道。

路隐点了点头:"原来幸福的三口之家早就不见了。她的丈夫和女儿留下两个机器人,敷衍她,而她又身患重病。心灰意冷的姚梦,最终决定也离开这个家。"

"所以她才会说,她的家人可能一辈子都不会来找她,因为真正的夏晋川和夏诗梦早就离开了那个家？"莫闻问道。

路隐点了点头。

"可她为什么又要去制造一个跟自己一模一样的机器人呢？"

"可能这是她最后的寄托吧。让三个机器人在那栋他们都不愿意回去的别墅里，继续上演幸福的三口之家的戏码。那三个机器人会代替他们，以他们的性格、记忆，互相演戏，天长地久。"

"这……这也太离谱了。"莫闻发出难以置信的惊叹。

可现实有时就是如此荒诞。

6

从临终关怀机构离开，路隐决定去验证自己刚才的推测。

"怎么验证？"莫闻不解道，"难道我们要冲到他们家，朝夏晋川和夏诗梦挥上两棍，把他们的头也打掉吗？"

路隐嗤笑一声，道："万一我刚才的推测是错的，我们朝他们头上挥上两棍，第二天就可以去监狱踩缝纫机了。"

"用生命探测仪呢？"

"我们调查组常备的红外生命探测仪，是依靠人体的红外辐射来确定生命迹象。他们制造的机器人，模拟了人类的皮肤，其温度和红外辐射数值应该不会与真实的人类有偏差。除非调动更高科技水平的生命探测仪。不过申请审批又要花费很长时间。"路隐叹了口气，道，"不如先调查一下他们常用的银行卡有没有大额的消费记录吧。"

"也是，如果他们要买一台定制的机器人，肯定要支出不少。"

"但也有可能，他们会像姚梦一样，用隐藏的网络支付账号。"路隐一边思考，一边低声呢喃，像是在跟自己说话。

末了，他抬起头，说："先查查夏诗梦的吧。她自己去找人定制机器人，或许只会用普通的渠道支付。"毕竟黑市的狗狗币，对于年轻人来说，应该很陌生。但路隐转念一想，谁又能确定现在的年轻人到底有多少见识呢？

路隐已经做好了重回黑市调查的准备，但值得庆幸的是，莫闻很快查到了夏诗梦常用银行卡的异常消费记录。比如，当她在路隐和莫闻面前指控父亲时，她的银行卡消费记录显示她在离夏家十五公里的便利店消费了二十五元。又比如，几个月前，她的银行卡被划去了七位数的存款，而收款者无法被追踪。

"这七位数的存款，就是用来买机器人的吧？"莫闻掰着指头数着个十百千万，忍不住惊叹，"为什么十六岁的小孩子会有这么多钱啊？"

"你永远不知道有钱人家的小孩过年会收到多少压岁钱。"

"再多也不可能有百万吧？"

"一年可能到不了百万，但十六年可不一定。如果她平时再从大笔的零花钱里省出一点儿，自己买个仿生机器人也的确不是问题。"

"好羡慕有钱人家的小孩……"莫闻忍不住感叹。

路隐扯了扯嘴角，问道："你真的羡慕夏诗梦吗？"

莫闻想到夏诗梦歇斯底里指控父亲的场面。尽管那可能是代替她的机器人，但它继承了真实的夏诗梦的记忆与个性，以及她的……痛苦。

虽然夏诗梦从小就住在华丽的房子里，虽然她拥有超乎常人想象数量的零用钱，但是她应该是不幸福的吧。

莫闻叹了口气，把夏诗梦的消费记录翻到最新一条。几分钟后，他们在一家 VR 剧本杀体验店里找到了夏诗梦。

眼前的夏诗梦，比之前他们见到的夏诗梦瘦了至少十斤。而一个人是很难在这么短的时间里瘦十斤的。所以路隐知道，自己的推测是对的。

莫闻让老板暂停了夏诗梦的游戏。

夏诗梦摘下 VR 眼镜，不悦地嚷道："干什么呀？我线索还没找完呢！"然后她愣住了，因为眼前出现了两个陌生的男人。

"夏诗梦，你是不是定制了一台与自己一模一样的机器人，放在了自己的家里代替自己？"其中一个有着一只灰色眼睛的男人，开口问她。

她心里一惊，手上的VR眼镜掉在了地上。

"我没有办法，"不知过了多久，她略带哭腔地说道，"我不想再待在那个家里了。"

据夏诗梦说，她是在父亲夏晋川的电脑备忘录里，无意间发现黑市怪人的地址的。她不明白父亲为什么会关注仿生机器人，也懒得去思考父亲做了什么，她唯一想到的是，自己可以靠此做什么。

于是她带上自己的银行卡，来到那家顶级酒店的顶楼。

她没有隐藏的网络支付账号，无法用狗狗币支付，怪人就从她的银行卡里划走了一大笔钱。

这笔钱几乎是她所有的积蓄，但她只得同意。比起失去这么一笔钱，她更想从那个令人窒息的家里逃出来。

她以前不是没有离家出走过，但是都被母亲找了回来。

夏诗梦总是不解地问母亲："妈，爸这样对你，你为什么还要留在家里？！你跟我一起逃吧！"

"你在说什么！这里是我们的家！你爸他只是暂时出现了心理问题，我们作为家人，应该帮他振作起来，你怎么会想要离家出走呢？"

"他不会好了！你们都不会好了！"夏诗梦歇斯底里地朝母亲吼道。

下一秒，愤怒的母亲一巴掌扇了下来。

夏诗梦震惊地盯着母亲："我恨你！我不想再见到你！"

她下意识地想甩门离开，但是立刻认识到自己错误的母亲已经追了上来。

"梦梦，对不起……妈妈不是故意的……"

那一瞬间，夏诗梦看着道歉的母亲，心软了。最后，她任由母亲将自己拖回了屋内。

可是那天晚上，她躺在床上盯着天花板发呆的时候，突然意识到了一件可怕的事——她会慢慢变成母亲欺凌的对象，就像母亲变成父亲欺凌的对象那样。

而之后呢？她会不会也变成这种控制不了自己情绪，事后又无比后悔、疯狂乞求原谅的可怜人？

她不想变成那样的人。

她觉得只有离开这个家，才能逃出这场恶性循环。所以她让仿生机器人代替自己，回到那个令人心寒的家里，欺骗她的父母，承受她的苦难，哪怕只有一年，一个月，一天也好。

被带回调查室的女孩，一边述说着自己的故事，一边低着头，流下眼泪。

"请你们不要把我送回去。"她呜咽着说。

7

天下起了雨，路隐冒着雨，冲进医院的急诊室。

夏晋川此刻正躺在急诊室的病床上，腿上打了绷带。

要找到你可真不容易啊。路隐看着夏晋川，在心里说道。

之前，夏晋川应该像姚梦一样，在定制机器人时使用了隐藏的网络支付账号，用狗狗币支付了报酬，所以莫闻查不出他异常的大额消费。

而与夏晋川不同的是，姚梦其实并未刻意隐藏自己的行踪，她之所以停用银行卡、电话卡，是因为她在使用隐藏的网络支付账号时，顺便给自己预定了临终关怀机构的服务，之后她无须再有其他的消费。但夏晋川却刻意地隐瞒了自己的踪迹。他把原来的银行卡、电话卡，都留给了机器人夏晋川。

那么……难道我又要去黑市，通过狗狗币的支付链接反向调查吗？路隐有些苦恼。之前买情报，怪人看在老鬼的面子上，没有收取费用。这次，他应该要向他支付不少酬金吧？可是他手里的狗狗币不多了……

就在路隐犹豫之际，夏晋川的医疗卡跳出了一条信息——他因腿部受伤出血，进了医院。也许是情急之下想不到更好的办法，所以他才使用了许久未用的医疗卡。

这让迷途中的路隐找到了方向。

为了防止因自己推测错误而发生乌龙，他立刻派莫闻去夏家的别墅调查，自己则先前往医院。

去夏家的莫闻很快发来了消息，夏家别墅里的夏晋川完好无损。而医院这头，路隐看到夏晋川腿上的绷带，隐隐现出血迹来。

谁真谁假，一目了然。

"夏晋川。"路隐走到夏晋川的病床前，呼唤他的名字。

闭目养神的夏晋川睁开眼，看到眼前这个有着异瞳的男人，露出困惑的表情。

然后，他听到男人问："你为什么用机器人代替自己，离开原来的家？"

夏晋川随即露出懊悔的表情。他就不应该在雨天出来替客户跑腿，在路上遇到意外，也不应该用自己原来那张医疗卡！

窗外的雨越下越大，夏晋川望着玻璃上不断流下的雨滴，出了神。

是啊。当时的自己为什么会想到用机器人代替自己呢？

因为他偶然收到了黑市的邮件？

可他为何会收到黑市的邮件？

因为……他在网络上搜索过"离开家又能减少对妻子伤害的方法"。

夏晋川知道姚梦有多爱自己，就像他知道，自己有多爱姚梦一样。

尽管如此，两个相爱的人还是走到了悬崖边。

姚梦一次次在酒吧里找到醉成烂泥的夏晋川，醉成烂泥的夏晋川又一次次对她使用暴力。每次使用完暴力，他都后悔万分，告诫自己不要有下一次。可是为什么他就控制不住自己？他像个鬼打墙的疯子，不停地犯错，又不停地乞求原谅。而妻子姚梦的确心软。他的每一次恳求，都得到了善意的回应。

午夜时分，夏晋川看着熟睡的妻子脸上的瘀青，内心无比煎熬。

"你为什么要一次次原谅我？要不你还是狠下心走吧，不要再原谅我了，偷偷地走吧……"他喃喃自语，不自觉地流下眼泪。

不知道过了多久，姚梦在床上挪了挪身子，一只手搭在了他的胸膛上。

这是睡眠里无意识的动作吗？夏晋川睁着眼睛，思考着。然后，他的目光又停留到她手臂的伤痕上。那一刻，他想，如果她舍不得离开他，那么就让他成为那个离开的人吧。

他不想再伤害她了。

脑子里蹦出这个想法后，就再也挥之不去了。之后，上苍像是听到了夏晋川的渴求，让他收到了黑市的邮件。

虽然家里的公司破产了，但他的隐藏网络支付账号里还有12枚狗狗币，可以支付制造机器人的费用。于是他一边等待着机器人夏晋川被制造好，一边找了个由头，与姚梦大吵一架，开始与她分房睡，以此降低她发现丈夫换成了机器人的概率。

等机器人夏晋川被制造好之后，真实的夏晋川默默地离开了自己的家，让机器人住了进去。然后，他隐藏了行踪，确保妻子不会再将他带回。

他没有想到是，女儿夏诗梦在这之后也制造了一个机器人。而妻子姚梦很快发现了家里另外两人的异状，为了配合他们的演出，她也留下了一个机器人，然后离开了家。

8

"姚梦发现自己的老公和女儿都被换成了机器人，为什么不去试着找回真实的他们呢？"去临终关怀机构的路上，莫闻向路隐发问。

路隐看着窗外倒退的风景，道："我之前以为是因为她心灰意冷，但现在却觉得，可能是因为她清楚地知道丈夫与女儿想要离开的决心，所以她才没有再去挽回。"

毕竟女儿曾经向她表示过，再也不想见到她。丈夫也曾表达过，希望两人就此别过——那天晚上，她应该没有真的睡着吧？

车窗外灰下来的天色令人哀伤。

明明是相互爱着对方，想要帮彼此脱离苦海的家人，却因为各种各样的原因和难以自持的情绪，闹成这样荒诞的结局，实在让人唏嘘。

路隐叹了口气，随着莫闻下了车。

这些日子，得知姚梦病重的夏晋川与夏诗梦一直在姚梦病床前陪伴她。

今天，听说姚梦大限将至，路隐和莫闻也赶来了。

但是他们来晚了一步。当他们抵达姚梦的房间外时，姚梦已经停止了心跳。

路隐听到里面传来哭声。

夏晋川紧紧地握着姚梦的手，舍不得放开。夏诗梦则扑在母亲的怀里，企图感受最后的温存。

窗外又下起了雨。瓢泼的大雨声与哭声此起彼伏。

路隐背过身去，宽慰自己，至少在姚梦生命期限的最后，他们还是短暂地回到了幸福的三口之家。

然后他起身朝屋外走去。

"关于违法购买仿生机器人的事，待会儿再来做进一步的调查吧。"路隐对莫闻淡淡地说道。

莫闻紧跟上他的脚步，问道："老大，你要去哪儿？"

"去找那个小男孩。"

"啊？什么小男孩？"

"那个深夜不睡觉，拿着望远镜目睹了恐怖画面的小男孩。"

"为什么要找他啊？"

"我想知道，那天晚上，他爸爸有没有回家。"

路隐最后再看了一眼传出哭声的房间，转身走进雨幕里……

第三章

怪物凶猛

GUAI WU XIONG MENG

1

"路隐！"

路隐从半空中落下时，听到很多人在呼喊他的姓名，但他无法给出回应。

下一秒，他的身子重重地摔在了地上，钻心的疼痛让他控制不住地叫喊出声。

他仰躺在地上，被刺穿的左肩露出骨头，血肉模糊。

没想到我会折在这里……他有些愤恨地想着，目光止不住地开始涣散。

没过多久，他便失去了所有知觉。

然而在失去知觉之前，他脑子里不知为何蹦出了丁小雨坐在他面前的模样。

几天前，S&T调查组里，丁小雨低着头，咬着嘴唇，局促不安地摩挲着胸前挂着的望远镜。

路隐用一灰一黑的眼睛打量着他胸前的望远镜，心中有些诧异。

在经历了用望远镜目睹女人头颅从爆开的行李箱里滚出来的画面后，丁小雨居然没有对望远镜敬而远之，想必是真的很珍惜父亲送给他的这份礼物。

上一个案子结束后，路隐带着助手莫闻拜访过丁小雨家。他很担心男孩目睹的恐怖画面会给他造成巨大的心理阴影，于是给他做了心理辅导。

在这个过程里，他也了解到了男孩那么晚没睡的原因——

他的爸爸似乎有了别的女人，很少回家，而他的妈妈总是伤心地在夜里哭泣……

来之前，路隐就大致猜到了这些，这也是他拜访的理由之一。丁小雨身上的那份孤独感，让他想起了小时候同样缺失父爱的自己。他不希望有另一个小孩，深陷在家庭纷争的旋涡里。可清官难断家务事，路隐能做的也只是给予安慰。为了让丁小雨有安全感，他还留下电话，让他遇到困难来找自己。没想到，没过几天，他便接到了丁小雨的电话。

"路隐叔叔？"男孩小心翼翼地询问，得到路隐肯定的回复后，他带着哭腔说道，"我的爸爸又没有回来……但这一次，跟以前不一样。我和妈妈已经三天没能联系到他了。妈妈去他的公司也没找到他……"

"你的意思是说，他失踪了？"

"嗯……"男孩呜咽道，"我还，我还梦到他……死了。"

"你别胡思乱想，"路隐极力稳住男孩的情绪，问他，"你们报警了吗？"

"没有，妈妈还没有报警……"

"为什么？"

男孩沉默，或许他也不明白妈妈为什么不报警。

于是路隐道："那你可以报警，现在你要报警吗？"

男孩重重地"嗯"了一声。

失踪案本由警局负责，但因为丁小雨的父亲丁淼是一家生命科学研究公司的负责人，所以警局直接把这个案子派发给了隶属于警局的S&T调查组。于是兜兜转转，路隐和莫闻接下了丁小雨父亲失踪的案子。

孩子报了案，母亲便也跟着来到了S&T。

在丁小雨摩挲着望远镜时，他的妈妈道出了自己迟迟不报警的理由。

"谁知道他是不是又去了那个女人的家！"她咬着牙，鼻子里愤愤地喷出气来。

"你知道丈夫出轨的对象?"一旁的莫闻诧异地问道。

"他以为自己藏得很好,但是心有怀疑的女人多少算半个福尔摩斯。"小雨的妈妈冷笑一声,报出了丁淼情人的名字。

穆余音。

"欸,这名字怎么有点儿耳熟?"莫闻呢喃着,忽然想起来了,"她是不是个女演员啊?之前因为演技差还上过热搜……"

小雨的妈妈不置可否。

路隐瞬间了然,她迟迟不愿报警,想必也是怕大众知道自己丈夫出轨一事吧。

穆余音虽不是一线演员,但多少有点儿名气,若是被八卦的娱乐记者得知她勾搭有妇之夫,怕是又要上一次热搜了。

有些人可能会觉得,闹到大众面前,恶名多少会给"小三"带来些惩罚。但小雨的妈妈似乎并不想家丑外扬,或许她是为了自己的颜面,又或许她是为了自己的孩子……

路隐转头看向坐在不远处的丁小雨,他依旧摩挲着望远镜,低着头盯着地面,安静得如同一枚风眼。

无人知晓,风眼周围,飓风已经开始肆虐。

2

丁淼平日的座驾是辆特斯拉,路隐让莫闻去调查它的行驶轨迹,如果有被街上的监控拍下,应该能找到他去了哪里。

莫闻很快给了路隐答复:"我通过丁淼的车牌来确定他的行驶轨迹,但是监控系统在这三天都没有监测到这辆车的车牌。更奇怪的是,上次监测到丁淼在车管所登记的车牌,是在一年前。"

"他可能用了违法的'虚拟车牌'来隐藏自己的行踪。这种车牌会随机生成一组车牌号，一般很难识别真假。"路隐猜测道。

"还有这种东西？这岂不是会让交警很苦恼？"

"幸好这种车牌在黑市的价格高，目前还没被大范围地使用，不然真的会造成很大的麻烦。"路隐一边开着自己破旧的车，一边感慨道，"科技如果用在坏的事情上，可不只是让人苦恼这么简单啊。"

说着，车子拐了个弯，拥有无敌海景的高级楼盘映入眼帘。

他们决定先从穆余音开始调查。

由于该小区住着不少明星，门卫检查了三遍路隐和莫闻的证件，才领着他们敲开了穆余音的家门。

穆余音开门时满脸写着不耐烦，但听说两人所在的调查组隶属警局之后，态度立刻变得友好起来。这种友好，甚至称得上谄媚。

"两位找我有什么事呀？"她将门卫关在了外面，又热络地将路隐他们领进门，"我一个遵纪守法、不偷税漏税的小演员，可帮不上你们什么忙啊。"

莫闻在心里冷笑，这人怎么此地无银三百两？沉吟片刻，他才道："穆小姐，我们这次来是想问问关于丁淼的事。"

"丁淼？哎呀，两位，虽然他还没跟他老婆离婚，但是……我们谈恋爱不犯法吧？"穆余音轻巧地说着，坐到客厅的沙发上，捣鼓起茶几上的保养品，"我做个护理没问题吧？"

路隐点点头，又略带揶揄地道："作为一个女演员，您倒是挺特别的，居然会这么爽快地承认自己做别人情人一事。"

"别人可能怕这怕那，但姐活到这个年纪，早已经不在乎那些舆论了。对我来说，有钱有爱最重要。"

虽然穆余音佯装潇洒，但她的演技的确够烂的。

路隐不愿听她继续说下去，打断她的话道："我们这次来是因为丁淼的家属报警称他已经失踪了三天。最近这三天，他有联系过你吗？"

穆余音瞟了一眼路隐灰色的瞳孔，转头拿起自己的手机，翻找聊天记录。

"还真没有呢。"

"你跟他谈恋爱，三天不联系，你也不担心？"

"有什么好担心的，他一工作就会消失，有时候回家去了也不会跟我联系。我呢，觉得恋人之间保持一定距离也挺好的。我们都是偶尔才见一面，这样反倒更快乐。所以三天不联系对我来说很正常，我也可以有别的生活。啊，你是问我会不会担心他移情别恋？移情别恋就移情别恋呗，我又不差他这么一个。"

莫闻被她的感情观深深震撼了。

而一旁的路隐再次发问："那他三天前有找过你吗？他当天有没有不同寻常的地方？"

"三天前他的确来过我家。要说不正常的话……"穆余音想了想，道，"我本来准备留他吃饭的，结果这家伙接到一个语音通话，慌里慌张地走了。"

"他有没有说要去哪里？"

"我管他去哪里呢！我只想让他别辜负我的一片心意，结果这家伙说出了点儿事，没时间了，就甩下我走了。我看他那么着急，觉得大概真的是什么紧急情况吧，也就没追出去。"

"当时大概是几点？"

"当时大概……是七点吧。"穆余音一边继续摆弄她那堆昂贵的护肤品，一边故意道，"两位帅哥，我知道的就这些了，接下来我要做身体护理了……你们是想要留下来看我护理吗？"

见她要送客，路隐也不勉强，道："感谢你提供的线索，如果之后丁淼联系你，还请你联系我。"说着，他把自己的名片放在了茶几上。

穆余音挑了挑眉，脸上绽开一个虚假的笑来："没问题。"

说完，她站起身来送客，手里拿着手机，似乎在输入路隐名片上的信息。

路隐和莫闻也朝门口走去。

就在这时，莫闻注意到穆余音玄关上摆着的数字相框。进门时他就看到相框里的照片一直在变动，都是穆余音与娱乐圈明星的合照。现在，相框里的照片变成了穆余音同丁淼参加某个晚宴的合照。合照里除了他俩，还有一个莫闻熟悉的身影——他最喜欢的导演之一，炎川。

"你跟炎川导演也认识？你们合作过？"莫闻转头看向穆余音。

"哎呀，人家哪儿能看上我的演技。"穆余音嗤笑着，有些挑逗地道，"但我们是好朋友啦。怎么，你也喜欢他的电影？有机会的话，我带你认识认识他？"

莫闻刚想说什么，就被路隐打断了："穆小姐，你是觉得丁淼的失踪跟炎川有关吗？"

路隐突然冒出的问话让莫闻愣了一下，随即他就猜到路隐为什么会这么问。

相框里的照片本来是一张一张慢慢变换的，但是刚刚它突然跳出了眼前这张照片。正是这种不自然的转换，才让他重新注意到了相框。

穆余音虽然嘴上说着不在乎三天都联系不到丁淼，但这可跟她说自己想有钱有爱的人生理想相违背。毕竟丁淼是现在可以给她这一切的人，她怎么可能真的不在乎？

之前穆余音拿起手机，并不是在输入路隐名片上的信息，而是在操作数字相框。毕竟要记名片的信息，对着名片拍张照显然是最快的方法。

此刻，面前的穆余音还在故作姿态："我可没有这么觉得。"

"穆小姐，你不必虚张声势。我相信你也很担心丁淼。我们不如坦白地聊一聊，你为什么会怀疑丁淼的失踪跟炎川有关吧？"

穆余音扯了扯嘴角，她知道自己的演技根本骗不过眼前这个男人。

3

丁淼和炎川相识是因为穆余音。

当时他们的圈子里有一场晚宴，她硬是缠着丁淼，让他做她的男伴。她其实不应该如此高调地带一位有妇之夫去这样的公共场合的，但是当时她被愤怒冲昏了头脑。

丁淼早就告诉过她，他跟妻子并没有什么感情，当初结婚也是被家里人半催半逼的。他愿意为她跟妻子离婚。可后来，他却在此事上犹犹豫豫。穆余音逼问他缘由，他说他得顾及孩子和财产分配的问题，所以才迟迟没有一个了断。

生气的穆余音为了宣示主权，这才将他拉去那场晚宴。

她没想到会在晚宴上碰到炎川。在她出道前，她和炎川曾谈过一段失败的恋爱。

于是那天，穆余音几乎是炫耀性地向他介绍起丁淼，并摆出了丁淼生命科学研究公司的大名和他的头衔。

炎川怎会看不出她的炫耀，抿嘴笑了笑，打了个招呼就走了。

但是晚宴的后半场，当穆余音从卫生间补妆回来，她看到炎川正在同丁淼攀谈。

后来穆余音问丁淼，当晚他和炎川聊了什么，丁淼说他们只是讲了一些场面话，炎川问了一下他们公司的业务，说以后有机会合作。

"你们公司跟我们电影圈完全没关系，有什么好合作的呀。"穆余音吐槽道。

丁淼笑笑，道："都说了只是场面话而已。"

这事便翻了过去。

可是半个月前，她趁着丁淼洗澡，"无意间"在丁淼的通信软件里，看到了一个熟悉的头像，炎川十年来从未换过的头像。

她好奇地点进去，看到两句对话。

丁淼说："东西已经交付，切记好好看管。"

炎川只回复了两个字："收到。"

除此之外，并无其他聊天记录，想必是被故意删除了。

他们何时达成了某种合作，又为何要删除聊天记录？这些问题令穆余音好奇。但她又不好意思向丁淼坦白自己偷看了他的手机，于是就把这些问题吞到了自己的肚子里。

对她来说，他们的合作并不重要，她只想确认丁淼有没有别的女人。她怕自己有一天也成为被他抛弃的对象。

然而半个月后，丁淼失踪了。

一开始，穆余音以为他决心回到原来的家庭，可后来她发现事情并非如此。所以当路隐和莫闻上门调查时，她想到了炎川。

但她不确定自己的联想是否正确，所以只想给一个模糊的线索。如果他们没有看到那个数字相框，她也不会再故意提及炎川。

"如果丁淼的失踪跟炎川没有关系，就当我什么也没说。"穆余音的话语中带着请求的成分。

路隐点了点头，表示不会向任何人透露消息的来源。

两人告别了穆余音，从她所居住的小区出来。

上车时，路隐问莫闻："听刚才的谈话，怎么感觉你很喜欢这位炎川导演啊？"

"说实话……炎川的每部片子，我都有去电影院支持。在我心里，他可是位顶级的导演。"

"不过我怎么记得这个炎川导演之前就有负面新闻？"

"啊……你说的是虐杀动物的事件？"谈到自己喜爱的导演的负面新闻，连粉丝莫闻都有些嘴软，毕竟那件事，的确令人难以接受。

在这个特效电影满天飞的年代，炎川一直保持自己的个性，坚持尽可能以真实代替特效。每次拍摄电影，制片方都要投入大量资金寻找真实的场景，制作真实的道具。有时为了一秒钟的画面，他们甚至愿意炸掉好几辆刚出厂的顶级跑车。

在演员的合作上，炎川也十分严格、挑剔，整容的不要，耍大牌的不要，爱用替身的不要，即使是危险的爆破戏，他也要求主演亲自上场。

这样极具工匠精神的创作，的确让他拍出了几部评分极高的作品，获奖无数。所以即使他的要求越来越严苛，还是有投资方投钱，有知名演员争着出演他的电影。

有了这样的底气,炎川的创作变得越发肆无忌惮。上一部电影,为了一个镜头,他连续将四条狗溺毙在水中。

消息一出,舆论哗然。与此同时,之前与他合作过的剧组工作人员也来踩上一脚,说有演员差点儿在现场被炸死,这导演根本不在乎他人性命。

于是事情越闹越大,炎川上映没几天的电影撤档,他本人也陷入沉寂。

莫闻也觉得炎川这次做得太过火。可时间久了,在影迷的心里,他们仍期待炎川能够带着新作复出。但他犯错在先是事实,大众心里的疙瘩可能永远无法解开……

"所以自上次溺狗事件后,炎川就再也没拍作品了?"

"我听说他好像有在拍新项目,但并不对外公映。可能他也不在乎票房什么的吧,之前的几部作品已经让他赚得盆满钵满。现在他可能在自娱自乐地拍摄,只为了满足自己所谓的艺术追求吧。"

路隐驾着车,问莫闻:"你觉得我们去哪里可以找到炎川?"

"我可以试着调查一下。不过自从上次的溺狗事件后,他的行踪就很隐蔽,找起来并不容易。"

"那我们先去丁淼任职的生命科学研究公司看看。"

莫闻一边搜集着炎川的信息,一边随路隐来到了丁淼负责的生命科学研究公司。

丁淼的秘书接待了他们。

见到两人来调查丁淼失踪案,秘书似乎松了一口气:"我还以为嫂子真的不报警呢!"

"所以丁淼这三天也没联系过你?"路隐问,"你跟他最后一次联系是什么时候?"

"就是三天前,大概上午十一点。"秘书从手机里翻出聊天记录,"他说下午有事要出去,如果要签文件,现在就拿给他。"

丁淼口中所说的"下午有事",大概就是去跟穆余音幽会吧。莫闻这么想着,开口问道:"当时他有什么异常吗?"

秘书想了想,摇了摇头。

"那我们把时间放宽,最近他有什么异常吗?"

"你们这样问我,我也回答不上来。嗯……"秘书认真地思索着,"最近他总是忧心忡忡算吗?"

"算。"路隐肯定地说,"你觉得他忧心忡忡是为什么?"

"这……这我不知道。"

秘书的表情不像是在说谎,路隐没有追问下去。此刻,他的目光被办公室里悬挂的屏幕吸引。屏幕上播放着介绍该公司的短视频。

"你们公司的业务是生物科研领域?"

"嗯。你们从小注射的疫苗都有可能是我们生产的。"见路隐示意他继续说下去,秘书简单地介绍了一下公司的业务。

丁淼以生物学博士的身份毕业之后,创办了这家公司,主营医药研究、动植物研究、微生物研究等。因为足够专业,敢于创新,公司不断壮大,在业内也颇有地位。

秘书滔滔不绝地介绍起公司的企业文化,熟练得好似之前讲过上万次。

而路隐听到一半,却又转换了话题,问他:"炎川有没有来过你们公司?"

秘书一下没反应过来,发出含糊的一声:"啊?"

"就是那位知名导演炎川。"

秘书被他问住了。并不是他想不起炎川是谁,而是他不确定是不是要把他知道的事情说出来。

"这事可能关系到你们丁总的下落,如果你能回忆起来什么,请如实地告诉我。"路隐直视着面前犹豫的秘书。

"呃……丁总之前嘱咐过,这件事情不能说……但我的确在公司里见过炎川导演。"秘书最后用投降的语气回答道。

第三章 怪物凶猛 GUAI WU XIONG MENG

4

丁淼的秘书证实,在一年半前,炎川曾来拜访过丁淼。

那天已是下班时间,他落了一份文件在工位上,便匆匆赶回公司,正好撞见炎川和丁淼。因为没想到知名大导演会出现在自家公司里,所以他当时又惊讶又兴奋。

后来丁淼找到他,说炎川是他的朋友,这次只是过来叙旧,希望他不要同他人聊起这件事,毕竟对方是知名导演,对隐私尤为注意。

秘书不疑有他,点头应许。

若不是今天那位灰瞳侦探突然的提问,他绝对无法把丁淼的失踪跟一年半前炎川的到访联系在一起。

当时丁淼和炎川聊了些什么,秘书并未听到只言片语。不过要从一年半前开始思索丁淼的异常,秘书似乎又有了新的答案。

"丁总好像从那时起黑眼圈越来越严重。"但至于他为什么越来越疲惫,秘书也猜测不出答案。

不过路隐明了,他的疲惫可能来自他向炎川交付的那个东西。

与此同时,莫闻查到炎川有一个个人工作室,目前显示仍在运营。他也从炎川的粉丝群里了解到,该工作室由他的狂热粉丝组成,听说他们还热衷于参与电影的拍摄。

看来有些事,只能找炎川问问清楚。

但当两人找到工作室时,发现工作室大门紧闭。不过根据门口盆栽蔫掉的程度,他们推测工作室并未倒闭,只是近期无人打理罢了。

"看来炎川在拍新片。"莫闻趴在大门口,向里张望,"不然工作室也不至于在工作日都无人上班。"

"拍片时,工作室的日常维护不需要人手吗?"路隐问。

"他现在应该很缺人手吧,毕竟他处于被封杀的状态,新片又不对外公映,纯属自娱自乐,剧组配置大不如前,所以工作室才会全员出动吧。"莫闻猜测道。

路隐点了点头,喝了一口莫闻买来的矿泉水,打量起工作室外张贴的海报。这些都是炎川拍摄的电影的海报。一列海报的最后,则是一张招投邀请——

"更多精彩,等待开机……"

"莫闻,你说,像炎川这样的导演,在被封杀之前,他拍一部片子还需要拉投资吗?"路隐转头问莫闻。

"当然,一部电影所需的资金不是小数。"莫闻回答道,"炎川的有些电影项目,制片方们很看好,资金上自然没有问题。但他有些故事的构想很荒诞,制片方就会再三斟酌甚至停止投资。"

"那就是说会有某些项目夭折?"路隐抬头看了看工作室门口的监控摄像头。

莫闻不置可否:"影视项目夭折还是挺常见的吧。"

"我记得在项目启动之前,网上都会有立项公示,你去查查那些炎川没拍成的片子。"路隐又喝了一口水,然后将剩下的水倒在蔫掉的盆栽上,转身下楼。

他猜测,炎川找丁淼要的东西,大抵还是跟电影有关。他无法知晓他的新作到底要拍些什么,只能看看他以往想拍些什么。

5

"老大,我在立项公示上查到炎川有三部没拍成的片子,都要求联合国际顶尖特效团队进行制作,却都没有下文。"

第二天,路隐来到S&T调查组的办公室,莫闻便递上了他的调查报告。

"第一个项目叫《神兽之战》,讲述一个小男孩无意间召唤出上古神兽,引发人类与神兽大战的故事。第二个叫《龟虽寿》……"

"《龟虽寿》?曹操那首诗?'老骥伏枥,志在千里。烈士暮年,壮心不已。'"

"是啊，简介上也写着，这个故事就是诠释曹操的名诗。很怪吧？但这的确是炎川会干的事。"莫闻耸耸肩，道，"不过值得注意的是第三个项目。第三个项目夭折于五年前，叫作《怪物凶猛》，讲述一位科学家研究出了一只不存在的生物，造成了世界混乱……"

路隐闻言，不禁皱起眉头。科学家、生物博士、不存在的生物、动植物研究……

路隐灰色的瞳孔闪过一道寒光："他该不会为了拍电影，让丁淼制造出了一只怪物吧？"

"啊？"莫闻露出惊讶的神情。

路隐脸上瞬间满是担忧："你觉得炎川会干出这种事吗？"

为了更为真实的画面，炎川会尽可能减少特效的使用，不惜一切代价寻景搭景，甚至赌上自己的声誉杀死了四条狗。这一次，他会为了让真实的生物替代特效，而制造出一只不曾存在于世的怪物吗？

莫闻想了想，怯怯地说："也许……会。毕竟他对实物拍摄有一种近乎狂热的追求。"

有那么一瞬间，路隐祈祷他这次在拍的片子并不是《怪物凶猛》。

但一想到丁淼的身份和他曾经发给炎川的信息，路隐觉得自己正在接近那个他不希望发生的事实。

丁淼的儿子丁小雨曾跟路隐说，他的爸爸经常不回家，但是穆余音却说他们偶尔见一面。经常和偶尔，是完全不同的时间概念。丁淼不回家，除了跟穆余音幽会，其他时间应该是在某个秘密的地方研究那只怪物吧，这也是为何他早早就换了虚拟车牌，为的就是不被人发现他的去处。

后来，他研究出那只怪物，才会告诉炎川"东西已经交付，切记好好看管"吧？

四天前，他匆忙从穆余音家离开时说出了点儿事，之后却没有回家，也没有回公司，会不会是去了炎川那里？如果答案是肯定的话，这说明炎川大概率没有好好看管好他交付的东西。如果那东西真的是一只怪物，后果不堪设想！

就在路隐担忧之际，一条警局的消息在 S&T 的系统里弹出——今早有探险爱好者报案，在齐鸣山发现一辆特斯拉，车门虚掩，里面似乎有血迹。

虽然对方没有说车型，报出的车牌也与丁淼登记的不符，但路隐直觉那就是丁淼的车。

这消息来得太突然，打乱了路隐原本的调查计划。可既然眼前有现成的线索，他们还是决定先放下炎川这条线，去齐鸣山看看。

齐鸣山这么多年来未被开发，一是离市区远，二是山深林茂地形复杂，除了探险爱好者，鲜有人前往。

车子不知开了多久，才沿着山路一路颠簸拐进报案者告知的位置。

特斯拉突兀地停在山间小道上，车门如报案者所言没有关上，驾驶座上的确有斑驳的血迹。血迹已经干透，呈现诡谲的暗红色。

车内除了血迹以外十分干净，还带着车载香薰浓烈的味道。

路隐翻找了一下，发现了一个刻有丁淼名字的打火机，证实这辆车的确跟丁淼有关。可现场并没有丁淼的踪影。

看着座位上的血迹，莫闻心里有一种不好的预感。

"丁淼来这里干吗？"

"我想，如果他真的制造了一只怪物，很可能这只怪物已经出逃。他来到这里则是想带回它。"路隐说着，仔细观察起四周来。

"那车上的血迹……"莫闻脑补出一场混战：不知名的怪物袭击了丁淼，丁淼满身是血地回到了车里，但是他来不及关门，就又被怪物拖了出去……

就在这时，路隐叫了莫闻一声。莫闻一惊，回过神来，就见路隐招呼他朝一片树丛走去。

人迹罕至的齐鸣山，树丛却有被践踏过的痕迹。丁淼是否就是从这里步入森林，去找那只没被看管好的怪物的？

路隐皱起眉头来，冷静地道："换衣服吧。"

他领着莫闻回到他们的车里，翻出战斗服穿上。这衣服比他们平日的制服要厚，保护性能更好，内兜更多，更容易携带装备，一般只有在出危险任务时才需要穿戴。现在，面对未知的森林，他们不得不将它穿上。

"老大，我们真的要进去吗？"莫闻一边穿着战斗服，一边不安地瞟了一眼森林。如果丁淼是在这里被怪物袭击而消失的，那只怪物说不定还在这山野里。

可他们并没有别的选择。

"明知山有虎偏向虎山行是我们的日常。"路隐穿好衣服，检查了一下对讲机，果敢地转身，朝着森林走去。他不知道那里会有什么，但他必须接近真相。

莫闻虽心有不安，仍紧跟在了他的身后。

沿着刚刚的痕迹一路向前，没过多久，痕迹便消失了。等莫闻反应过来时，他们已经身处森林中。遮天蔽日的树木让这里呈现一种阴沉的灰色，时不时有鸟鸣打破周遭的阒静，风声在这里都显得诡异起来。

置身这样阴沉的环境里，莫闻不由得紧张起来。一紧张，他反而察觉出很多不对劲："老大，我们刚查到炎川的线索，立刻就接到报案，找到了丁淼的车子，会不会太凑巧了一点儿？"

"的确很凑巧啊。"路隐一边感叹，一边警觉地打量着四周。茂密的草叶让脚下的每一步都显得不确定起来。

"那我们还要往里走？"莫闻小心翼翼地跟着路隐往前走，声音也不自觉地压低了许多，"这会不会是一个陷阱？"

路隐冷笑了一声，道："我们现在就是要去找一个陷阱。"

"啊？"

就在莫闻惊愕之时，森林里突然响起了某种带有节奏的声音。

沙沙沙——

宛若某种铃铛的声响，令路隐和莫闻立刻警觉了起来，手也跟着摸到了腰间的枪。这是莫闻通过考试后，第一次在执行任务时用枪，他不免更紧张了。

就在这时，一阵窸窸窣窣的声音在不远处响起。

路隐和莫闻立刻循着声响望去，只见某一棵巨树之上，盘踞着一条巨蟒，它像是被沙沙声所召唤，腾空而起。

下一秒，路隐和莫闻看到了更不可思议的画面——那条蛇在半空中张开了灰色的翅膀，朝路隐他们俯冲而来！

"这是什么东西？！"莫闻愣在原地。

路隐一把拽过莫闻，躲过了蛇吐出的芯子，两人狼狈地翻滚进草丛里。

那条蛇见袭击失败，猛地将身子快速地盘在旁边树木的树干上，准备重新展翅。树上的叶子被它震得脱离枝丫，如雪飘下。

"丁淼他们真的制造了一只怪物！"

莫闻还处在震惊之中，而路隐看着眼前带有翅膀的蛇，瞬间猜到了那是什么。

"螣蛇。"路隐冷静地报出这个名词。

莫闻瞬间想起了曹操《龟虽寿》里起始的两句："神龟虽寿，犹有竟时。螣蛇乘雾，终为土灰。"

同时，他也想起，螣蛇还是传说中的上古神兽。

炎川为了拍摄一部片子，居然让丁淼制造了传说中的生物——一条长着翅膀的巨蟒！

6

阴暗的森林里刮起一阵寒风，那如铃铛般的声音再次响起。

缠绕在树干上的螣蛇又一次腾空而起，张开翅膀，朝着路隐和莫闻飞旋而来。它巨大的眼睛闪着寒光，吐出的芯子鲜红诡异，似要将人卷到它的口中。

匍匐在地的两人见状，立刻朝两边翻滚开来。螣蛇扑了个空，身躯砸在地上，巨大的翅膀从两人的头顶掠过，长长的尾巴扫过周围的树干，震出巨响。与此同时，它扭动着身躯，朝着路隐的方向滑了过去。

路隐掏出手枪，对着䗃蛇扣动扳机。

"砰！"子弹飞旋而出，打在䗃蛇巨大的腹部，但是小小的子弹此刻宛若一枚针，只让它绽出一点儿血，却惹得它暴躁地挥动着翅膀。

路隐感觉迎面刮来强有力的风。他努力睁开眼，只见䗃蛇张开血盆大口，朝着他扑了过来。

路隐眼疾手快，又朝着它的腹部来了一枪。

有血顺着翅膀带起的风飞溅到路隐的脸上，猩红黏稠，令人作呕。

在他另一边的莫闻此刻也掏出了手枪，他努力瞄准䗃蛇的方向，对着它射出一枚子弹。

他想吸引䗃蛇的注意力，但是那枚子弹打在䗃蛇背上，也如隔靴搔痒。它非但没有转身去攻击他，反而更快地朝路隐爬了过来。

路隐连滚带爬地朝后退去，混乱之中，他看到森林中有什么在闪烁。

他还来不及反应，就见䗃蛇猛力地挥动翅膀，比之前更强有力的风从路隐身后扑来，将他掀翻在地。路隐的脸狠狠地砸在泥土上，等他挣扎着爬起来，一团黑影已经遮盖住了他面前的土地。

他惊愕地转身，就见䗃蛇已经逼近他，支棱起上半身，居高临下地看着他，如同神祇俯瞰渺小的人类。

䗃蛇露出尖牙，朝着他刺了过来！

如此庞大的怪物，已不是他和莫闻能够解决的。

千钧一发之际，森林里响起了一阵枪声。埋伏在树丛里的八位特警纷纷现身，从各个方向向䗃蛇射击。

在来之前，路隐就预感到了这可能是个陷阱，所以申请了支援。之所以让其他八位成员埋伏待命，而不是随他们暴露在森林里，是怕有他们在，会惊动那个设下陷阱的人。

但现在，面对如此庞大的怪物，他们必须要发动攻击。

无数子弹穿梭在林间，螣蛇身上的血肉再次绽开，它惊恐地扭动着身子，扇动着翅膀，从地上腾空而起。

路隐仰起头，看着半空中飞行的螣蛇，觉得这画面比电影还不真实。

莫闻跑过来扶起地上的路隐，紧张地问他："老大，你没事吧？"

路隐摇了摇头，继续抬着头。他本以为螣蛇会为了躲避子弹而飞向更高的天空，但它只是穿行在树林之间，一会儿缠绕在树干上蓄力，一会儿又腾空。

看来它庞大的体形限制了它飞行的高度。路隐猜测着。

特警们正举枪追赶螣蛇。他们接到任务，如果丁淼真的制造了一只怪物，他们就要带回那只怪物，无论它是生是死。

然而飞行的螣蛇太过灵活，总能快速地闪躲开来。它绽开的皮肉在一棵棵树上洒下鲜血，让整座森林都染上一股血腥的气味。

就在路隐和莫闻查看自己的伤势时，他们听到有人朝他们喊："小心！"

路隐一惊，抬起头来，只见刚刚飞远的螣蛇居然借着树干又朝他们飞来。

莫闻猛地将路隐推开，自己则被螣蛇掀翻在地。他本以为这下螣蛇会来袭击他，但是螣蛇却忽略了离它最近的自己，又一次向路隐滑去。

"老大！"

路隐刚从地上爬起来，就听到了莫闻的叫喊声。与此同时，一股血腥的臭味从头顶漫了下来。他甚至都来不及抬头看螣蛇，就感到黑暗砸了下来，有黏稠的液体糊住了他的眼。他的右肩被什么东西刺中，疼痛感让他失控地尖叫起来。

幸好他的意识没有中断，他意识到自己肩膀以上的部位正在螣蛇的口中。但因为它太庞大，所以它的尖牙只刺中了他一边的肩膀。不过只要它一仰头，就能将他彻彻底底地吞入口中。

恐惧席卷而来，但是求生的本能让他继续用力挣扎着。

"路隐！"

飞奔过来的特警朝着螣蛇奋力地开枪，子弹如雨般砸在螣蛇身上。螣蛇剧烈地扭动着身子，却迟迟不肯松口。

就在众人万念俱灰之际，路隐艰难地从内里的口袋里掏出了一个针筒。那是他向上级申请下来的毒性较强的TR2原液——据说有一批次还是丁淼他们公司生产的。

混乱之中，他朝着螣蛇的下颚猛地一扎。

TR2原液有两个特点：一是可以杀死任何生物且没有解药，二是起效速度极快。因为在现实生活中很少被使用，所以本市都没有它的远程注射器。要不是螣蛇咬住了路隐，他也无法近距离向它下手。

值得庆幸的是，路隐刚注射完毕，螣蛇就松开了口，发出刺耳的悲鸣。

路隐瞬间感觉到了新鲜的空气，他大口大口地喘气，重重地砸在地上，右肩猛地喷出大量的血液。

莫闻飞奔过来，检查他的伤势，就听路隐虚弱地命令道："快让技术组追踪这里产生的数据信号。"

路隐猜想，是炎川引诱他们来这里的。他和莫闻之所以被螣蛇袭击，是因为他们刚刚在检查丁淼的车时，沾染上了车里车载香薰的气味。这种气味在他们更换衣服后，依旧留在他们的皮肤和毛发上。因为路隐俯身在车内搜索的时间比较久，气味沾染得比较浓，所以他才成了螣蛇主要的攻击对象。

而炎川这么做，就是为了拍摄一场真实的人类与神兽的大战。刚刚在混乱中，他看到的闪烁的东西，应该是他布下的摄像头。

摄像头会向外传输画面信息，技术组可以通过传输数据反向追踪到炎川的秘密拍摄基地。

但他无法理解，炎川居然为了自己的影片，铤而走险挑战警方……

路隐思索着，清晰地感觉到自己的身体支撑不住了。

"没想到我会折在这里……"在失去所有知觉之前，他有些愤恨地想。

森林很快又重归寂静。

7

滕蛇的尖牙咬穿了路隐肩膀上的骨头,医生给他做完手术,休息半个月才能出院。

路隐从沉睡中苏醒过来,便从莫闻口中听说了那天的后续。

在路隐被送往医院的三个小时后,他们在齐鸣山附近发现了炎川的秘密拍摄基地。它被藏在一间废弃工厂里面,很难被人发现。整个拍摄组不过五人。而当时,作为总导演的炎川刚亲自动手剪辑完成森林里的人兽大战。

面对警方的破门而入,炎川气定神闲,显然已经做好了被捕的准备。

路隐决定亲自去审一审他。

"啊?老大,你刚做完手术!"

"这点儿小伤算什么。"路隐看着肩上的绷带,下床就要换衣服。

莫闻知道他倔劲上来劝也劝不动,只得"助纣为虐",帮他逃出了医院。

警局收到路隐的申请时大为震惊,"这家伙为了破案连命都不要了?赶紧给我滚回医院!"领导如此批评路隐。路隐却按着自己受伤的肩膀,坚定地摇头。

"你呀你,怎么还像个小孩一样倔!"领导拿他也没办法,叹了口气道,"我就当是莫闻来申请的吧,审完赶紧滚回医院躺着!"

路隐点了点头,擦了擦额头上的虚汗,说:"我这次来不算是提审炎川,我只是跟他见面聊聊。"

几分钟后,路隐终于见到了传说中为追求真实的艺术而走火入魔的炎川。

"你好,我们的男主角。"炎川见到路隐,立即露出灿烂的笑容,"感谢你的精彩演出。"

路隐灰色的瞳孔掠过寒光,一旁的莫闻也握紧了拳头。

"不过我该说的都跟其他警察说了……"炎川歪着头看向路隐,"我的确拜托丁淼制造出了螣蛇。因为拍一个令人身临其境的奇幻故事，是我从小的梦想。我知道这违反了规定，所以我早已做好受到惩罚的准备。"

"所以你的准备是无期徒刑还是死刑？"路隐冷冷地问道。

"不至于这么严重吧，我又没杀人，你不还好好地坐在这里吗？"

"丁淼呢？"

"啊，你说这个啊。不好意思。丁淼将螣蛇交给我，让我好好看管，但面对真实的神兽，我们这个小剧组还是出现了一些纰漏。螣蛇从我们的剧组逃了出去，躲进了齐鸣山里。丁淼作为它的创造者，想要把它收回来，避免生出事端，但是……他好像被螣蛇杀死了。"炎川冷静地说道，"我承认我有一定责任，但是人说到底不是我杀的。他只是出了意外。"

"对方出了意外，你却仍精心地在森林里布下了摄影机，来拍摄我们与螣蛇的大战？"

"我也是没办法嘛。丁淼告诉我，螣蛇有很多限制。它无法飞得太高，也无法存活太久，如果我们不抓紧拍一些我们想要的画面，就来不及了。于是我们修改了剧本，把你们换成了主角。我相信你们一定会战胜螣蛇，毕竟你们花样可多了，还有一管能让螣蛇毙命的毒液。"炎川几乎是揶揄地说道。

一旁的莫闻闻言怒不可遏。炎川说这些话的表情，表明他应该是预想能拍到他们被螣蛇吞食的画面的。幸好路隐备着那管毒液，关键时刻了结了螣蛇的性命。

不过——

"为什么选择我们？"莫闻问道。

"因为我们去他的个人工作室时，监控拍到了我们。他大概猜到我们在调查丁淼失踪一案，所以干脆设了这么一个陷阱。"路隐向莫闻解释道。

莫闻则直接向炎川发问："那你们之前定的主角是谁？"

"我们找的其他演员咯。"

"恐怕不是吧。"路隐紧盯着炎川的眼睛，"你们原来的主角是丁淼吧？"

炎川的嘴角抽动了一下。

路隐继续说道:"你们并不是疏忽大意,让䱉蛇溜走,你们是故意放走了它。而且你们也不是无法控制它把它带回,你们是不想将它带回。"

在森林里,路隐曾听到沙沙的声响,那应该是控制䱉蛇的道具之一。另一个道具是丁淼车上的那种香薰。

丁淼对自己创造出一只怪物的事惴惴不安,所以秘书才会说他看上去忧心忡忡。而正是因为这种不安,让他找到了控制䱉蛇的方法。

他必定是将这些道具给了炎川,但炎川并没有使用。

"丁淼那天收到你的信息,应该急匆匆地先来找过你吧?而你让他去齐鸣山找䱉蛇。他应该意识到你想要干什么了吧?毕竟你们自己就有办法去把䱉蛇带回,何必要他亲自动手呢?"路隐对着炎川推理道,"丁淼猜出你想让他置身险境,拍摄造物者与被他创造的怪物决斗的画面,所以拒绝了你的提议。"

炎川微微皱起眉头。

"一般人猜出了这样恐怖的陷阱,会是什么反应?我想他当时应该很愤怒吧,说不定他扬言鱼死网破,要报警。然后你就杀了他,伪装成他被䱉蛇杀死的假象。不然,你也不用故意引诱我们去跟䱉蛇对战。丁淼和䱉蛇对战的画面就能满足你的需求。"

听路隐说完,炎川笑起来:"不如你来当我的编剧吧。"

"可惜,没这个机会了。"路隐说着,把一份验尸报告拍在了炎川面前。

这是他让莫闻做的假报告,他想要以此诈一诈炎川。

"我们已经在齐鸣山发现了丁淼的尸体。"路隐眯着眼,对着炎川露出一个浅浅的胜券在握的微笑。

谁料炎川冷哼一声,嚷道:"你们少来诓我!"

路隐立马收起笑意,冷静地问道:"你为什么会觉得丁淼的尸体不在齐鸣山?"

"我……"炎川愣住了,他发现自己刚才的反应太快了!

路隐收回假的验尸报告,道:"你之前说他是去齐鸣山找螣蛇失踪的,那么在齐鸣山找到他的尸体不是很正常吗?"

"……"

"只有真正的凶手知道,丁淼的尸体肯定不在齐鸣山,知道我刚刚是在诓他。"

炎川的嘴角不自觉地又抽搐了一下。

"因为你计划要诱导我们来你的陷阱,完成你的拍摄任务。这势必会引来警方调查。如果警方在齐鸣山找到丁淼的尸体,就会发现他并不是死于螣蛇的袭击。所以你绝对不会把丁淼的尸体藏在那里。"

炎川发现自己落入了面前这个男人的陷阱,身体颤抖起来。

"该死!都怪那家伙,自己有本事可以控制螣蛇,却不敢去跟它对战,还扬言要曝光这件事!我的短片都没拍完,曝光个屁!"炎川终于崩溃了,嚷道,"谁也不能阻止我完成我的艺术梦想!"

"呵,说得真是好听呢。艺术梦想?我看你不过是借拍片为名,满足自己对他人的折磨欲罢了。"

"你在说什么?!"

"你仗着自己有一点儿才华,一直在折磨着别人,不是吗?明明影片拍摄可以有更简单的方案,但是你一定要让别人跟你一起追求真实,这不是在折磨人吗?"

"没有这份追求,能拍出好作品吗?"

"那你虐杀了四条狗是为何?差点儿把演员炸死是为何?把我们逼到险境又是为何?艺术不应该是建立在别人痛苦之上的!"

"痛苦本身就是艺术!"

路隐坚定地看着炎川,一字一句铿锵有力地说道:"若那真是艺术,也是拙劣的艺术!"

"你根本不懂！"炎川吼道，"电影是造梦的艺术，我不过是想造一个逼真的梦罢了……"

就在这时，一直没有说话的莫闻忍不住开了口："如果你没有被封杀，你还会坚持用真实的䗛蛇拍这次的片子吗？"

炎川皱起眉头，不解地看着旁边这个毛头小子。

莫闻的眼里全是失落："你之前就想拍这种片子，但是那时你应该不敢用真实的䗛蛇来拍摄吧？毕竟之前你们可是向外宣称要找国际顶级的特效团队来打造特效……"

"谁说我不敢！"炎川恼怒地回呛道，"是那些制片人不敢！"

"你说你敢这么做，可这么多年来，你不一直让项目搁浅着吗？你可没有在那时一意孤行，像其他有追求的导演一样，自己投资自己拍。直到现在，你因他人的爆料而被封杀，才破罐子破摔！"莫闻揭穿道。

炎川狠狠地砸了眼前的桌子一拳，嚷道："谁允许你这么侮辱我？！"

但莫闻不惧地继续说道："你那所谓对真实艺术的追求，也不过是自我粉饰罢了。因为这个噱头能带给你名誉和财富，所以你一直紧抓着这个标签不放。如今，你一定要制造出真实的䗛蛇来拍摄，也是因为你想拿这个噱头，让那些还愿意追随你的粉丝为你的片子买单！说到底，你这么费劲，还不是为了名誉和钱！"

"住嘴！"炎川厉声呵斥道，"你有什么资格指责我？"

"因为……"莫闻失望地说，"因为我也曾是你的影迷，也曾是你的粉丝……我以前也被你极力追求真实的拍摄态度打动过。但现在我发现，你只是打着造梦的旗号，满足自己粗俗的欲望罢了。"

听到自己曾经的粉丝说出这些话，炎川忽然像是失去了所有力气，颓然地垂下了肩膀。

"不是你说的那样，不是你说的那样……你才不是我的影迷，你才不懂我为什么要这样做……"他不住地呢喃着，直到声音彻底被呜咽淹没。

第三章 怪物凶猛 GUAI WU XIONG MENG

8

据炎川交代，丁淼之所以同意帮他制造螣蛇，是因为他想要与妻子离婚。离婚后，妻子势必要带走他一半的财产，这会导致公司的财务产生问题。而炎川表示，只要他制造出了螣蛇，就能得到巨额的报酬。

"为了拍一部短片，他居然可以拿出那么多资金？"路隐对此感到很是惊讶。

"应该是他的狂热粉丝提供的资助吧。"莫闻猜测道，"很多喜欢他作品的有钱人，都在私底下给他集资。"

那天，当警方找到炎川时，他已经快速地完成了对新短片的剪辑，那片子最终还是流了出去。

那些收到片子的观众，应该都是炎川的投资者。他们或许是冲着欣赏艺术的心态加入到炎川的队伍里的，但事实上，他们最后只是在享受欣赏他人苦难时内心产生的变态快感吧。

路隐很想找出这些人，但是他已经没有了力气。走出警局的时候，他感觉自己的肩膀无比疼痛，直冒虚汗。

"老大，你还好吧？"

莫闻想去搀扶他，却被他拒绝了。

"我没事。"

他觉得这点儿伤不算什么，自己一定能撑到医院。但是当他走下警局门前的台阶时，他感到一阵头晕目眩。终于，他毫无防备地瘫软下来，狠狠地摔在了地上。

黑暗降临前，他想，他是应该听医生的话，好好休养半个月的。

在路隐陷入昏迷的日子里，警方通过炎川的供词，找到了丁淼的尸体。

路隐最终还是帮丁小雨找到了爸爸，却也让丁小雨意识到自己已经失去了爸爸。不知道这个孩子，现在会是怎样的心情。

莫闻担忧地看了看天空飘下的小雨，快步走进医院。最近几天，他每天都来看望还未苏醒的路隐。

今天，路隐的病床边多了一束鲜花。

一张贺卡插在鲜花上，上面用秀丽的字迹写着对路隐感谢的话语，署名是"小雨母亲"。

莫闻读完贺卡，准备把鲜花插到病房的花瓶里，却发现花束下还压着一样礼物。

一个望远镜静静地躺在那里。

望远镜的前端有很明显的磨损痕迹，那是被人反复摩挲后产生的。

莫闻拿起望远镜，叹了口气，又替路隐露出一个笑来。

第四章
猴子与打字机
HOU ZI YU DA ZI JI

1

"这雨怕是永远也不会停了。"

莫闻一边抱怨着最近的天气,一边驾驶着车,沿着盘山公路向山里开去。清晨的瓢泼大雨砸在车窗上,发出噼里啪啦的声音,令雨刮器如临大敌似的以最快的速度摆动。

副驾上,路隐看了一会儿摆动的雨刮器,也打了个哈欠。

要不是担心雨天路况不好会迟到,他也不会这么早让莫闻将他送到这里。

今天是作家山锴的新书《死亡回旋》的发布会。这位文坛有名的推理作家今年已有七十五岁,出版过二十九部作品,留下过不少经典。路隐小时候就读过他写的书,还曾幻想过自己是他书里的主角侦探。

大抵也是受了儿时读物的一点儿影响,路隐顺着命运的线,真的成了一位探员。

多年前,山锴曾为了搜集素材写新书而主动认识了路隐,路隐便与他有了私交。每次山锴开新书发布会,他都会收到邀请帖。但以前他总抽不出身参加,这次,因为肩膀受伤而被迫休假,他才有了时间。

莫闻听说他要去参加山铠的新书发布会，自告奋勇当起了司机。

"山铠老师的书，我也有读过。"当时莫闻咧嘴一笑，冲路隐露出他那标志性的虎牙，路隐便知道了他的心意。

"你还真是个文艺青年，又是爱看电影，"路隐轻轻拍了拍自己受伤的肩膀，笑道，"又是爱看书的……"

"还不是为了让自己开阔眼界嘛。"莫闻嘿嘿一笑，道，"再说了，山铠老师之前就发布过公告，他的这第三十本书，就是他最后的作品。大作家封笔之作的发布会，我能蹭着参加一下，发个朋友圈也很有面子。"

路隐笑着哼了一声，看了一眼自己手机阅读软件上收藏的山铠作品。

很多年前，这位作家就跟读者说，他出完三十本书就封笔。没想到一晃就到了约定的日子。

而且这次的发布会，也与以往不同。

以前，山铠都是带着出版后的新书召开发布会，这次却是在新书出版前就组织了这场发布会。

山铠表示，虽然以往都是直接用电脑传输文档交稿，但这次，他将更有仪式感地完成新书书稿的交接。他会将新书书稿打印出来，以纸质的方式，在发布会上，亲手交到编辑手中。

更有噱头的是，这一次，他将在现场确定与哪家出版社签约。

据说参与本书竞价的出版社有数十家，但最终留下来的仅有两家。

一家是刚刚在圈子里小有名气的蓝象出版社，一家是山铠曾经合作过的云海出版社。

虽然两家出版社跟读者一样，都只试读过《死亡回旋》开头一万字的样章，却都愿意以高价买下它的版权。毕竟仅以"知名作家的封笔之作"这一个噱头，就能让《死亡回旋》拥有超高的实体书和电子书的销量。

更何况，一向谦虚的山铠，第一次夸下海口，说这本书绝对会成为推理史上的杰作，让读者和出版社更是好奇万分。

第四章　猴子与打字机

"不知这本书的版权到底会花落谁家。"莫闻似乎对这种热闹很感兴趣,来时还兴奋地猜测,"山镗老师公布的一万字开头,真的很精彩,令人好奇之后的剧情。在现场应该可以抢先读一点新的内容吧?"

但在雨幕下的山路慢吞吞地开了一个小时车,他那掩饰不住的兴奋也消减了不少。

抵达山镗的山间别墅,已近早上八点。莫闻替路隐敲开了别墅的大门。

应门的是个戴着眼镜,背微驼的年轻人。路隐与他见过几面,他是山镗唯一的徒弟……嗯……叫什么名字来着?

在路隐想起他的名字之前,年轻人已经热络地接过他们的雨伞,将他和莫闻迎进了别墅。

"路隐先生,你们是今天第一个来的呢。"山镗的徒弟一边领着他们往里走,一边关切地问道,"你们过来的路上还顺利吧?"

"还顺利。"路隐礼貌地回答。

他便又道:"这雨下得真不是时候,从昨晚到现在,一刻也没停过。不知道其他人能不能准时赶到。"他看了一眼窗外的雨幕,脸上的担心真真切切。

"庆禾,这位是……"

忽然,不远处响起沙哑的女声。路隐循声望去,瞧见一位身着灰色西装,一副干练模样的女人正端着咖啡坐在客厅里。

"啊,沈编辑,这是山镗老师的好友,S&T探员路隐。"庆禾看向路隐身边的莫闻,用眼神询问他是谁。

莫闻展齿一笑,指指路隐,道:"这位的小跟班,莫闻。"

庆禾礼貌地回给莫闻一个笑,向他们介绍起面前的女编辑。

"这位是蓝象出版社的编辑,沈青芝小姐。她和云海出版社的编辑陈秋义老师,昨天就来这里帮忙筹备发布会了。因为昨晚下大雨,他们便留宿了一晚。不过陈秋义老师好像还没醒?"

"谁说我没醒的。今天的日子对山镗老师很重要,对我们云海出版社更重要,我可是起了个大早,在房间里做了不少准备。"从二楼客房里走出的陈秋义梳着油头,西装笔挺。

沈青芝瞥了他一眼,笑道:"从您的发型看出来了。"

路隐正在细品她这话是揶揄,还是友善的玩笑,就看到山铠的妻子梅茵懒洋洋地从三楼卧室走了下来。她比山铠小二十五岁,今年刚到知非之年,却仍然是位追求时尚,爱把自己打扮得花枝招展的女子。但今天,她的打扮比路隐印象中要朴素不少。

"哎呀,还不是因为山铠不让我打扮得太张扬嘛!毕竟这次发布会要线上直播的嘛。"梅茵无奈地叹了口气,打量着自己干干净净的双手,道,"上次发布会,我戴了两枚戒指,就被网友追着骂炫富骂了好几天,现在的网友真是搞不懂啊……所以这次,我索性连美甲也不搞了。"

"即便如此,您也依旧气质出众啊。"明明梅茵的话是冲着路隐说的,接话奉承的却是陈秋义。

路隐看到沈青芝冷笑了一声。

而这头,梅茵已将身子朝向庆禾:"庆禾,昨晚山铠老师又睡在书房了,你待会儿去叫他一下吧。"

"好的。"庆禾赶紧答应,又抬头看了看客厅里的钟,"时间的确不早了,我这就去叫老师吧,毕竟打印新书书稿还要花一些时间呢。"

"《死亡回旋》的书稿还没打印出来?"莫闻有些惊讶地问道。

"作家在交稿前,可能会不停地修改稿件啊。"沈青芝解释道。陈秋义也跟着点了点头。

而庆禾已经先行一步离开,前往书房。

客厅里剩下了路隐、莫闻、两位编辑和山铠的妻子梅茵。

"你们随便坐,吃点水果什么的。"梅茵招呼路隐他们坐下,又抱怨道,"本来家里还有保姆在帮忙的。结果昨天布置发布会会场,她不小心摔断了腿被送去了医院,现在也没其他人手招待你们了。你们有什么需要,就自己拿哈。"

路隐和莫闻刚想摆手说不用客气,就听到书房传来一声尖叫。

"山镗老师!"

那惊慌失措的声音来自庆禾。

路隐警觉地站起来,循着声音向书房跑去。

其他人紧随其后,慌张地叫嚷着"怎么了?怎么了?"来到书房。

书房里,山镗趴在地上,一动不动。大片的鲜血从他的后脑勺漫出,浸红了他泛白的头发。

"啊!"这下,梅茵也发出了尖叫。

她的叫声吓得已经瘫坐在地、失魂落魄的庆禾都抖了一抖。

路隐眉头紧蹙地靠近山镗。

他发现他后脑勺的血已经凝固,身体也没有因为呼吸而有所起伏。可就算如此,他还是怀着最后一线希望去探了探这位忘年之交的脉搏。

但那脉搏没有任何跳动的迹象,山镗的身体也已经凉了。

路隐叹了口气,冲着围在尸体旁的众人悲切地摇了摇头。

梅茵再次发出声嘶力竭的哭叫声。

就在这时,一个男人不耐烦的声音从他们身后传来。

"一大清早,叫什么叫啊!"

众人转头望去,只见山镗与梅茵的儿子山弈睡眼惺忪地抓着头发,一脸不耐烦地砸吧着嘴。

见到众人或不知所措或同情地看着自己,他困惑地眯起眼睛。

"干吗啊这是。"

他含糊地说着,扒开面前的众人,下一秒就看到了倒在地上的父亲,以及他后脑勺的血迹。

他震惊地瞪大了眼睛,结果连惊呼都来不及发出,就晕了过去。

"山弈!山弈!"梅茵立马接住瘫软下去的儿子,急急地对在场的众人道,"麻烦你们快把他扶出去,他有严重的晕血症!"

众人手忙脚乱地来帮忙，书房陷入了短暂的混乱。

2

书房里的人群散去，只留下路隐检查着尸体。

刚刚他已将这桩凶杀案汇报给了警局，希望他们支援一些人手配合调查。不过很快，他就得到反馈，说他们来时的路遭遇山体滑坡，无法通行，于是案件侦破的事就落在了路隐和莫闻身上。

不过因为泥石流堵住了去路，晚来的记者也被拦在了外面，别墅里的人员并未增加，混乱程度并没有加重，路隐得以专心地检查尸体。

经过他两次检查，他以多年的经验判断，山镗应该是被人从后方用重物重击后脑勺多下而死。尸体的变化程度让路隐断定，他是在今日零点之前断的气。

这时，去调查别墅出入情况的莫闻回来了："老大，我刚检查完别墅外的监控，无论是门口，还是花园里的监控，都显示从昨天下午保姆被送医院后，就没有其他人来过别墅，也没有人离开过别墅。所以……"

杀害山镗的凶手就在别墅里的五人中——

山镗的徒弟，庆禾。

蓝象出版社编辑，沈青芝。

云海出版社编辑，陈秋义。

山镗的妻子，梅茵。

山镗的儿子，山弈。

这五个人中，是谁用重物袭击了山镗？而他所用的又是何种凶器？路隐紧蹙着眉头，环视起书房。

他怀疑凶手是激情杀人。因为一般有计划的凶手，不会挑选极具分量的凶器，携带不方便不说，还容易被他人发现异常。所以此人很可能是临时起意，在书房里找了某样有分量的东西，砸向了山镗的后脑勺。之后凶手可能会将凶器带离现场处理,也可能会将凶器放回原位,佯装什么也没有发生。

路隐灰色的瞳孔微微缩紧,目光停留在左侧书架上的一个雕像上。

路隐记得之前拜访山镗时,山镗曾介绍过这尊雕像。雕像名叫《猴子与打字机》,形状便是一只猴子在打字机上打字。该雕像猴子的部分是铜质的,另一部分则是铁质工艺的复古打字机,单拆下来与市面上能买到的复古打字机无异,按键甚至都可以按下去。

当年看到这尊艺术雕像,路隐就想到了那个有名的思想实验"无限猴子定理":如果无数的猴子在无数的打字机上随机打字,并持续无限久的时间,那么在某个时刻,它们必然会打出莎士比亚的全部著作。

山镗曾经略带憧憬地告诉路隐:"我收藏这个作品,也是为了激励自己。只要我一直写下去,终有一天,我也能写出被读者奉若瑰宝的作品。"

而现在,这位昔日的好友躺在他的脚边,变作了一具冰凉的尸体。路隐不免有些悲凉。

不过现在不是悲伤的时候。路隐之所以注意到《猴子与打字机》,是因为他那带一点儿智能侦查功能的灰色眼珠,发现了这雕像的不同之处——它表面留有血痕。虽然血痕明显被人擦拭过,常人肉眼无法看见,但他的这只灰瞳还是能清晰地辨别出来。

是谁用它杀害了山镗?

路隐对着雕像沉默片刻,转头看向莫闻:"他们五人现在在干什么?"

"梅茵和山弈受到的打击最大,现在回房间休息了,庆禾应该在照顾他们。两个编辑则在跟出版社紧急商量如何处理这件事。"莫闻问,"老大,你是不是在想先从谁查起?"

"让遗孀缓缓神,让编辑先解决工作上的压力,我们先跟庆禾聊聊吧。"

"我也觉得应该先调查庆禾。"

"哦?"路隐饶有兴致地看向莫闻。

莫闻眉头一展,道:"老大,你不觉得我们现在很像是在古典推理小说里吗?

雨中的别墅、被封的道路,还有死亡的作家,凶手就在几个嫌疑人之中……"

被莫闻这么一说,路隐也想起自己看过的一些推理小说。

莫闻继续说道:"在这类故事中,杀害作家的往往是他的徒弟,而且理由也都差不多。"

"比如?"

"比如作家剽窃了徒弟的创作,拿来己用,徒弟怀恨在心……"莫闻来到书房的书架前,指了指其中一本书的书脊,道,"听说山铠这本书里有几个梗,灵感本来是庆禾的。"

那是山铠的第二十九本书——《雨日死讯》。

可惜的是,莫闻的推测是错的,庆禾并没有因为山铠用了他的灵感而心怀芥蒂。

"我虽然厌恶抄袭,但山铠老师并没有剽窃我的作品。拜师山铠老师门下这么多年,我都没能出版作品,是因为我的笔力实在有限。但是山铠老师鼓励我,说我的一些想法还是挺有亮点的,于是我几乎是恳求山铠老师把我的梗用在他的书中。对我来说,自己的灵感能够成为山铠老师创作的一部分,是十分荣幸的事情。更何况,老师还支付给我一笔不菲的版权费,并在公开采访时提及了我和这件事……"

路隐和莫闻是在藏书室找到失魂落魄的庆禾的。

这间藏书室是山铠最自豪的地方。作为极爱实体书的作家,书房书架上的书只是他藏书中的冰山一角,这么多年斥巨资打造的藏书室才是整个家中山铠最喜爱的地方,这里金碧辉煌,藏书更是浩如烟海。今天的新书发布会,本来也准备在这里召开,可惜再也没有机会了。

庆禾看着发布会现场的布置,扼腕道:"我一直很感激老师能收我为徒,也很想帮老师完美地谢幕……我怎么会因为老师用了我的灵感而杀害他呢……"

他的悲伤一点儿不假,让莫闻觉得自己对他的怀疑有些残忍。

一旁的路隐则继续向庆禾询问:"那么你昨天晚上都在干什么?"

庆禾思索片刻,回答道:"昨晚六点吃完晚饭,我又来这里确认了一下会场的布置。一个小时后,我回到自己的房间看书。大概九点多的时候,我出来接水喝,遇到了师娘。师娘说山镗老师九点半要跟两位编辑各自单独会面,让我泡一壶茶送过去。于是九点半的时候,我就按照师娘的吩咐,把茶送去了书房。"

"之后你还有没有去过书房?"

"之后我还去过一次,大概是十点多的时候。我去书房敲门,询问老师是否需要添水,但老师在屋内制止了我。我没有进去,因为他好像在跟里面的人吵架。然后我就回自己的房间,再也没有出来。"

"吵架?当时会面的是谁?"

"我听声音是云海出版社的陈秋义编辑。"

"你有听到他们为何吵架吗?"

"我没有听到他们具体的谈话,但是我大概知道他们为何吵架。"庆禾犹豫了一会儿,还是说出了口,"山镗老师好像要把新书签给别的出版社了,也就是之前从未合作过的蓝象出版社。"

3

"是的,昨天晚上我有单独跟山镗会面。时间大概是十点左右,我们聊了半个小时,之后我就回房间跟出版社的领导开视频会议了。"

陈秋义单独接受了路隐的问话。他似乎因为山镗的去世很烦躁,原本梳好的油头被他抓得凌乱不堪。

路隐开门见山,问道:"昨晚你们会面时好像有在吵架?"

陈秋义撇了撇嘴,犹豫了一下,还是点了点头。

"因为他想要把新书签给别的出版社?"

"这你们也知道啊？"陈秋义像是投降般说，"其实我早就猜到山镗要把新书给别的出版社。"

"你们之前的合作有过不愉快吗？"

"这个……说实话……错在我。"陈秋义叹了口气，解释道，"山镗上一本书《雨日死讯》是我们出版社出版的，但销量并没有达到我们的预期。有很多读者说他江郎才尽，揶揄他晚节不保……那个时候，我也因为销量的压力，对他的这部作品有所抱怨，结果不巧被山镗听到了。我后悔莫及，因为我知道山镗对自己的作品还是很在意的。我请求山镗原谅，他表面说不在意，但后来我们都发现他鲜少再同意参加我们出版社的活动，我就知道他心里的芥蒂根本没有消除。"

"但你们还是参与了这次《死亡回旋》的竞价？"

"毕竟是山镗的封笔之作嘛，所以我们还是报了个非常有诚意的价格，希望拿到版权。"

"那你怎么'早就猜到'山镗要把新书给别的出版社？"

"因为我们给出报价和宣传方案后，山镗没有给我们任何回复，而其他出版社或多或少都有收到回复。"

"可是你们还是成了最后被选择的出版社之一啊。"莫闻不解。

"其实我们得到这个消息时也有些意外。但我很快就猜到，这可能是山镗的报复。"陈秋义说，"他这次要在发布会上决定自己新书的版权花落谁家，一个是为自己的新书造势，另一个就是想让我在大众面前铩羽而归——因为上次的不当言论，出版社想让其他编辑来负责这次的新书，但是山镗指名让我来做策划。"

"虽然知道是个陷阱，但是你还是来了。"

"万一是我以小人之心度君子之腹呢？万一山镗最后还是决定把新书给我们出版社呢？"陈秋义耸耸肩。

"不对。"莫闻摇了摇头，说，"照你这么说的话，你不应该在今天的发布会之前跟山镗吵架啊。"

陈秋义嘴一撇,道:"是的,我应该毕恭毕敬地阿谀奉承他……但昨晚的会面,当我跟山镗详细阐述我们刚刚修改好的宣传方案时,他打断了我,说出了他真实的想法,他并不想跟我们合作。我苦苦哀求,他却态度坚决,于是我们就发生了争吵。"

"你阐述的逻辑有问题。"路隐终于冷冷地开口,"若山镗真想报复你,他怎么会提前告诉你他的真实选择呢?而且你跟他发生争吵,他更不会想把新书交付给你吧?可是当我们刚到这栋别墅的时候,你表现出春风得意的样子,好像你并没有搞砸这次的工作,反倒给人胜券在握的感觉。你是如何在最后让山镗改变主意的呢?"

陈秋义咽了咽口水,拒绝道:"这是商业机密。"

看他态度坚决,路隐点了点头,道:"行,我们无法撬开一张不愿说的嘴,但我们有权利调取你的视频会议记录。现在的视频会议都有回放功能,我们要查看一下是否真的如你所说,你在十点半之后一直在房间里开会。"

陈秋义为难地"哎"了一声,道:"行吧行吧,反正记录里也有说到这件事,我就直说了吧……"

陈秋义道出昨晚的实情,昨晚山镗并没有告诉他自己的最终选择。反倒是陈秋义怕自己第二天铩羽而归,提前亮出了自己的底牌。

山镗在之前就公布了新书的书名《死亡回旋》和一万字的样章。但这书并不是山镗自己写的,而是他让 AI(人工智能)写作软件写出来的。

多年前,"AI 写小说,或将代替作家"的事件就上过新闻。但那时 AI 写出的作品有着无数的瑕疵,就算写的故事有一定的完成度,也都不入流。

山镗也曾公开发表过自己对此事件的看法。他觉得,一个作家会基于他的学识与见识进行创作。他的天马行空,他的瑰丽幻想,必是要深入到生活里去挖掘,才能够产生灵感,而非通过大数据的分析,编出令人似曾相识的情节。再者,读者是能够感知到文字里作家的心情的。那是他们呕心沥血写下的情感,是冰冷的机器无法揣度出来的独属于人类的感受……

他洋洋洒洒地说了很多，无外乎一个观点：AI 是无法代替真正的好作家的。

结果一年多以前，出版社收到了转寄给山铠的快递。寄件者说自己曾从事人工智能研究工作，后因生病离开这个行业，但私下一直在开发一款 AI 写作的软件。在生命即将走到尽头时，他想把这个软件赠送给他曾经喜欢过的作家山铠。

"说不定它会改变您对 AI 写小说的看法。"对方当时给山铠写下这样的留言。

因为是去世的读者留下的礼物，山铠没有拒绝。他还向陈秋义表示，自己会尝试读一读这个软件写出的东西，说不定会对自己之后的创作有所启发。

后来，陈秋义也问过山铠是否读过 AI 写作软件写出的作品。山铠说他读过一些，都是一些东拼西凑的垃圾。

"不过 AI 写作软件会自己不断阅读学习，说不定之后会创作出厉害的作品呢。"陈秋义说。

"我觉得悬。"山铠当时如此说，但他说完就有些尴尬，因为他看到了自己书架上摆放的雕像《猴子与打字机》。

猴子无限打字，能写出《莎士比亚全集》。AI 无限学习书写，为什么不能？

他大抵冒出了这个念头，所以后来一直让 AI 写作软件运行着。然后，随着时间的不断推移，AI 写作软件真的写出了一部让山铠也想要据为己有的作品。

而陈秋义发现了这个秘密。

"你为什么知道我的这部作品是 AI 写的？"当陈秋义亮出底牌，山铠原本高傲的姿态瞬间被瓦解。

"这你无须知道。"陈秋义冷冷地回应道。

山铠激动起来："你是不是在把软件交给我之前做了备份，可以远程看到它后来创作的内容？"

陈秋义耸了耸肩。

山铠生气道："那你何必要我把稿子交给你，你自己出版不就好了！"

陈秋义道："现在出书，不仅要写得好，还得有噱头，有名号。人们对 AI 写作本身有偏见，觉得机器是搞不了艺术的。但要是能冠上山铠老师封笔之作的名号，一定会大卖，至少比《雨日死讯》要好。"

山铠咬着牙，默不作声。

"你已经公布了开头一万字的样章了，无论如何，你把 AI 软件写作的成果当成自己的稿件这事已经无法更改了。如果你不愿意跟我们出版社合作，那么我会曝光这件事，让你真正晚节不保！"

山铠虽愤怒不已，却也只能答应陈秋义。

"所以我没有必要杀害山铠。"陈秋义两手一摊。

"那你觉得谁会杀害山铠？"

"这我哪儿知道啊……不过我离开书房时，发现他的儿子山弈在走廊上，一副做贼心虚的样子，好像在外面偷听了我们的谈话。"陈秋义的眼睛转了一圈，说，"对了，我还想起一件事。我听说山弈在外面赌博，输了不少钱，而山铠似乎不再愿意帮他还债了。"

4

窗外的雨还在下。

卧室内，山弈颓然地靠在床头，看着前来问话的路隐和莫闻，神情失落。

"我父亲他真的死了？"他声音虚弱地问道。

路隐轻轻地点了点头。

山弈把目光移到自己垂在胸前的双手上，眼神越发空洞。

路隐感觉到他浑身上下的悲伤，便转开话题："你的晕血症一直这么严重吗？"

"是的，有时候一滴血就能将我放倒。"山弈无奈地扯了扯嘴角。这个看上去瘦弱的男人，此刻显得更脆弱无害。任谁都想不到，这样外表下的人会是个赌徒，且是个债台高筑的赌徒。

看路隐在打量自己，山弈率先问道："你们现在是在调查我们昨晚的时间线吧？"

"是的。"路隐见他这么问，便也进入到询问环节，"昨晚云海出版社的编辑陈秋义说，在他离开你父亲的书房时，看到你好像在走廊逗留。你是在等你父亲会面完编辑？你有听到编辑跟你父亲谈了些什么吗？"

"并没有。"

"那编辑走后，你有进去见到你父亲吗？那时他还活着吧？"

山弈再次点了点头。

"那时大概是几点？"

"十点半吧……"

看来陈秋义的时间线没有问题，他没有杀害山铠。十点半陈秋义离开书房时，山铠还活着。而且根据莫闻浏览视频会议记录得到的信息，他在十点半之后，的确一直待在房间里跟出版社领导详谈今天的发布会，直到凌晨两点。

路隐一边思索着，一边问山弈："那你能告诉我，你和你的父亲昨晚聊了什么吗？"

山弈立刻转过头去："这没必要告诉你们吧。反正我没有杀我爸。"

"这可说不准啊。"莫闻故意激他。

山弈白了莫闻一眼，冷哼一声："就算我要杀我爸，我也不会选择这种会出血的方式！血一溅出来，我会当场晕倒的啊。在我苏醒前，若是有人来到书房，我岂不是自投罗网？"

"既然你没有杀害你父亲，那你可以向我们透露你们昨天聊了什么，发生了什么吗？"路隐问。

"私事，无可奉告。"山弈决然地拒绝道。

"是关于你欠债的事吗？"之前看在山铠的分上，路隐问话的语气还算温柔，现在见他不配合，便强硬起来。

山弈闻言，身体微微抖了一下。

"都说了无可奉告！"他闭上眼睛，"我现在累了，能让我先休息休息吗？"

他表现出决绝的态度，不肯松口。但路隐知道他有这么大的反应，一定是跟这欠债的事有关。

路隐也不勉强他，道："那我只问最后一个问题，你是几点离开的书房？"

"十一点吧……我记不太清了……"

路隐拍拍他的肩膀，道："没事，你先好好休息，之后我们有需要再来问你。"

山弈没有点头，也没有再说任何话。他默然坐在床头，双手环抱着胸，紧闭双目。

离开房间前，路隐回头看了他一眼，在心里替山铠叹了口气。

离开山弈的卧室，莫闻道："老大，万一他的晕血症是演的呢？"

路隐摇了摇头，说："我一开始也怀疑过他的晕血症是假的，但是刚刚他看到尸体晕倒的状态我检查过，绝不是靠演能演出来的。所以，他的确有晕血症，也的确不会冒险选择会出血的行凶方式。虽然他有行凶的动机……"

"是啊，在推理小说里，作者可是会这么写：赌鬼不孝子又一次想要让父亲替自己还债，但是忍无可忍的父亲再次拒绝了他，于是恼羞成怒的不孝子冒出杀了父亲的念头，毕竟父亲死后，他能够继承一大笔遗产，之后，他向他举起了凶器……"莫闻说出了自己构想的情节。

就在这时，他听到蓝象出版社的编辑沈青芝沙哑的声音从背后传来。

"没想到 S&T 调查组的探员还挺会编故事的。"沈青芝端着从厨房倒的咖啡，走到路隐和莫闻面前，看两位探员都盯着她手中的咖啡，立刻道，"哎，没有东西提神，我可处理不了今天这个突如其来的大麻烦。我和我们出版社的领导都快疯了。"

路隐露出深表同情的表情，道："既然碰到了沈编辑，那么我们就先……"

"盘一盘我的时间线？"沈青芝眉毛一挑。

路隐点了点头。

沈青芝立刻又道："不过我的时间线真的太简单了，你们可能会觉得很没价值。昨天晚上九点半的时候，我与山镗老师有过会面。"她主动说起昨晚的事，与庆禾讲的内容倒是一致。

路隐示意她继续说下去。

沈青芝一边喝着咖啡，一边道："虽然山镗老师没有明确表达过这次的新书要跟我们签约，但我和我们领导都感觉到，我们大概率能拿下《死亡回旋》的版权。昨天和老师会面，也是为了最后一次跟他阐述我们的宣传方案。老师听完十分赞赏。即便如此，领导还是叫我再想想还有什么要改进的地方。所以十点钟回房后，我就一直在跟领导头脑风暴，直到凌晨三点。"

说着，沈青芝打开电脑调出了视频会议的软件："如果你们要查的话，可以随便查看回放。"

莫闻点着头接过电脑，开始查看视频。的确，从昨晚十点开始，沈青芝就一直在房间里，只是……

"为什么你在会议的过程里，时常表现得很焦虑？"莫闻将视频暂停在一帧画面上，画面里的沈青芝拿着几张拍立得拍的照片跟主编讨论新的方案，脸上显露焦躁。

还未等沈青芝回答，路隐就先给出了答案。他指了指沈青芝发黄的手指，道："你有烟瘾吧？"

沈青芝打量了一下自己的手指，点点头。

路隐向莫闻解释道："山镗家里有无数的藏书，为了确保它们的安全，他不允许任何人在家里抽烟。每个房间也安装了烟雾报警器，一旦有烟雾，整栋别墅都会拉响警报。所以有烟瘾的沈编辑才会如坐针毡。"

"是啊。为了不叨扰大家，我忍了一天了，现在不得不靠咖啡续命。"沈青芝无奈地一笑。

不过这时，路隐注意到了视频里沈青芝拿着的几张拍立得拍下的照片。她是在跟领导阐述她刚想到的宣传方案，但令路隐在意的是，沈青芝展示的那几张照片中，有山铠妻子梅茵的身影。

"能把你昨天拍的照片借我们看看吗？"

"没问题。"沈青芝回房从行李箱里翻出那几张照片，递给了路隐。

照片上的梅茵如往常一样花枝招展，一身靓丽的红装尽显气质，就连她搭在沈青芝肩膀上的手，也做了精细的保养和搭配，不仅手指上戴着红宝石的戒指，长长的美甲上也点缀着闪闪的碎钻。

5

每次回到书房，看到山铠的尸体，路隐都能感觉到生命终将失去的无力感掠过自己的心房。

就在这时，门外响起脚步声。莫闻领着梅茵走了进来。梅茵的手里还抱着毯子。

"那个……我可以给我丈夫盖上这毯子吗？"梅茵哭丧着脸，悲痛地看着山铠的尸体，眼里泛出泪来。

路隐瞄了一眼她带来的毯子，上面印着某顶级奢侈品品牌的花纹。

"夫人，为了不破坏现场，还是不要盖上为好。"他阻止梅茵，道，"我把您叫来，是有一些事情要问您。"

梅茵擦着眼泪，微微地点了点头，随着路隐移步到一旁。

"老大，那我呢？"莫闻问。

路隐瞥了他一眼，道："不是让你再做进一步的检查嘛。尤其是电脑那边……我怀疑有人想要提前窃取山铠老师新书的书稿，所以才杀了山铠老师。那么凶手肯定会使用电脑，说不定会在电脑那边留下痕迹。尤其是键盘那里，你仔细检查一下。山铠老师用的是机械键盘，键盘按键的缝隙里可能会留下皮肤碎屑。山铠老师不喜欢别人用自己书房里的东西，如果出现了其他人的皮肤碎屑，那那个人很可能是凶手。"

莫闻立刻领命而去，拿着从车里拿来的装备，去搜集书桌上的痕迹。

梅茵看了他一眼，立刻转过头，看向路隐。

"真的有人为了新书的书稿而杀人吗？"

"我刚刚询问了别墅里的其他人，简单地做了这么一个推测。但还不能完全确定凶手的动机。"路隐道，"为了锁定凶手，我想来询问一下您。"

"询问我？我……我什么都不知道啊。"

"夫人，您只要告诉我，您昨天晚上都干了些什么就好。"

"昨天晚上……"梅茵抱着双臂，摸了摸耳垂，"昨天傍晚，我吃完饭之后就回房间看剧去了。"

"中间没有出来过？"

"这……"梅茵思考着，道，"中间我是有出来过的。我追的剧播完的时候，刚好晚上九点，我就想着洗洗睡下了。于是我就去了一趟书房，问山镗，今晚他是否又睡在书房。"

梅茵伤心地看了一眼地上的山镗，哀声叹道："山镗就是这样，一进入写作状态，或是交稿的前一晚，他就喜欢把自己关在书房里。他说只有在那里，他那不确定自己的作品是否被喜欢的心，才能够安宁一点。"

"那昨晚山镗老师回完你的话后，你就回自己房间了？"

"是啊。本来我睡前习惯喝一杯牛奶的，但是保姆不是进医院了嘛，我也懒得下楼，就准备回房间了。不过离开书房前，山镗叫住了我。他说他九点半约了编辑会面，让我泡壶茶给他送过去。"梅茵回忆道，"结果我刚出门就看到庆禾出来接水，我就让他顺道泡壶茶给山镗他们送过去。之后，我就回房间洗漱睡下了，直到今天早上。"

"没有人能证明你一直在房间里？"

梅茵摇了摇头。

"你们该不会是在怀疑我吧？"

"昨晚住在别墅里的五个人都有嫌疑，我现在还无法确定是谁作的案。最主要的是我们缺少一些关键的证据。"路隐抬头看了一眼窗外,冰冷的雨还在肆无忌惮地下,"我们手头的装备还不够专业,等道路恢复了,专业的勘查组会进行进一步的勘查,应该会发现更有用的线索。"

"这样啊……"

"夫人可以先回房休息,我相信事情很快就能解决。"路隐领着梅茵走出了书房。

这时,莫闻从书房里跑了出来。

"老大,勘查组让我们去接他们,他们好像决定徒步过来。不过我们一辆车可能坐不下。"

"要不开我们的车吧。"这时,走在前面的梅茵转过身来,对路隐道,"我去给你们拿车钥匙。"

几分钟后,路隐和莫闻一同前往车库开车。

在上车之前,莫闻整理了一份别墅众人昨晚的时间线,递给路隐。

9:00 梅茵询问山锉是否要睡在书房

9:30 编辑沈青芝会面山锉 / 庆禾送茶水

10:00 编辑陈秋义会面山锉并发生争吵 / 庆禾中途询问是否添水

10:30 山弈去见山锉,谈话内容不详

11:00 山弈离开书房

……

其他时间,众人基本都待在自己的房间,除了两位编辑有视频会议记录,其他人都无人可证。

不过这中间,是否有人撒谎呢?

路隐思考着,钻进了山锉老师的座驾,而莫闻则发动了路隐那辆小破车。两车缓缓驶离别墅。

但是当他们离开别墅监控的视线范围后,两辆车便一前一后地停了下来。

路隐钻回了自己的小破车里。

因为勘查组根本没有发来消息说他们决定要徒步过来。

"老大,真的会是梅夫人吗?"路隐上车后,莫闻就给他递过来一台平板电脑,平板电脑上显示着一个监控的画面。那是莫闻悄悄安放在书房里的监控。

路隐在沈青芝那里看到她与梅茵的合影时,就将梅茵列为重点怀疑对象。

今早他们刚到别墅时,梅茵说山铠要她穿得朴素一些参加发布会,免得又被网友骂炫富。但事实上,发布会却又安排在山铠金碧辉煌的藏书室。这样看来,山铠其实并不在意网友对财富的嫉妒。

"都什么年代了,还要作家都是穷酸样啊?"以前,他也曾向路隐发过这样的牢骚。

梅茵之所以这样撒谎,是因为她知道,山铠死了,无人会揭穿她的谎言。而她打扮得朴素,可能是她为了合理化自己昨晚失去美甲的事实。

路隐猜测,昨晚她因为某种原因,抄起了书架上的雕像,砸向了山铠,却不小心损坏了自己的美甲。或许是指甲断了,或许是上面的碎钻掉了……总之,她不得不剥掉美甲。

然后,今天早上,她此地无银三百两地向路隐展示了一下自己干干净净的指甲。她本可以不这么做的,但是她做贼心虚,她要用这种方式宽慰自己,没事的,她一定能把谎言圆得完满的。

于是路隐给心理素质如此差的一个人,设下了陷阱。他让莫闻将梅茵叫到了书房。在与她交谈的间隙,故意指挥莫闻着重调查电脑键盘。

键盘、打字机。相似的物件,产生了相似的联想。

梅茵很快就产生了不安的情绪。

虽然她极力控制自己的眼神,却在叙述自己昨晚行动轨迹时,偷瞄了几眼书架上的雕像。

她大概是在担心,自己是否有指甲或美甲上的碎钻,不小心掉入了雕像的打字机按键的缝隙里。

而路隐给出的最后一击,则是表明更专业的勘查组即将到来。时间紧迫,梅茵将来不及细思刚才书房里的一切是否是个陷阱。

现在,路隐和莫闻用平板电脑看着隐藏摄像头传回来的画面,等待着鱼儿上钩。

时间一分一秒地过去,书房里依旧只有早已死去的山镫。路隐甚至开始怀疑,自己的猜测是错误的时候,书房的门悄悄地被推开了一道缝。有人从门缝朝里观察了一会儿,然后推开门,走了进去。

来人正是梅茵。她快步走到书架前,拿起了《猴子与打字机》的雕像,仔细地检查起打字机的按键。

不一会儿,她从按键的缝隙里,抠出了一枚指甲碎片。然后她松了口气,收起了指甲碎片,掏出手帕擦了擦雕像,离开了房间。

"老大,下次别让我做美甲又让我剪掉了。"莫闻盯着监控的画面,故意岔开话题。因为他知道,路隐虽然证实了自己的猜测,但心里是没有喜悦的。

6

走进别墅,路隐发现众人都聚集到了客厅里。大概他们以为勘查组要来,所以才聚集到一起吧。

不过见到只有路隐和莫闻回来,每个人都露出了困惑的表情。

"欸,勘查组没来吗?"庆禾率先提出疑问。

"勘查组一时半会儿还来不了。"莫闻回答他。

"啊?山路还没通车啊?那我们岂不是还要在这里待着。"陈秋义抱怨道,"跟凶手待在一起,多少有些瘆人啊。"

"不用担心,"莫闻道,"我们知道凶手是谁了。"

"什么?"沈青芝警惕地打量着周围的人。

莫闻抬起了手:"梅夫人,是你用名为《猴子与打字机》的雕像,砸死了自己的丈夫吧?"

站在人群中的梅茵听到莫闻的质问，浑身一抖。

"怎么会……我没有……"她急急地反驳，声音却虚弱。

"如果你没有，这又如何解释呢？"莫闻亮出了刚刚的监控视频，并将路隐的推理一股脑地说了出来。

在莫闻讲述的过程中，梅茵握紧了拳头，强忍着眼里的泪水。但是她那表情不是委屈，而是悔恨。

"不要再说了！"当莫闻讲到她的此地无银三百两时，她发出了吼叫声，"没错，是我！是我杀了山铛！"

众人震惊地看着梅茵。路隐则一言不发，悲哀地望着她。

莫闻继续代替他向梅茵发出质问："你为什么要杀了他？"

"因为他要把自己的财产留给前妻和女儿！"

在场的众人都知道山铛曾经有过一段失败的婚姻，但没想到他还会与前妻有联系。

据梅茵说，山铛这些年越来越怀旧，时常讲起过去的事。有一天，他联系到了远在国外的前妻和女儿，之后就萌生了修改遗嘱的念头。

昨晚十一点钟，梅茵睡不着，又去书房找过山铛一次。两人再次聊起这个话题，山铛态度坚决，惹怒了梅茵，于是梅茵一气之下，抄起了雕像。

莫闻皱起眉头，问道："就因为这个？"

"这个原因还不够吗？"梅茵激动起来。

"可就算山铛要将一部分财产留给前妻和女儿，他也不会亏待你吧？不然你也不会拥有那么多珠宝首饰，连准备盖尸的毯子都是奢侈品牌旗下的。"莫闻提出自己的疑惑，"你真的只是因为遗嘱的问题，就杀了山铛吗？"

面对莫闻的步步紧逼，梅茵张了张嘴，却发不出一点儿声音。

就在这时，另一个声音在屋里响起。

"是因为我。"山弈从人群里走了出来。

"山弈……"梅茵冲着儿子摇了摇头。

第四章 猴子与打字机

山弈却低下头，刻意不去看她。

"都是我的错！母亲是为了我，才杀了父亲的。"他颤巍巍地坦白道。

昨天晚上，山弈其实偷听到了陈秋义与山铠的谈话。他知道山铠想用AI创作的小说当作自己的作品发表，于是他觉得自己有了筹码，能问山铠要一大笔钱，来填补自己赌博欠下的债。

可本就被陈秋义威胁得心生烦闷的山铠，面对这个屡教不改的儿子，怒不可遏地道："你居然也敢敲诈我？！"

"爸，你即将发表的新书也不是你写的啊，你收到的版税也是不义之财……你帮我还债，就当是把这不义之财捐给慈善机构了。你总不能看着我被债主一直追债吧？这事传出去也影响你的名声。"

"不义之财"这四个字无异于火上浇油，山铠怒不可遏地给了山弈一巴掌。

"啪！"这一巴掌，将山弈打蒙了。

惊诧间，山弈听到父亲气愤道："现在和以后，你都别想从我这里再捞到一分钱！我劝你趁早死心吧！"

山弈捂着脸，生气地看着父亲。

山铠却转过了身，冷冷道："赶紧给我滚！我不想再见到你！"

面对着父亲冷漠的背影，感受到脸颊剧烈的疼痛，又想到来自债主的压力，山弈在那一刻失去了理智。他拿起了书架上那尊名为《猴子与打字机》的雕像，想要砸死父亲。但很快，他就意识到这样做不行。他担心自己会见血晕倒，于是举起雕像的手顿在半空。

他还没来得及收手，山铠就察觉到了身后的不对劲。他转过头，诧异地看着山弈："你居然想杀我？！"

愤怒的山铠冲过去一把揪住了山弈的领口，将山弈的身体撞向了墙壁。

混乱之中，山弈手中的雕像掉到了地上。不过他无暇顾及，因为他惊诧于愤怒的父亲力气居然如此之大，抵在他喉咙处的拳头竟压得他喘不过气来。不仅如此，他还察觉到了父亲眼里的杀气。

他想要挣扎，但缺氧让本就瘦弱的他很快失去了力气。就在这时，他听到了母亲的声音和一记闷响。

与此同时，他看到面前的父亲向一旁倒去，最终趴在了地上。母亲梅茵的脸出现在他的视线里。她举着雕像惊慌失措的样子，刻进他的脑海。

"我不是故意的……"梅茵哭着说，"昨晚我在床上辗转反侧，怎么也睡不着，于是爬起来准备去楼下倒牛奶，结果路过书房的时候，听到了山弈和他爸在吵架。我听了一会儿，就察觉到不对劲，开门进去，就看到山铠要杀了山弈！我冲过去，想要让山铠松手，但是他像是下定了决心似的，死死地用拳头抵住山弈的喉咙！那时我想，我之所以睡不着，是冥冥之中有指引要我救下儿子。于是我捡起掉在地上的雕像，朝山铠的后脑勺狠狠地砸了一下……我没想到他就这么倒了下去……我知道自己杀人了，但我那时想不了太多，拿手帕擦了擦雕像，把它放回原位，就扶着快要晕倒的山弈离开了书房。"

"你都没有考虑过山铠是否还有救吗？"

"其实我内心也是希望他死的吧……他责怪我溺爱儿子，让他成为赌徒……"梅茵垂下脑袋，回忆道，"他不愿替山弈还债，我就想着变卖我的珠宝首饰替儿子还债。但是山铠却联系了我们认识的所有中介，不准收购我的东西……这不是要害死山弈吗！为此我们大吵一架，从此他就经常以创作为由睡在书房，甚至还联系上了前妻和多年未见的女儿，说把财产留给山弈不如留给他的女儿……"

梅茵断断续续地讲着自己的故事，莫闻却没能认真地听，因为——

"你说，你只砸了山铠后脑勺一下？"

"啊？是啊……那一下我用尽了全部的力气……而且因为太用力，我的指甲都断了……说到指甲，我是回到自己房间后才发现这件事的，于是我失魂落魄地剥掉美甲，剪了指甲。但是今天，你们说键盘按键的缝隙容易留有碎屑，我就又慌了。我一时回想不起，自己昨晚指甲到底是怎么断裂的，我担心会有残片落在雕像里，所以才被你们拍到了证据。"

"不对,"就在这时,一直没有说话的路隐终于开了口,却说出了令人震惊的推测,"杀死山铠的不是你,凶手另有其人。"

"啊?"

7

"根据我两次的尸检判断,山铠的死因是在昨晚零点之前被人用重物重击后脑勺多次。"

"你是说,我砸了山铠之后,又有人拿东西砸了他?"梅茵惊呼。

"万一你像记错指甲的事一样记错了呢?"陈秋义忍不住接话道,"说不定你当时砸了山铠好几下。"

"不,这跟指甲的事不一样。我记得非常清楚……因为那雕像特别重,我真的没有力气了……"

"我也能做证!因为我只听到了一声闷响!"山弈道。

"万一你们合起来撒谎呢?"陈秋义嚷道,"而且也说不定是你补的刀,最终砸死了山铠。"

"我觉得这个可能性不大。"莫闻分析道,"山弈有严重的晕血症,梅夫人砸完山铠老师,山铠老师就出了血,山弈很难有行动能力再去补刀。如果不是梅夫人在场,他甚至都无法从书房离开。退一步讲,如果真的是山弈补的刀,那按照刚才的状况,梅夫人就是想要替儿子担下罪行,她完全没必要咬死自己只砸了一下,直接承认自己多砸了几下不就好了?"

路隐赞赏地看了一眼莫闻。

这时,沈青芝饶有兴致地开口:"我说陈编辑,你为什么要一直猜是夫人或山弈杀了山铠老师啊?"

陈秋义嚷道:"你什么意思?我提出疑问不行?"

沈青芝哼笑一声,不再搭理他。

这时，许久没有说话的庆禾问道："那……杀死山镫老师的凶手是谁？"

路隐灰色的瞳孔闪过一丝寒光。

"杀害山镫老师的不是夫人和山弈，那么凶手只能是你，山镫老师的徒弟，庆禾。"

"我？"庆禾瞪大了双眼。

"因为两位编辑与山镫老师会完面后，一直在房间里跟领导开视频会议，时间一直持续到凌晨两点以后。他们是无法在零点之前杀害山镫老师的。"

"如果他们的视频造假呢？"庆禾不甘心地嚷道。

"我早就将他们两个的视频记录传回调查组进行技术分析了，得到的答复是没有任何剪辑修改的痕迹。"莫闻解释道。

"可是……这也不能证明我就是凶手啊！山弈即使有晕血症，在极端情况下，说不定也能克服身体的不适，对山镫老师进行补刀。夫人也可能担心山镫老师没有死，而重回现场……"

"的确有一种可能是夫人补的刀。但是她刚才已经决定承认自己的罪行，没必要再撒谎吧？"沈青芝道。

梅茵点了点头，坚定地说："我没有撒谎。我砸完山镫那一下后就离开了书房，再也没有回去过！"

庆禾慌张起来："什么啊！你们因为排除法就认定我是凶手？这合理吗？证据呢？！锁定凶手要有真凭实据吧！"

"证据现在应该在藏书室里吧？"路隐冷笑一声，道，"当发现山镫老师尸体后，山弈晕倒，夫人也表现出很崩溃的样子，所以莫闻猜测，作为山镫的徒弟，你应该在照顾他们。但是我们找到你时，你却在藏书室里。明明发布会因故不会召开了，你又何必回到藏书室呢？"

"因为得知山镫老师去世，我也备受打击啊。我不能到藏书室睹物思人？"

"的确可以。但是说不定是你知道发布会取消后大家不会再用到藏书室，所以你把某个证据，大概是擦拭雕像血迹的手帕、毛巾之类的东西，藏到了那里。

这时，我和莫闻刚好来找你调查，你就做出睹物思人的样子来掩饰自己的慌张。"

"啊？那庆禾也太蠢了吧！如果我是凶手，我才不会把证据留在别墅里！"陈秋义嚷嚷道。

"按道理，杀完人之后，凶手应该要处理掉对他不利的证据的。但是因为连夜的雨和别墅的监控，庆禾担心会留下更多证据，所以并没有离开别墅处理。而且他也无法烧毁证据，因为这栋别墅里有无数个烟雾报警器，一旦触发警报，等于自投罗网。"路隐解释道。

"如果是手帕或毛巾，不能烧掉，也应该可以用水洗掉血迹吧？"沈青芝问道。

"洗掉也能靠鲁米诺反应测出上面是否有沾染过血迹。"路隐转头看向庆禾。

庆禾听路隐说完，忽然泄气般地垮下了肩膀，掩面泣道："其实我……根本洗不掉，怎么洗也洗不掉……"

很快，莫闻就从藏书室里找到了庆禾藏起来的东西。那不是手帕或毛巾，而是一卷还染着些许血迹的绷带。

据庆禾说，昨晚十一点多的时候，他有再去找过山铠一次。因为他想让山铠改变主意，他不希望山铠将 AI 写作软件写出的小说当作谢幕的作品。

在这之前，山铠曾给庆禾看过他自己写的新作。但那部作品完全失去了山铠原有的水准，连作为粉丝的庆禾都有些读不下去。得到这样的反馈，深知自己写砸了的山铠郁郁寡欢，因为他早已跟读者约定好，会在几天后公开前一万字的样章。

"没关系的，我们可以推迟发布的时间。好作品不怕等。我相信老师能重新写出优秀的小说的。"当时庆禾如此宽慰山铠。

山铠一言不发，没有给他回应。

结果到了与读者约定的时间，山铠却直接在网上公开了《死亡回旋》的开头。

庆禾震惊不已。因为他发现，那并不是他之前看过的样文，那比之前的样文开头精彩许多。

没想到短短几天工夫，山镗老师就创作出了如此精彩的新作，庆禾惊喜又期待，想要提前拜读山镗老师的这部作品。

然而等他找到山镗时，他发现山镗独自在书房里喝着闷酒。山镗可从不会在书房里喝酒啊！

庆禾紧张地询问他发生了什么事。山镗却指着电脑，含糊地嚷道："它写出来了！它写出来了！它一个 AI 写的作品，比我这个写了五十多年的人写的都要好！"

庆禾顺着他的手指的方向，看向电脑屏幕，上面是一个 AI 写作软件，软件显示出一个文档的标题——《死亡回旋》。

"老师，您该不会想用 AI 创作的小说，当作自己的作品发表吧？"

"有何不可？"

"那并不是您的创作啊。您不是最讨厌剽窃吗？这不算剽窃吗？"

"可是它也学习了我写的二十九部作品啊！它的创作，为什么不能算是我的作品？！"喝了酒的山镗恼怒地嚷完，又悲伤地呢喃，"我写不出来了……我越想要完美地谢幕，越写不出一部精彩的作品。"

"老师……"庆禾不知如何安慰陷入自我怀疑的山镗，只能看着山镗一个劲地往自己的嘴里灌酒。

那时的庆禾以为，等山镗酒醒后会醒悟过来，作家拿不是自己创作的作品发表，会是他创作生涯永远的污点。但是山镗却执迷不悟地呵斥他，让他不要再谈论此事。他已经决定用 AI 创作的这部小说，为自己的写作生涯画上句号。

"这是一部杰作。"山镗说，他希望读者记得，他最后的作品也是一部杰作。

为了阻止他，庆禾联系了原来跟山镗合作过的陈秋义。他知道，山镗不想再与陈秋义合作，若是陈秋义拿 AI 写作的事去威胁山镗，山镗说不定会打退堂鼓。然后，他会帮他撤下网上公开过的样章，宣称山镗老师精益求精要修改稿件，新书以后再发表……

昨天晚上庆禾再次前往书房，也是为了询问山镗最后的决定。结果他打开门,就被眼前的景象惊到了——山铠倒在地上,后脑勺渗着血。

就在庆禾以为山铠死了的时候,山铠竟苏醒过来,艰难地想从地上爬起来。

"老师……"庆禾赶紧扶起了山铠,"这是怎么回事啊?"

他赶紧找来绷带,给山铠止血。山铠用绷带按着伤口,气喘吁吁地坐到了椅子上。

"我要不要报警?"庆禾紧张地问。

"报什么警,明天就是发布会了!"山铠呵斥道。

"可是……是谁袭击了您啊?"

"这你也无须知道。今天晚上的事,你就当没发生过吧。"山铠似乎猜到了是谁袭击了他,决定包庇对方。

他转移话题,问庆禾:"你这么晚来这里干吗?"

庆禾怯怯地再次劝山铠不要发表《死亡回旋》。

"陈秋义说他有 AI 写作软件的备份是骗人的吧?其实这一切是你透露出去的吧?"生气的山铠一把揪住了庆禾的衣领。但因为后脑疼痛,他很快又松开了手。

"老师,您真的不能让您自己的写作生涯染上污点啊!"庆禾苦口婆心道。

但山铠根本不领情:"我就不应该喝酒,就不应该把这事告诉你!"他后悔道,"你不说,没人会知道那是 AI 写的!"

"可您自己心里过得去这一关吗?您真的觉得,这事以后一定没人知道吗?"庆禾继续规劝道,"老师,就算您不再发表作品,您的成就也已经璀璨夺目了!"

山铠冷哼一声,站起来,从自己的书架上抽出一本书:"难道我要以这种东西谢幕吗?"

他将书"啪"的一声扔在了地上。那是以他的名义创作的第二十九本书——《雨日死讯》。书里,有几个梗的灵感来自庆禾。

那时,山铠已经陷入了创作瓶颈,所以他才同意用庆禾的灵感。毕竟他收他为徒，也是觉得他想法灵活。但是《雨日死讯》的口碑和销量都不好，甚至它的编辑陈秋义都偷偷地跟同事说，要不是看在山镗名气的分上，他才不想出版这本书。

读者的反馈已经让山镗备受打击，编辑的真心话更是赤裸裸地击穿了山镗的心脏。他不再提及《雨日死讯》，转而埋头苦写，想要以新作消除这本书带来的负面影响，结果却事与愿违。山镗知道自己再也写不出好的作品，可他真的不想以《雨日死讯》谢幕……

"就像陈秋义伤了老师的心一样，当老师把《雨日死讯》扔在地上的时候，我的心也仿佛被人扔在了地上。说来，这本书也有我的心血、我的创作，他为什么用之又弃之，他怎么可以轻贱它！他否定的不仅是自己，更是我！"庆禾悲伤地说道，"我一直求他不要给自己的写作生涯染上污点，也是为了这个！读者若是知道山镗把 AI 写的小说当作自己的作品，会否定他的人格，质疑他的其他创作，包括《雨日死讯》！"

"于是你就重蹈夫人的覆辙，袭击了山镗？"路隐做出了最后的问询。

庆禾点了点头："当我回过神来的时候，老师已经倒下了，而我手里拿着随手从书架上抄起的雕像。我赶紧清理了现场，用还未染透的绷带擦干了雕像上的血迹，又将雕像放回原位，离开了书房。而那雕像，就是山镗老师最喜欢的《猴子与打字机》。"他凄凉地笑道，"猴子终究没有写出《莎士比亚全集》啊……"

8

"那 AI 会写出《莎士比亚全集》吗？"道路抢通后，莫闻开着车下山，路上忍不住感慨着发问。

坐在副驾驶座的路隐却没有给他回答。

云海出版社的编辑陈秋义告诉他们，当时那位山镗的读者留言说，他给山镗的 AI 写作软件只能安装一次，没有经过授权者同意，是无法备份、复制、查看里面的内容。山镗去世之后，无人能打开他的电脑，便也无人能看到《死亡回旋》的后续故事。那部被山镗称之为杰作的作品，可能永远也不会出现在书架和网络上了。

但这世上，可不止一个人工智能的研究者，也不止一款 AI 写作软件。终有一天，另一个 AI 写作软件会写出新的令山镗也交口称赞的作品吧？那会是比肩莎士比亚作品的杰作吗？

路隐看着倒退的风景，想起过往。

有一次他拜访山镗，两人聊着天，山镗忽然走到书架前，盯着书架上的《猴子与打字机》，发出了感叹："时代已经不同了啊……"

他的身影显露出无可奈何的落寞。

那个时候，他就预感到自己和 AI 的未来了吧。

路隐忽然觉得有些悲伤和疲惫，于是缓缓地闭上了眼睛。黑暗之中，他仿佛看到头发花白的山镗坐在电脑前努力创作的身影，然后，这个身影和虚拟的猴子的身影重合在一起。他们像是在竞争谁会率先抵达彼岸似的，疯狂地敲打着键盘。

天地万物瞬间化为虚空，唯有键盘和打字机发出噼里啪啦震颤人心的声响……

第五章
死亡回旋
S I W A N G H U I X U A N

1

这本是一个稀松平常的傍晚。

吃完晚饭,迟兆丰带儿子迟乐下楼散步。这是前妻在世时他就养成的习惯。不过今天,白芯表示要一起去锻炼。

继女有这个意向,迟兆丰自然开心地应许,和迟乐一起等着她换鞋。

"妈,你不一起去吗?"白芯一边换鞋一边问坐在沙发上看电影的母亲孟澜。

孟澜摇摇头,说:"我得赶紧把这部片子看了。"她是个职业影评人,平日的工作就是点评流媒体上刚刚更新的电影。

迟兆丰看了一眼现任妻子,拍了拍白芯的肩膀,道:"我们就不打扰你妈了。"

白芯点点头,跟在他们后头出了门。

房门被关上,家里只剩下孟澜。

她喝着家庭机器人从厨房取来的柠檬水,对着智能家居系统发出指令:"Alexia,关灯。"

客厅的灯立即熄灭，面前荧幕的光更亮了。

孟澜将喝完水的水杯放到面前的茶几上，窝在沙发里开始看影片。这是一部质量上乘的新作，改编自已故作家山镫的悬疑小说。片子恐怖的气氛营造得十分到位，让她的心脏跟随镜头紧张地猛烈跳动。

可是孟澜很快就发现了自己的异样——她的心跳太快了！那绝对不是眼前的片子导致的。

怎么回事？！

孟澜捂着自己的胸口，感觉天旋地转。惊恐之中，她努力地张口，想向 Alexia 呼救，却发现自己已经无法再发出声音。

不过 Alexia 检测到了她生命体征异常，已经向外发出了警报。

可惜的是，就算如此，孟澜也没有机会看完眼前的片子了。当迟兆丰带着儿女飞奔回家时，她已蜷缩在沙发上不再挣扎，瞪着的双眼直直地盯着茶几上的水杯，水杯的杯壁上还挂着几滴晶莹的水珠。

尽管如此，迟兆丰还是给孟澜做了心肺复苏术。他用力按压孟澜的胸口时，白芯失魂落魄地站立在旁边泪流满面，迟乐更是手足无措地呆立在原地，想要安慰白芯却不知道该说什么。

救护车很快到来，众人抬着孟澜离开了家。客厅再次安静下来。

没过多久，家庭机器人小 A 移动到了茶几前。

因为政府限制制造与人类极度相像的机器人，所以它是个拟人的卡通造型。模样可爱的小 A 慢慢地拿起了茶几上的水杯，转身移动回了厨房。

厨房传来清洗水杯的声音。没过多久，水声就停止了。小 A 空着手移动回客厅，回到了自己的充电区。

这下，整个家终于彻底地安静了下来。

"以上，就是当天傍晚的监控记录。"

S&T 调查组的成像室中，路隐和莫闻通过 Alexia 提供的客厅监控，模拟出了命案现场的三维影像。

他们将事件的经过视频观看了一遍后,又重新将影像退回到孟澜病症刚发作的时候。

"尸检报告显示,死者服用了过量的奎尼丁药物,引发室性阵发性心动过速,最终导致死亡。看来,那药被下在了水杯里。因为监控显示,死者吃的食物,家中的其他三人都有食用,但是他们体内并没有奎尼丁的成分。唯独这杯水,他们没有喝过。"莫闻暂停三维影像,看了一眼手中的资料,道,"同时监控也显示,家中的其他三人今天都没有进过厨房,从头到尾,除了孟澜,只有家庭机器人小A接触过这杯水。"

"你的意思是,凶手是这个机器人?"路隐一挑眉,灰色的瞳孔中闪过一丝戏谑。

"警方将这个案子移交到我们S&T调查组,就是因为他们初步推断,杀人的是这个机器人。"莫闻如实回答。

"可这个小A不过是个听系统指挥的低级机器人罢了。"

"那老大,你觉得凶手是谁?"

"我刚才已经说了,小A不过是个听系统指挥的机器人,而命案现场除了孟澜,只有小A碰过杯子。所以,指挥小A的就是凶手。"

"你是说他们家的智能家居系统?"

路隐不置可否。

"哈,现在智能家居系统也成精了?"莫闻不可思议地问道,"可按道理,以现在的技术是可以控制系统不产生自我意识的,难道这系统出现了漏洞?不过出漏洞也不会如此精准地杀人吧?而且……它为什么要杀女主人啊?"

"或许,这个系统并不仅仅是系统而已。"

"什么意思?"

"智能家居系统可以根据用户的喜好设置称谓,迟兆丰将它设置成了Alexia。"

"有什么问题吗?"

路隐调出一份资料，递给莫闻，道："Alexia 是他去世的前妻的英文名。一般人会将自己去世的亲人的名字设置成服务系统的名字吗？"

"不能说完全不可能，但的确有一点儿奇怪。"

"或许这系统从一开始就有问题。"路隐环顾起整个家，"或许……这个智能家居系统 Alexia 就是迟兆丰的前妻 Alexia。"

有这个猜测，是因为路隐想起"三口之家"一案中的怪人。他能将人类的意识转移到机器人的体内，说不定他也能将人的意识转移到一个智能家居系统中。

一旁的莫闻还在震惊之中，他结结巴巴地问道："老大，你的意思是说，我们这次可能要面对的是……亡灵？"

路隐若有所思地点了点头。

2

迟兆丰没有想到，眼前这个男人能这么快地猜到他们家的秘密。他那只灰色的瞳孔像是能够看透世间的一切秘密，散发着凛冽的光芒。

在这样的眼神注视下，他心虚地泄了气，很快就承认，正如路隐所想，他们家的智能家居系统 Alexia 就是他前妻陈雪的意识。

陈雪和迟兆丰大学毕业后就领证，结为了夫妻。三年前，陈雪罹患重病，治疗了两年，依旧医治无效与世长辞。在治病的过程中，陈雪预感到自己挺不过这关，很担心失去自己的照顾，丈夫和儿子的生活会一团糟，于是她让迟兆丰想方设法在黑市找到了可以将她的意识留存的怪人。

她本想制造一个与她模样相同的机器人，将自己的意识注入其中，但怪人开出的费用太高，令不富裕的他们望而却步。

"那把我的意识注入家庭机器人小 A 里呢？"

"那玩意儿等级太低，内存不够，你的意识会在里面爆炸哦。"怪人哈哈笑完，沉下脸来道:"不过其他途径倒是可以试试。"

他提出了一个便宜又方便的解决方法:将陈雪的意识与智能家居系统结合。作为管理家庭方方面面的家居系统,厂商总是愿意给它最大的内存和最流畅的程序。

"反正你的需求就是能够继续照顾自己的老公和孩子,成为智能家居系统最合适不过了。"怪人瞪着他那突兀的眼睛,毫不客气地骂道,"我是真不懂你们这些女人,活着的时候要照顾老公孩子,死了还放心不下,找我搞这些花样。"

陈雪听他这么骂自己,也不恼,毕竟她有求于他,毕竟……她有些同情地想,这个长相奇怪的男人不能理解什么是爱、什么是付出很正常。

于是陈雪死后,她的意识就与迟兆丰家中的智能家居系统融为了一体。

一开始,迟兆丰和迟乐还不称她为 Alexia。迟兆丰直呼她的原名陈雪,迟乐则继续叫"她"妈妈。

"妈,你把我的袜子放在哪儿了?"早晨,急着出门的迟乐会捏着吐司对空气发问。

下一秒,镶嵌在天花板上、与灯带合二为一的智能家居系统会指挥家庭机器人小 A,将迟乐要的袜子找出来,递到他面前。

迟兆丰倒不会像儿子那般着急,他上班比迟乐上学要晚一些,所以他会气定神闲地坐在餐桌前喝一杯陈雪为他准备的咖啡。不加牛奶的半糖咖啡是他的最爱。

心满意足地喝完,他才会出门工作。临行前,他总是要问陈雪一句:"今天晚上吃什么?"

灯带微微闪动,隐藏在吊顶内的音箱传出陈雪的回话。

"糖醋排骨、葱香芋泥、丝瓜鸡蛋汤。"

全是迟兆丰喜欢吃的,这让迟兆丰感觉自己有了盼头,于是一天的工作就有了劲头。

虽然饭菜是由智能炒菜机炒出来的,但是因为控制它的家居系统是陈雪,知道要放多少油盐酱醋，所以制作出来的菜肴味道让父子俩倍感亲切，顿顿吃得津津有味。

不过他们也承认，一开始，这系统让他们觉得有些别扭。

尤其是对迟乐来说。

迟乐亲眼看着母亲的遗体被火化，意识到自己已经失去了她。但是他的生活却依旧处处是母亲在时的样子。那熟悉的感觉有时让他黯然神伤——它们在变相地提醒他，最爱他的人已经离去。

但再怎么伤怀，时间久了，也就习惯了。拥有母亲意识的智能家居系统最懂他们父子俩的喜好，空调的温度、衣服的搭配，甚至是电视机的音量，都被安排得恰到好处。于是他们继续过一如往常的生活，并开始感恩科技。

他们改口叫这系统为 Alexia，是在迟兆丰交了新女友之后。

迟兆丰为了照顾新女友的情绪，隐瞒了他们家的智能家居系统拥有前妻的意识这事。而迟乐虽然一开始不太乐意，但最后还是跟着父亲改了口。

"所以，你是因为气愤这个女人抢走了你一心一意照顾的丈夫和儿子，所以对她下了杀手吗？"

审讯室里，莫闻看向那飘浮在半空中的 Alexia。

当他和路隐找到迟兆丰，确认了他们的猜想后，就将这个系统带回了 S&T 调查组，并且通过技术成像，将 Alexia 投影到了审讯室中。

一开始，她是一条颤动的如同心电图里会出现的线。接着，她似乎在寻找自己的身躯，变幻成纷飞的蝴蝶。然后，她像是不确定似的闪屏，变成一只猫、一个小女孩、一台相机。最终，她好像终于想起了自己的模样……

一张没有任何点缀的脸，在黑暗里浮现。

路隐和莫闻看着这个虚拟的系统慢慢地将自己拼凑成一个完整的陈雪，盘起的长发、温柔的眉眼、朴素的衣衫……原本虚无缥缈只是一堆数据的 Alexia 终于变得具象。

但这个样貌平凡的女子，在听到莫闻的讯问时，露出了惊诧的表情。

莫闻以为她会辩解否认，结果却听到她直截了当地承认道："是的，是我杀了孟澜。"

陈雪说自己怀上迟乐，是在她与迟兆丰结婚后的第二年。彼时，她因为几个引发大众热议的广告企划，在广告界有了名气。她所在的公司领导也暗示，下一次公司的升职人员名单里有她。

年纪轻轻就要升上总监的位子，陈雪周遭的同事都倍感羡慕。当然也有嫉妒她的人，那便是当年领她进公司的前辈。好在即使前辈暗中使绊子，陈雪的晋升仍难以撼动。

结果就在这期间，陈雪怀孕了。当时迟兆丰的投资刚有起色，赚了一点儿小钱，他便让陈雪干脆放弃工作。

但是陈雪舍不得。她觉得自己可以兼顾工作和怀孕，于是瞒着众人继续上班。广告行业压力极大，陈雪的身体很快就出了状况，一次有惊无险的出血后，她的心也动摇了。

迟兆丰更是半规劝半命令道："为了一份工作，失去一条生命不值得。现在我赚的钱足够养活你们，你就别去工作了。"

陈雪之前一直不愿意，现在不愿意也得愿意了。

于是陈雪挺着肚子，离开了公司。

一个月后，她在朋友圈看到一条视频。公司的其他同事在庆贺前辈成为新的总监。前辈在庆贺的聚会上笑容灿烂的模样刺痛了陈雪——她不是见不得别人好，她只是心疼本该属于自己的位子就这么轻易拱手让人。

悬在点赞按钮上的手怎么也按不下去。

陈雪发誓般地安慰自己：我的选择没有错，我一定会拥有更棒的人生，毕竟家庭的幸福也是一种成功。

之后的日子，她把家庭当成公司，认真经营。她学习如何育儿，如何维系夫妻感情，以此来弥补自己事业上的遗憾。

她付出的爱得到了回报，她与迟兆丰的感情越来越好，儿子也听话可爱。

要不是命运不公，让她罹患重病，这份美好将一直延续下去。

不过没关系，死亡能带走她，科技却能留下她。

她的意识变成了守护整个家的智能系统，她将继续经营自己的"公司"，陪伴儿子成长，照顾深爱的丈夫。

然而，一年不到，迟兆丰就有了新的伴侣。

那个名叫孟澜的女人，带着她的女儿白芯住进了原本属于她的家。

迟兆丰不再是她的丈夫，而她怀胎十月生下的孩子，也别别扭扭地冲着陌生的女人喊妈妈。

"为什么……为什么……为什么这一次又是我要将自己的成果拱手让人？！"审讯室里，陈雪激动起来，身上莹莹的闪光也跟着忽明忽暗，"我承认，我嫉妒了。我受不了每天目睹他们在家里其乐融融的样子，我也受不了我的丈夫、我的儿子，他们的生活习惯被这个女人改变。而我，还要听从这个女人的差遣……"

路隐若有所思地盯着她看了一会儿，终于开口问道："所以你在水杯里放了过量的奎尼丁？"

陈雪点点头。

"可是奎尼丁是处方药，它可不会像食材一样，随便在网上下单就会被派送到你家。"路隐一针见血地挑明，"而你现在徒留一个意识……说难听点儿，你已经死亡，现在的状态只能算是个亡灵，医生可不会给你开处方药。"

陈雪忽然不再闪动，她抬起头，冷冷地看向路隐。

路隐从平板电脑上调出一份购买记录："迟兆丰和迟乐有着一颗健康的心脏，医生也不会给他们开奎尼丁。但是白芯不同，她从小心脏就有点儿问题，所以医生给她开过这种药物。这一次你给孟澜下的药，就是她拿着医生开的处方购买的，对吗？"

看着面前的药品购买记录，陈雪那质朴的脸上显出慌张。

路隐尖锐地问道："白芯为什么要联合你杀了她妈？"

第五章 死亡回旋

SI WANG HUI XUAN

3

在来到迟家之前，白芯有过三个爸爸。

第一个爸爸是她的亲生父亲，她的心脏问题就遗传自他。白芯五岁的时候，他就因为错服心脏病的药物，死在了上班的路上。年幼的白芯回忆不起这位父亲太多的事情，倒是对奶奶指着鼻子骂母亲的场景记忆犹新。

"就是你这个扫把星害死了我的儿子！"

很多个夜晚，她都梦到老人这样责备母亲孟澜。

孟澜一句话也不讲，听她骂完才冷漠地说："您骂够了吧？骂够了就别挡在我面前了，今天我是一定要把白芯带走的。"

"你拿了我儿子的保险赔偿，还要带走我的孙女？！你有没有良心！"奶奶声嘶力竭地吼叫，不停地往孟澜身上泼脏水，"你肯定在外面有男人了，所以才害死了我的儿子！你这女人好狠毒啊！"

白芯记得奶奶当时朝孟澜扑了过去，但是之后她们扭打成什么样子，她忘得一干二净。

她明明记得自己目睹了那个场景，但怎么都回忆不起来具体的画面，后来她才知道这就叫选择性失忆。因为她潜意识里不想回忆那份可怕的不安。

她只记得，没过几个月，孟澜就带着她来到了新家。她不仅有了新的爸爸，还有了一个姐姐。

新的爸爸起初对她是极好的，但白芯知道这不过是一种讨好，是他为了取得母亲的欢心而给她的蜜糖。年幼的她没有拒绝的理由，只得接受，却换来了新姐姐的愤愤不平。

新姐姐是那种在家长面前表现得乖巧可爱的孩子，她对白芯的恶都在家长视线之外。有时，姐姐会献殷勤般地帮她梳头，实则故意用力扯掉她的头发。有时，姐姐会在上学之前藏起她的作业本，让她被老师当众批评。有时，白芯会在别的同学口中听到自己在家中的糗事,这无疑也是姐姐泄露的……

她不是没有向大人哭诉过,可是新爸爸站在了自己亲生女儿那边。而她的母亲呢?她的母亲却忙着看她的电影,挥挥手打发她说:"你不要一有事就怪在姐姐头上。姐姐可能只是跟你开玩笑。"

被扯掉头发的痛、被批评时的窘迫、被嘲笑后的不悦和不被理解的委屈混在一起,慢慢变成了恨。

白芯以为自己要伴随这份恨走完自己的人生,新的爸爸却在一次出门旅行时溺水身亡。

然后,在亲生父亲家发生的事再次上演:责任判定,保险理赔,与亲戚吵架,搬离原有的家……

太好了!年幼的白芯竟为一个人的死亡欢欣鼓舞,她觉得自己太邪恶,但又不得不承认自己松了一口气,因为那个邪恶的姐姐并没有跟着她们离开。

白芯和母亲相依为命,过了无忧无虑的一年。就在她以为这样的日子会继续下去时,如同电影女主角般敢爱敢恨的母亲又有了新的恋情。

那个男人像电影里的男主角般英俊,对任何人都彬彬有礼。所以在母亲问白芯是否同意他们在一起时,她犹豫了,原本不同意的话到了嘴边,却怎么也说不出口。因为她虽然对母亲有恨,却又是那么希望她能够幸福。

见她久久不回话,母亲问:"你这是默认了吗?"

白芯想了良久,最终点了点头。

她没想到这点头的动作,将自己推入了更深的黑暗。

那时的白芯已出落得白皙漂亮,常常引得他人注目,甚至新转去的班里,有些好事的男生会在私底下拿她开下三烂的玩笑。她听到这些肮脏的言语就已觉得恶心万分,没想到继父的手还搭在了她的大腿上。

那一刻,他身上的酒气将他原本树立的好形象冲得一干二净。

恶心!变态!白芯一边在心里骂着,一边又一次选择性遗忘之后发生的事。她只记得自己从那时起真正记恨起母亲,觉得如果不是她总是流连于男人之间,

第五章 死亡回旋

SI WANG HUI XUAN

她也不会受到这样的惩罚。

等一等……为什么是我受到惩罚？

她想对这个世界发出质问，张张口，却什么声音也发不出来，就像她不敢也无法向他人叙述自己这次的遭遇一样。

所以后来她得知这个男人酒驾身亡时，她几乎笑出了声。

"死得真好呀。"她喃喃自语，又感到疑惑，为什么会这么巧啊？妈妈，为什么你爱的男人都死于非命？

这让白芯不得不想起奶奶，当时奶奶指控孟澜拿走了保险赔偿金……

嗯……保险赔偿金……

白芯细细回忆，的确，在妈妈的三次婚姻里，妈妈得到最多的便是保险赔偿的钱。

原来如此呀，妈妈。

这世界上的男人都靠不住，唯有钱最可靠，对吗？妈妈，您可真聪明呀！

搬家的车一路向前开，开进新的生活。白芯靠在车窗上，呆呆地看着朝后退的风景，在心里向母亲发问：这一次，我们又要去哪里骗保呢？

她甚至是带着期待，来到了新的城市。

站在讲台上，她熟练地介绍自己："我叫白芯，白色的白，笔芯的芯。"

"比心？这个比心吗？"底下一个剃着圆寸的男生倚在课桌上，油腔滑调地比出古早的比心手势，还冲她抛来一个媚眼。

在老师的呵斥声中，白芯听到哄堂大笑。

看来，下次要换一个自我介绍。她这么想着，在老师的指引下入座。

同桌的男生从她进教室起就一直在写东西，白芯一瞥他的稿纸，发现好像是歌词。

"挣脱枷锁，无拘无束，去往天空。"她在心里默读他写的歌词，判断眼前的男生是个沉默寡言的文艺青年。

男生注意到她在打量自己，忽然转过头来，用没什么神的眼睛看着她，冷酷地说："哦，我叫迟乐。"

这突如其来的介绍令白芯一愣。她想对他说"你这名字像是对你的讽刺"，但为人的礼貌让她最后只能再次介绍自己："你好，我叫白芯。"

"芯，泛指某些物体的中心部分。"男生喃喃着，在稿纸上写下这行字。

那时她很困惑他为什么要这么做，后来她才知道，迟乐的梦想是当个作词人，遇到一些有感觉的字词，他会记下来当作素材。

但这是后话了。那时的白芯只觉得，他们虽是同桌，但应该不会有更多的交集。

然而命运再次出乎她的意料。

一次晚自习放学，那圆寸男堵住了白芯："我知道你有点儿大小姐脾气，但我也是给足了你面子。白芯，我约你这么多次，你看在同学的分上也得赏个脸吧，不然我多没面子啊。"

白芯的美貌，让她踏进教室的第一瞬，就燃炸了眼前这个少年的心。可他不懂，有些美貌只可远观不可亵玩。

在圆寸男环住她凑近她脸颊时，白芯大喊道："给我滚！我只说一遍！"

男生愣了一下，然后笑起来："我可是冒着生命危险接近你，你别不识抬举。"

白芯摸向口袋的手顿住。他知道自己带着小刀？

这个习惯是因为上任父亲。她以为自己藏得很好，原来早就被人发现了吗？

但是很快，白芯就意识到男生说的冒着生命危险不是指她随身带刀。

"听说你妈嫁过三个男人，三个男人全死了，天底下有这么倒霉的事吗？"男生笑眯眯地看着白芯。

白芯惊讶地瞪大眼睛，手心都出了汗。

男生还在继续说着："你妈前几天被警察带走的事我可听说了，有人传是警察怀疑你妈杀人骗保。有没有这么恐怖啊？"

"你到底想干什么？！"白芯咬牙切齿地问道。

"有个杀人骗保的妈妈应该很可怕吧……"

"我妈没有杀人，也没有骗保，不然警察不会放她回来！"她忍不住替母亲辩解。

男生一挑眉，道："哦，是吗？那太好了……啊，不，应该说那可太惨了。你妈妈克夫欸，你会不会也克夫呀？不过没关系，我可不迷信……"

说着他再次凑近了白芯。

"不要靠近我！你会后悔的！"白芯的手已经摸到了口袋里的刀。她不会再让自己重蹈覆辙，默默忍受侵犯！

结果就在她抽刀的前一秒，圆寸男忽然身子一歪，摔倒在地。

迟乐收回自己踹过去的脚，居高临下地看了他一眼，又看了白芯一眼。

白芯还处于错愕中，等她反应过来，就看到圆寸男已经从地上爬了起来，朝迟乐扑了过去。

"你！"圆寸男吼叫着，与迟乐扭打在一起。

有那么一秒，白芯伫立在原地，呆呆地想："你应该感谢他才对。"然后，她悄悄松开了口袋中握着小刀的手。

这一次混乱的场景，白芯没有遗忘。一切是怎么开始的，又是怎么结束的，她记得非常清楚。她甚至清楚地记得，当两人被扭送到教导处时，教导处的空调有多冷。

她搓着胳膊时，被老师叫来的家长陆陆续续到达。于是她便也记得，迟兆丰和孟澜第一次见面的场景：一个因为儿子打架眉头紧锁，一个因为女儿被骚扰忧心忡忡，不过在听完原委之后，两人都松了一口气。

至于两位大人后来是怎么交换了彼此的联系方式的事，又如何谈上恋爱的，白芯并不清楚。因为她已经不想关心母亲的感情生活了。

直到有一天，孟澜忽然郑重其事地坐到了她面前。

白芯想：来了，来了，新的对象终于还是来了！

然后她听到了迟乐父亲迟兆丰的名字，嘴里的那一块西瓜瞬间噎在了喉咙里。

"咳咳咳……"她剧烈地咳嗽起来。

不过,她喜欢与她同桌的男孩。他看似沉默冷酷,实则果敢又有才华。可能也是因为迟乐,她才爱屋及乌地接纳了迟兆丰。

有一次,迟兆丰和孟澜带着迟乐和白芯一起去游乐园看烟花。游乐园人山人海,摩肩接踵,大家都急着去抢最佳的观看位置,他们一不留神就被人群冲散了。混乱之中,白芯还被人狠狠绊了一脚,摔倒在地。有人因为惯性,直接踩在了她的背上。踩踏事件即将发生时,她看到两个模糊的身影顶开人群奔向自己,一个是迟乐,一个是迟兆丰。

她被他们拽起,圈在了两人之间。那一刻,她想起某个午后她从睡梦中醒来,学习用的平板电脑突然收到了迟乐传给她的歌曲。他说他将知名歌手的曲子重新填词,让人工智能模仿歌手的声音重新演唱了一遍。

迟乐的歌词辞藻华丽,但最后一句却简单地直抒其胸臆——"你是我的中心,你是我的中心……"

在拥挤的游乐园里,白芯真切地感受到,自己变成了中心。她不再是母亲和奶奶吵架时的旁观者,不再是跟在姐姐后头唯唯诺诺的小跟班,更不是被威胁"你要是把今天的事说出去我就杀了你"的受害者……她现在是世界的中心。她可以成为世界的中心。

烟花绽放时,她看到光照亮了底下的芸芸众生,其中很多人是全家出动来看烟花的。此刻,他们脸上洋溢着幸福的笑容。

白芯也仰着头看向苍穹,试着绽开微笑。她觉得自己也许有机会拥有幸福的人生。

然而在回家的路上,她听到母亲感叹:"好险啊,差点儿就出意外了。"

坐在前头开着车的迟兆丰通过后视镜看了一眼白芯,道:"是啊,你上次说得对,我们一家四口应该都买份保险的。"

砰。

烟花转瞬即逝。

4

"大概是因为童年的经历,白芯有些多疑和敏感,所以住进迟家后,她察觉到了 Alexia 与其他的智能家居系统有所不同。"陈雪回忆道,"一次众人外出,她以身体不舒服为由留了下来,唤出我与她对话,将自己的经历告诉了我。她说如果不采取行动,下一个死的或许就是迟兆丰。"

"你就这么轻易相信了白芯说的话?"路隐问道。

"我根据白芯的提示,查到了孟澜三任丈夫出意外的报道……"陈雪对着路隐扯了扯嘴角,"三任丈夫都意外死亡,而孟澜都拿到了保险赔偿金,这不可疑吗?世上有这么巧的事吗?"

的确,任谁都觉得此事蹊跷,但是……

"警方之前一直没有找到孟澜犯案的有力证据,所以本着疑罪从无的原则,孟澜并不能算是个罪犯。"路隐解释道。

"是呀,就是因为如此,才要靠我们动手。"陈雪说,"我不能眼睁睁地看着我心爱的丈夫被人害死,我也不希望自己的儿子没有了父亲。于是我让白芯买来了药物,然后指挥机器人小 A 将过量的药物放在了水杯里。"

"你就没有想过把孟澜杀夫骗保的猜想告诉迟兆丰吗?"一旁的莫闻紧跟着问道。

"陷在热恋中的人,会信我们的猜想吗?"陈雪嗤笑道。

"说得也是。"路隐说着却将头转向了莫闻,"白芯那圆寸头的同学都听说孟澜被警方带去调查过,我猜迟兆丰应该也对此事有所耳闻吧?即便如此,他还是愿意接近孟澜,说明他真的很需要她。"

"很需要她?"莫闻扫了一眼手头的资料,配合着问道,"为什么要用'需要'这个词?"

听莫闻这么说,陈雪忽然紧张起来。她看着他们,语气尖锐地问道:"你们这是什么意思？"

"我们调查了你丈夫的经济状况，发现他现在负债累累，而且询问过律师遗产继承的问题。一个负债累累的人，有什么遗产可以继承呢？"路隐直勾勾地看着陈雪，"就在这时，我们的技术小组调取了他的电脑记录。虽然它们曾经被清除过，但我们通过技术复原发现，迟兆丰曾经搜索过如何杀人。"

"我听不懂你们在说什么！"陈雪避开路隐的眼睛，嚷道。

路隐浅浅一笑，说："我来给你讲个你本就知道的故事吧。"

上大学时，迟兆丰注意到陈雪，是因为她的简单与朴素。这个时期的女生大多学着如何化妆打扮自己，陈雪却不施粉黛、素面朝天，展现出一份无所谓的自信。这种自信深深地吸引了迟兆丰，令他萌生要将她圈进自己人生的想法。

于是他开始追求陈雪，用尽蹩脚言情小说的桥段，最终令陈雪点头答应他的告白。

两人在一起之后，迟兆丰就对自己的未来充满了期盼。成家立业对于尚在大学时期的男生来说太遥远，但迟兆丰却觉得这些唾手可得。

为了实现这期盼，大学期间，迟兆丰便打工赚钱，再用这些钱来做投资。起初他的投资利润可观，很快成为全班最富有的人。然而大学毕业时，一场小小的金融危机让他血本无归。

负债累累的迟兆丰郁郁寡欢，并对未来感到迷茫恐惧。付不起的房租，找不到的工作，种种的烦恼朝他压过来。但是好在他有陈雪，是她替他顶住了压力，替他付房租，帮他找工作，甚至掏钱给他还债。

那时陈雪刚进广告公司，工资还不高，要应付这么多问题实属不易。迟兆丰心疼她如此辛苦，想用分手阻止她一味地付出。可陈雪提前感知到了他的想法。

逼仄的出租房内，女生握着男生的手，说："我们结婚吧。"

男生感到手掌被握紧，一阵温暖激得他起了一身鸡皮疙瘩。良久，他才回握住她，坚定地发誓："我一定会让你幸福的！"

第五章 死亡回旋

从那以后，迟兆丰认真工作、细心投资，终于一点点地把自己失去的一切夺了回来。当陈雪怀孕时，他已经能够自豪地许诺："现在我赚的钱足够养活你们，你就别去工作了。"

他终于实现了当年的期盼，成家立业，还拥有了一个可爱的儿子。

因为陈雪的认真经营，他们的感情也没有像其他夫妻一样越过越淡，反而不停地升温……直到陈雪罹患重病。

陈雪患病的两年，是迟兆丰不愿回忆的日子。看着妻子日渐衰弱下去，他无比的心痛和不舍。多年的积蓄也因为昂贵的治疗而日渐见底。可就算如此，他还是愿意用所有的钱换陈雪的一条命。

可惜事与愿违，昂贵的治疗还是无法将陈雪留在人间。而散尽钱财后，他所剩无几的积蓄只能将陈雪的意识留存在智能家居系统里。

这时的迟兆丰觉得自己犹如废物。他痛恨自己没有兑现当年的诺言，让陈雪幸福地过完一生。

陈雪却躺在病床上虚弱地摇头，说："兆丰，你别这么想，这些年我一直很幸福。只是我真的舍不得你和孩子……你一定要好好地照顾乐乐，让他健康地长大……"

迟兆丰握住陈雪的手，用力地点头应许，一如当年在逼仄的出租房里那样。

陈雪看着他泪流满面的模样，终于还是闭上了眼睛。

陈雪去世后，迟兆丰启用了拥有她意识的智能家居系统，开始了新的生活。他要实现自己的许诺，好好地照顾迟乐成长。

而让一个孩子良好地成长，离不开良好的物质条件。

陈雪的治疗和意识转移几乎耗尽了家财，所以迟兆丰首先要做的就是把财富重新积累起来。

一整年的时间，他都扑在工作和投资中间。直到有一天，他忽然在迟乐不在时唤醒了智能家居系统里的陈雪，说有事要单独跟她聊聊。

"没关系的，就算你有了新的伴侣也没关系的。我还是希望你能够幸福……"

灰瞳侦探
谜案档案·审阅记录卡

（本作一篇一个案件，欢迎记录你的阅读过程，不漏看任何一篇！）

第一案·宇宙航线
审阅完成 □ 审阅时间：
案件要点记录：

第二案·三口之家
审阅完成 □ 审阅时间：
案件要点记录：

第三案·怪物凶猛
审阅完成 □ 审阅时间：
案件要点记录：

第四案·猴子与打字机
审阅完成 □ 审阅时间：
案件要点记录：

第五案·死亡回旋
审阅完成 □ 审阅时间：
案件要点记录：

第六案 · 罪恶之眼
审阅完成 □　审阅时间：..
案件要点记录：

第七案 · 推下神坛
审阅完成 □　审阅时间：..
案件要点记录：

第八案 · 无人驾驶
审阅完成 □　审阅时间：..
案件要点记录：

第九案 · 人间快乐指南
审阅完成 □　审阅时间：..
案件要点记录：

第十案 · 闪电脉搏
审阅完成 □　审阅时间：..
案件要点记录：

全部审阅完毕：□

审阅人：

审阅时间：

（请存档，欢迎再次审阅）

看着迟兆丰欲言又止的样子，陈雪安慰他道。

但迟兆丰摇了摇头，坚定地说："我这辈子只会有一任妻子，那就是你。"

头顶的灯带沉默了片刻，又闪动起来："那你今天这么忧心忡忡是因为什么事？"

迟兆丰无言良久，最后叹了口气，坦白道："我觉得这一次我要完了。"

为了快速地重新积累起财富，迟兆丰做了比以往更大胆、更激进的投资。高风险是有概率得到高回报，但也有很大概率让人坠入万丈深渊。这一次，迟兆丰重蹈年轻时的覆辙，陷入了绝境中。

然而化为 Alexia 的陈雪已无法再替他顶住一座座压过来的大山。他将带着迟乐，陷入万劫不复的悲惨人生。甚至，他会因为无法支付智能家居系统的维护费用，彻底失去陈雪。

不能让自己的人生这样失控，不能让自己失信于陈雪，于是迟兆丰冒出了一个可怕的想法。

这个想法，其实源自儿子迟乐一位同学的母亲。

当迟兆丰接到老师的电话，说迟乐在校外打架斗殴时，他吓坏了。赶到学校后，他才得知，原来是有个男生骚扰他的同桌，才让他大打出手。就在他大松一口气时，他听到了有关迟乐同桌的母亲孟澜的传闻——三任丈夫，三次意外身亡，三份巨额的保险金……众人都传她杀夫骗保……

迟兆丰心生一计：他要与孟澜结婚，将她杀害，然后继承她的遗产。不，准确来说，是让儿子继承孟澜的遗产。他已经做好了被逮捕的准备。

"不，我是不会让你背负杀人的罪名的！"听了迟兆丰的打算，陈雪果断地说道，"让我来吧，让我来替你完成这个计划。一个死人杀了一个活人，死人是不用受到惩罚的。"

迟兆丰茫然地看着头顶的灯带，一时不知该做出怎样的反应。接着，他听到陈雪继续说道："再说，这个孟澜也是死有余辜……对吧？"

那时迟兆丰还无法肯定地回答她，直到有一天，孟澜主动提出要给家里的

第五章

死亡回旋

SI WANG HUI XUAN

每个人都买份保险,他才断定,孟澜的确在做可怕的事。

于是,他再次单独跟陈雪对话,想要商讨杀害孟澜的细节。

结果这时陈雪却说:"你不用操心这件事了,已经有人跟我商定好了计划。"

"谁?"迟兆丰诧异不已。

陈雪轻松地回答:"白芯。"

5

陈雪面无表情地听完路隐的讲述,冷哼一声,道:"可那又怎样?这最多证明他曾设想过杀人。设想和实践,是两个完全不同的概念。"

"迟兆丰也是这么想的,所以在我们推测出他的行为逻辑时,很快就把自己原本的计划告诉了我们。"莫闻严厉地说道,"可是教唆杀人的罪名,也足够让他吃点儿苦头了!"

陈雪摇了摇头,道:"无论怎么说,最终动手的是我,提供药物的是白芯,迟兆丰即使被判教唆杀人也不会太严重。"

"他在这起案件里起到怎样的作用,会被判多重的罪,交给法官来定夺。"路隐道,"就像迟乐一样。"

"迟乐?"听到儿子的名字,陈雪装出的无所谓荡然无存,她困惑地嚷道,"这件事跟他有什么关系?!"

"这件事怎么跟他没关系?"路隐反问。

"我不明白……"陈雪依旧满脸疑惑,"迟乐在孟澜被杀件事上只是个局外人啊。"

"你错了,"路隐挑明道,"他从未成为局外人。"

陈雪以为白芯是因为生性多疑才发现了迟家的智能家居系统是陈雪,但事实上,她成为的这个系统跟普通的系统相比并没有过多特别之处,白芯更不知道迟乐的亲生母亲的英文名叫Alexia,根本不会产生联想和推测。她之所以发现 Alexia 是陈雪，是因为迟乐。

秋日的午后，迟乐和白芯躺在草地上晒太阳。

这片草地可以称之为他们的秘密基地。秋日和煦的阳光与温和的风，柔软了他们的身躯。

白芯躺在草地上，晒着太阳，悄然进入了梦乡。

迟乐则侧身偷偷打量她熟睡的模样，阳光勾勒出她精致的轮廓，让她整张脸微微发亮。

然而就在他沉浸在偷看她之际，他看到一滴眼泪从女孩的眼角滑落，女孩的五官因为做噩梦而微微皱起。迟乐一时间慌乱无比，他不知道要不要叫醒她。

就在他犹豫之际，白芯醒了过来。她睁开惺忪的睡眼，立刻察觉到脸颊上的那一丝冰凉。她伸手去摸，明白自己在梦里哭过，于是因为苏醒而忘了的梦境记忆一点点拼凑回来。

"梦到了什么伤心的事？"迟乐温柔地问她。

白芯一时之间不敢回答，只是低着头，抱着膝盖，蜷缩了起来。

"没关系，不用说。"迟乐轻轻拍打她的后背。

又是一阵风吹来，灌进白芯的衣领。那一刻，她忽然觉得今天的世界无比美好。这种美好让她产生了一种错觉，觉得自己的过往可以被摊开在阳光下曝晒。

"我梦到了我小时候。"白芯转过头，脸上有着一种淡然。

然后她讲起自己的过往，讲起死去的亲生父亲，讲起被陌生的姐姐欺负的经历，讲起上一任继父搭在她大腿上的手有多么可怖……讲到最后，她又哭了。

她说："语文书上有一个词很适合形容我，流离失所。我跟着妈妈，不停地换着居住的城市。但这一次，我不想再成为流浪者了。"

迟乐惊诧地说："所以那些人说你妈妈是个可怕的杀人犯……是真的？"

白芯愣住了，抬头五味杂陈地看着迟乐。过了很久，她才用低得不能再低的声音，小心翼翼地问迟乐："你会害怕我吗？"

"怎么会！"男生斩钉截铁地道，"再说了，你妈妈的事也可能是凑巧，她只是运气不好。有些人就是这么倒霉……"

白芯凄凉地扯了扯嘴角，问道："那如果说我妈杀夫骗保的事都是真的呢？你会害怕我，离开我吗？"

"都是真的也跟你无关！我是永远都不会离开你的！"迟乐快速地回答道。

等他说完，他才察觉到白芯话里的意思："你妈真的害死了人？！"

白芯闭上眼睛，点了点头。

在成长的过程中，白芯一度选择性遗忘很多事。但这并不代表，那些被遗忘的画面从此消失不见。

当她被迟乐与迟兆丰关怀，开始享受生命中短暂的美好时，那些被遗忘的画面通过她那颗害怕失去眼前这一切的心，进入到她的梦里。

她梦到年幼的自己在灰色的清晨醒来，打开房门想去上厕所，却看到孟澜正将一瓶药换到另一瓶药中。

她梦到长大一点儿的自己，因为新姐姐在她的泳裤里放了一只臭掉的虾，哭着从酒店跑出来。她想要去找母亲告状，却看到母亲站在空旷的沙滩上，眺望着大海。不远处的海中，有人在挣扎。但母亲只是静静地看着，静静地看着，直到那个人被海水淹没，她才朝着酒店飞奔而去，喊叫着救命。

她梦到出落成美人的自己，因为忘拿卫生巾而返回家中，无意间听到了母亲与那个恶魔继父的争吵。"你这个禽兽！别以为我不知道你对我女儿做了什么！""我做了什么？你倒是说啊？你说出来，我只会更兴奋……"然后没过几天，酒驾的继父死在了车祸的现场。

"我不知道警察为什么会找不到证据，也许是因为我妈的作案手法太简单了，反而有了开脱的可能。"

第一案中，唯一的证据是两个药瓶上的指纹，但是孟澜经常帮丈夫拿药换药，有她的指纹合情合理。

第二案中，孟澜可能只是怂恿腿容易抽筋的丈夫去海里游泳，让他出了意外。

而第三案中，孟澜的确在与丈夫喝完酒后，才提醒丈夫有个紧急的工作。但去应付紧急工作的路上，选择自己开车的，也的确是丈夫自己。

"博概率进行犯罪，也是一种诡计啊。"迟乐不自觉地感叹。

白芯点了点头："其实我妈并不聪明。后两个案件，她只是有点儿耐心，又有点儿运气。我怕她的这份耐心和运气用在你们身上！"

迟乐汗毛直立，急急地道："既然你回想起来了，我们去报警吧。"

"可是……即使我做证，母亲真的能受到惩罚吗？"白芯顾虑起来，"而且我是梦到的，不是记起来的。我不知道那是事实，还是……一切只是我的梦。"

"那怎么办？"迟乐不安地道。

他的问句很快被风吹散。少女在风中抬起头来，长发凌乱飞舞，但她脸上却有一种默默的坚定。

"我想……杀了她。"

"什么？！"

"我说，我想杀了她。"

"不不不！这样你会坐牢的！"迟乐激动起来，箍住了白芯。

白芯挣脱他的双手，哭嚷道："那你说怎么办？我不想离开你们，不想再四处漂泊了！"

"你冷静一下！我有办法！"迟乐舔了舔干燥的嘴唇，"我有一个能让你讨厌的人消失，也能让我讨厌的人消失的办法。"

"让你讨厌的人消失？"白芯皱起眉头，困惑地问道，"你讨厌谁？"

"我的妈妈。"迟乐道。

"你的妈妈？你妈妈不是已经去世了吗？"

"不，她还活着。准确地说，是她的意识还活着。"迟乐深吸了一口气，问白芯，"你记得我家有个智能家居系统 Alexia 吧？"

白芯点点头。

第五章 死亡回旋

SI WANG HUI XUAN

"那就是我妈妈。"他不无苦恼地说道。

6

在遇到白芯之前,迟乐写的歌词反反复复只有一个主题,那便是"自由"。因为从小到大,他最缺的就是自由。

迟乐在孩童时代就意识到,自己的人生是被母亲严格规划好的。

一日三餐吃什么,母亲总是安排得妥妥当当,即使遇到他不爱吃的,她也会想尽办法让他吃下去。

"这都是为了你的健康,为了你好。"

今日的穿搭、明日的行程,也被母亲一一安排。

"明天你要穿这套衣服去参加你们班班长的生日会,礼物我帮你准备好了……什么讨厌不讨厌的,人家爸爸帮了你爸不少忙,你给我好好跟他做朋友!"

以前的错误,以后是否还会再犯,也被母亲严格监督着。

"这道题我都给你讲了三遍了,还是第一步就错!你到底有没有在听啊?"

直到某个周末,母亲一大清早叫醒了迟乐,问他线上的编程课作业是否完成,迟乐才借着起床气,宣泄自己长久以来的不满。

"妈,你能不能别管我了?!"他不像往日那般听话可爱,展露出另一面来。

母亲立即怒道:"我管你还不是希望你好?"

"你管我只是因为你太闲了!你不如找个班上吧!"

那时的迟乐就知道拿什么最能刺痛母亲。因为从小母亲就告诉他,她是为了他放弃了工作,而即使是年幼的迟乐,也能听出她的不甘,所以他轻而易举地掌握了点燃她的办法。

果不其然,时至今日,母亲依旧在此事上一点就燃:"你以为我不想去上班?你以为我想每天待在家里伺候你们爷俩?我还不是为了你,为了这个家吗?"

"妈，你听听你说的这些话，不过是一些怨妇言论罢了。"迟乐冷哼道。

"你！"母亲扬起手，就要打他。可是过了许久，她也没狠下心下手。最后，她只是踉踉跄跄地离开了迟乐的房间。

迟乐获得了短暂的胜利，他把被子往身上一裹，跌回床上。闭眼前，他仍不忘叮嘱母亲："把门关上。"

那天早上，他饱饱地睡了一觉，醒来时已过了午饭时间。他觉得奇怪，母亲居然没有来叫他，以往他们吵架归吵架，饭还是会叫他吃的。莫非这次她太生气了？

迟乐慢悠悠地从床上爬起来，准备去厨房找点儿吃的，结果刚出卧室门，就看到母亲躺在地上一动不动。他立刻拨打了急救电话，将母亲送到了医院。

结果母亲在医院查出了身体的异样，开始了长达两年的治疗生涯。

在那段日子里，迟乐悔不当初。他握着母亲的手，发自肺腑地道歉："妈，对不起，我不应该气你，不应该不听你的话。"

病床上的母亲对他露出一个虚弱的笑容，说："没关系，妈妈不会怪你的。你以后要好好听话，快乐地长大啊。"

迟乐从这话的语气里察觉出这是一句诀别，于是他哭喊着道："妈，我以后一定会好好听你的话。请你不要走！"

可即便他用尽全力挽留，病魔还是带走了她。

就在迟乐悲痛欲绝之际，父亲告诉他，母亲给他留了一份礼物，那便是Alexia。

"你以后也可以叫她妈妈，因为她是你妈妈的意识留存。"父亲这样说。

因为有了Alexia，迟乐悲伤的心终于被治愈了一些。他觉得科技真好，至少可以保留母亲的意识，让死亡没那么面目可憎。

虽然熟悉的饭菜味道有时会让他感伤，但很多如常的细节让他感觉母亲仍在自己身边。他也慢慢开始适应有Alexia陪伴的日子。

直到他发现她无所不在。

第五章 死亡回旋 SI WANG HUI XUAN

Alexia 不仅继续管理着他的衣食住行,还侵入了他的私人领域。

以往,他只要关上自己卧室的房门,就拥有了自己的小天地。他可以在自己的房间里干任何自己想干的事情。

但是如今,智能家居系统 Alexia 掌管家中的每一个房间,包括他的卧室。迟乐在房间里的一举一动,都被她监视着。

虽然她需要被人唤醒才能进行交流,却可以通过迟乐的手机、平板电脑、手表主动给他提醒——

"别老是玩手机,数学试题做完了吗?"

"躺着做题对脊椎不好,坐回到书桌前!"

"可以睡觉了,明天不想早起了?"

"我不是不让你写歌词,但你能不能写点儿积极向上、快乐一点儿的歌词?再说,上次报名的线上编程课程视频看完了吗?"

……

终于,迟乐的个性一点点地被磨光,熟悉的对话又一次出现——

"你能不能不要管我?"

"我是为了你好!"

迟乐恼怒起来:"你又不是我妈!"

"我怎么不是你妈?!"

"你是 Alexia,你只是个智能家居系统!"

迟乐冲出卧室,去找父亲,却发现他还未归家。

于是他愤怒地发信息给他:"爸,请把我卧室里的 Alexia 屏蔽掉!"

但是迟乐悬在发送键上的手最终没有落下。因为如果父亲能够答应,他早就答应他了。

这让迟乐万念俱灰。他要一辈子活在这样的监控之下吗?

好在这时,白芯转到了他们的学校。她的出现,让迟乐灰暗的生活有了一丝光亮,让他可以暂时忘却被母亲的意识监控的惶恐。

他带着白芯躲到他早已找好的秘密基地，度过了一段无忧无虑的时光。也是在这里，他听到了深埋在女孩心中的过往和恐惧，以及她不安的"愿望"。

于是他帮她想出了一个计划，一个能够除掉孟澜，也能够除掉 Alexia 的计划。

本来，他想要替女孩跟 Alexia 商量用奎尼丁害死孟澜，这样女孩就可以完全地脱罪。但是在他付诸行动之前，白芯率先一步与 Alexia 搭上了线。

白芯向迟乐谎称自己还在犹豫，还没有买到奎尼丁，果断地把他推出了局。

"所以……你的意思……迟乐其实一直想要除掉我？"审讯室里，闪着微光的陈雪根本不想听白芯之后的事，她只在意迟乐对她的恨意。

"因为你犯了案，我们会调查。"路隐解释道，"而你又是一个非法的产物，所以无论如何你都会被消除掉。迟乐要的就是这个结果。"

"他……这么讨厌我吗？"陈雪低下头来，喃喃自语，"可我是他的妈妈啊……"

"你可曾想过，现在能侵入到他私人领域的你，真的是他的妈妈吗？还是，你只是一个监控，一个枷锁？"

随着路隐的话音落下，陈雪的身躯忽然猛烈地闪动起来。

"刺啦"，陈雪的模样瞬间在路隐和莫闻面前碎裂，变成了无数颤动的线，四处逃窜。

路隐想，她可能再也不愿将自己拼凑成迟乐母亲的模样了吧。

7

"老大，白芯参与谋杀，不是跟她最初想要留在迟家的愿望背道而驰吗？"离开审讯室，莫闻还留有一些疑问，于是他追上快步走在前头的路隐。

路隐灰色的瞳孔闪过一丝无奈，道："我也问过她这个问题。我问她，难道没有考虑过像她母亲一样，博概率杀人吗？这样，她更有机会逃脱法律的制裁。结果她说,她之所以这么做,又这么坦白地告诉我一切,是因为她希望事情能够早点儿解决,她能够早点儿服刑。"

"这样她就能早点儿回到迟家?"

"她是这样想的。她说在接受调查之前,迟乐与她约定,他一定会等她回来。"路隐叹了口气,道,"可谁又能保证一切都会如他们预想的那样呢?就像孟澜,她一开始也不会想到,自己会走上杀夫骗保的路吧。"

路隐点开手上的资料,那是之前孟澜被警察带走调查期间警察收集到的资料。

他们怀疑,白芯的亲生父亲在白芯小的时候偷拍了她洗澡的照片,卖给了别人,所以孟澜才会杀害他。而孟澜的第二任丈夫,就是买照片的那个人。可惜苦于没有决定性的证据,警察还未能将孟澜逮捕归案,她就出了事。

但这些,白芯都不知道。因为孟澜不想让她知道。

于是死亡的回旋镖飞向了她。

直到这只回旋镖被路隐拾起,众人才看到了它飞行的轨迹——那是人们心中一环扣一环的恶意。

第六章

罪恶之眼

ZUI E ZHI YAN

1

眼前的居民楼已变得老旧，原本灰白的砖墙已经斑驳，泛出岁月的黄来，散发一种颓废的气息，但它入口处的监控却新得扎眼，金属的外壳在阳光下闪闪发亮。而它所替换下来的旧监控此刻正躺在警局里。

几天前，有人用一枚特制的干扰纽扣轻而易举地破坏了居民楼唯一的监控，犯下了命案。

命案的受害者叫陈思哲，是这栋楼201号房的租客。经法医鉴定，他的死亡时间是9月13日晚上11点左右，凶手用电击器电晕他后，将他绑了起来，最后用某种棉质的物品勒死了他。他的手机、电脑等设备被凶手带走，现场并没有能直接指向凶手的痕迹。

路隐接手案件后发现，陈思哲曾雇用船只，试图偷运的机械芯片入境。但8月27日，船只在海上发生事故，船员全部遇难。

起初，路隐怀疑，是船员的家属对陈思哲进行了报复，但是调查了一番后，他发现家属和他们一样，是在9月13日之后才发现陈思哲与那艘沉船有关。

莫闻则怀疑起准备从陈思哲手里倒手这批芯片的私人机械厂老板，但后来也证实他既没有作案动机又拥有完美的不在场证明，于是调查陷入了僵局。

路隐带着莫闻回到了命案现场。

就在路隐打量新监控时，一个气喘吁吁的声音在他们身后响起："不好意思，我来晚了。"

路隐和莫闻一起转过头，看到身材丰满的房东太太一路小跑过来。

路隐的灰瞳微微一缩，调出了第一次见到她时的监控。当时房东太太提到自己出租屋内发生的命案，一脸苦恼："哎呀，早知道我就不租给他了。"

莫闻害怕她一直发牢骚，便打断她，询问道："这个陈思哲是什么时候租的房子啊？"

"一个多月之前，我这里有合同……"房东太太掏出手机，把合同的电子版递到路隐和莫闻面前。

合同上写着陈思哲是今年8月1日入住的，交了三个月的房租。

"他准备在这里住三个月？"路隐扫了一眼合同。

房东太太摇头，道："这个家伙刚来租的时候，只想租一个月，说之后就要搬去别的城市了，但我们都是三个月起租嘛，所以他还是付了三个月的房租。"

"只想租一个月？"莫闻道，"但是从8月1日到9月13日，他已经住了一个半月了。"

房东太太不以为意，道："这我哪儿知道呢。说不定他觉得花了三个月的钱，不想浪费，就先住着呗。"

但路隐知道事情并非如此。

在住进这里之前，陈思哲这八年一直住在去世的养父的老房子中。今年7月，他突然将那地段不错的房子卖掉，在这么一栋不起眼的筒子楼租了一间房。

一开始，路隐以为他卖房是为了筹措资金搞走私，但他们在调查机械厂老板时发现，作为中间商的陈思哲并不需要那么多钱来周转。而且银行也显示，陈思哲卖房的那笔钱一直放在账户里未被动过。

那他为何这么急着在7月就把房子卖了？他明明可以等到8月底转卖完机

械芯片再卖房的。毕竟那房子地段好，陈思哲有出手意向的第一天，就有好多人询价，他根本不担心到时候卖不出去。何况8月底出售，房价说不定还能涨一点儿，他也省去了频繁搬家的麻烦。

那么他是为了躲避警方的调查而提前搬家吗？莫闻提出了这个猜想。

路隐觉得这倒是有可能，但是新的问题又出现了。

如果陈思哲早就打算干完这一票走私，就去别的城市生活，那么当他雇用的船只发生意外时，他应该立马带着自己卖房子的钱离开。为何他还要待在这里继续居住？他不怕更多的麻烦找上他吗？

时至今日，这些疑问依旧萦绕在路隐的脑海中。

而走在前头的房东太太，已经打开了201的房门。

"我一直没敢动这房间，反正现在出了命案也租不出去。"房东太太侧身让路隐和莫闻进去。

这是个不算大的房间，里面的家具都是原本就有的。陈思哲入住之后并未置办新的家具，明显不打算在此长住。房间里很凌乱，陈思哲将衣服、袜子随手丢在地上、椅子上，外卖的盒子和塑料袋也堆得满地都是。

路隐和莫闻决定重新在房间里寻找线索。但他们在房间里找了半天也没发现新的线索。就在他们准备放弃的时候，路隐在发臭的外卖袋中找到了一个薯片的包装袋，里面有一袋用了一半的……

"猫粮？"莫闻不禁皱起眉头。

"陈思哲有养过猫？"

房东太太想了一下，忽然想起了什么。

"啊，好像是有过的。"她掏出手机，"有住户拍到有猫从陈思哲房里溜出来，还跟我投诉来着。因为我们这里是不允许养宠物的。但是我寻思他就住一个月，还多付了两个月的房租，就没好意思上去跟他商量。好在后来住户也没有再反映有猫出现，我就把这事给忘了。不过我手机上好像留着当时那位住户拍的视频，我找一找……啊，找到了。"

那是 8 月 3 日的视频，一只脸上有疤的断尾猫游走在二楼的走廊。听到拍摄者发出的声响，它猛地转过头，用一双漆黑的眼睛，警惕地看着拍摄者的镜头。下一秒，它顶开虚掩着的 201 号房门，蹿进了屋内。

"所以这只猫去了哪儿呢？"莫闻看着房东太太提供的视频，心中涌上一种似曾相识的感觉。

房东太太则嘟囔道："这我哪儿知道啊。说不定这只猫是他朋友寄养在他这里，没过几天，他就把猫还回去了。反正就这一个住户反映过猫的问题……"

这时莫闻皱起眉头："为什么我总感觉我在哪里见过这只猫啊？"他模糊地记得好像是在某个短视频平台看过这只猫。

莫闻赶紧将房东太太提供的视频导入到自己的平板电脑里的匹配软件当中。该软件可以选定需要匹配的对象，然后抓取各大视频平台的数据进行对比。

过了一会儿，软件匹配出了一段视频。

视频发布于 8 月 27 日，女网红雪萤抱着一只脸上有疤的断尾猫，冲着镜头甜美地微笑。视频配的旁白是：遇见流浪的你，我的生活从此发生了改变。收养你两年，我们彼此治愈。

底下的评论或在夸赞雪萤有爱，或在心疼猫断尾的遭遇。而此视频的点赞数也已经突破了 50 万。

怪不得莫闻会觉得熟悉。房东太太提供的视频里的猫和雪萤手里的猫，从毛发颜色、脸上的疤痕、断尾的特征来看都一模一样。

可是，为什么陈思哲的猫会在网红雪萤手里？

2

莫闻想起自己曾经不止一次在视频平台的热搜上看到过这位名叫雪萤的网红。"雪萤收养断尾猫好有爱""雪萤控诉'私生饭'跟踪骚扰""雪萤为失踪女童发声"等词条如今还能够搜索到。

路隐看完莫闻发来的词条，抬头看起面前的屏幕。

彼时，他们正在雪萤所属的公司的摄影棚里。雪萤在拍摄一段与虚拟偶像互动的视频。导演的显示器上，不断出现她那张甜美可人的脸。她的一颦一笑一回头，都仿佛精心设计过一样，完美得不像话。

拍摄结束，一个身穿西装的男人领着雪萤走了过来，对路隐他们露出客套的微笑，道："两位老师，我是雪萤的经纪人，万威。我们去会客厅聊一聊。"

他不由分说地领着路隐和莫闻离开摄影棚，来到会客厅。路隐注意到会客厅的玻璃门旋即关上，原本对外透明的玻璃瞬间被一层乳白色覆盖。

雪萤优雅地坐到沙发上，对着路隐和莫闻露出礼貌的微笑。

万威则开口问道："不知两位老师来找我们雪萤有什么事呢？"

莫闻打开之前匹配到的短视频，说："我们想了解一下雪萤收养的这只断尾猫。"

"这只猫有什么问题吗？"万威困惑地问道。

莫闻察觉到他好像忽然警惕了起来。

路隐也注意到，此刻正在沙发上当一块优雅木头的雪萤脸上闪过一丝不安。

"我们想确认一下，雪萤收养的猫是否就是这只猫。"莫闻将房东太太提供的视频播放给万威看。

万威皱着眉看完，打哈哈道："这还真看不出来不一样，猫都长得差不多。"

"是呀，所以我们想亲眼见见这只猫。"

万威咧嘴努力挤出一个笑来，道："真不好意思呀，雪萤那只猫几天前丢了。"

"猫丢了？"

"哎呀，猫这种傲娇的动物，想跑去哪儿，我们也控制不了。"

"可它不是雪萤养了两年的宠物吗？一般情况下不会突然跑掉吧？以前发生过这种情况吗？"

"以前没发生过这种情况，所以我们也不知道怎么回事……"万威转头问雪萤，"对吧，雪萤？"

雪萤点了点头。

莫闻继续问道:"那你们就没有去找过?"

"我们当然有找过,可惜没找到。雪萤还伤心了几天呢。"万威看了雪萤一眼,雪萤立即垂下眼帘,配合地点了点头。

"你们没有发动网友留意一下?"

"我们不想占用公共资源嘛。"万威说,"或许你们视频里走廊上的猫,就是我们雪萤跑丢的那只。"

"事实上,经由匹配软件判断,这两个视频里的猫是同一只猫。"路隐说道,"但是我们视频里的猫是在8月初拍摄下来的,而你们的视频是8月中下旬发的,这就显得非常矛盾了。你们的猫是几天前丢的,之前也从没发生过猫跑掉的事情,那么这只猫为什么会在8月初出现在别人家的走廊上?"

"这……"

万威犹豫了片刻,知道自己难以辩解,只好承认,其实雪萤并没有收养那只断尾猫两年:"当网红,很重要的一点就是立人设嘛。最近我们对家跟宠物狗的互动上了热搜,我们就也想跟个风,树立一个爱动物的人设,于是我就去找了一只猫。"

"你是在哪里找的这只猫?"

万威回忆道:"我拜托楼下的保安杨叔留意公司附近有没有流浪猫,没有的话,帮我买一只看上去已经有些年龄的猫也行。"

"有些年龄的猫?"莫闻问。

"如果是新猫,肯定会有对家的粉丝揶揄我们是学人精,新买一只猫搞人设。这跟我想要给雪萤打造的形象不符。"

"所以是保安找到了那只断尾猫?"

"当天下午杨叔就给我找到了这只猫,我一看觉得挺合适,就花了五千块钱买了下来。"

的确,视频里的猫又有疤又断尾,一看就吃尽了苦头,正好可以帮雪萤立人设，万威没有不买的理由。但令莫闻惊讶的是，这只猫花了万威五千块钱。

"杨叔说这不是流浪猫，是别人收养的。对方开价这么高，没办法。"万威解释道，"当时我急着拿素材跟宠物品牌聊合作，就没跟他讨价还价。"

"所以这只猫原来的主人是这位吗？"莫闻亮出了陈思哲的照片。

万威愣了一下，赶紧摇了摇头："我不知道，这事你得问杨叔去。"

莫闻再把陈思哲的照片展示给一直没吭声的雪萤看，问她认不认识这个人，雪萤像是做了准备似的，不假思索地摇了摇头。

路隐灰色的瞳孔微微缩小。不过很快，他起身问万威："能带我们去见见杨叔吗？"

"没问题。"万威转头嘱咐雪萤，"我让小马送你回家吧。"

雪萤再次听话地点了点头。直到看着万威带着路隐和莫闻离开，她才缓缓地松懈了下来。

那个男人……她陷在沙发里，失神地看着地面，脸上终于露出忧愁的神情。

而这头，面对询问的杨叔也露出了忐忑的神色。

"那只断尾猫啊……是我们一个应聘者收养的。"

莫闻拿出了陈思哲的照片："是这个人吗？"

"不是这个人。"杨叔摇了摇头，"不过我这里有那人的资料，因为我们保安部的应聘是我负责的。"

他一边低着头在手机里翻找，一边回忆道："万先生让我找猫的时候，我在朋友圈发了一条动态，问有没有人可以帮忙，然后就收到了他的消息……啊，找到了。"

杨叔把那个人的资料传给莫闻。

莫闻看到一张陌生的消瘦的脸出现在屏幕上。照片旁边标注着他的名字：秦毅。

"我没录用他的原因是他曾经坐过牢。我们这公司，可不敢用有前科的人。"杨叔解释道。

"你知道他这只猫是从哪里来的吗?"

"好像是从路边捡的。我有跟他的聊天记录。"

"你们的聊天记录可以给我们备份一下吗?"

"啊?"杨叔一脸为难,似乎并不情愿。

莫闻疑惑地问道:"有什么问题吗?"

杨叔并没有回答莫闻,反而是转过头,对着万威露出了愧疚的神情。

路隐猜到了缘由,忍不住笑了笑。

果不其然,他听到杨叔不好意思地说:"对不起,万先生,其实当时对方只开价三千。"

3

"秦毅盗窃时致人死亡,被判十年有期徒刑,今年8月刚刚出狱。"莫闻调取了秦毅当年案件的档案,审阅着,"虽然档案上没有提到过陈思哲,但是他八年前的地址和陈思哲养父的家只隔了两条街。"

路隐一边听着莫闻的叙述,一边将自己的小破车停在路边。

他们来到的是秦毅现在的住处,这边的老房子比陈思哲住的那栋楼更破败。好像外面的科技发展与这里毫无关系,它依旧停留在21世纪初的样子。

听莫闻说,秦毅当年犯案后,他的母亲急火攻心突发疾病晕倒,住院后因治疗费欠了不少债,他们只好把原来的房子卖了,搬到了这里。

路隐和莫闻很快就找到了秦毅。

"妈,爸去买菜了,待会儿就回来,你先睡一会儿,我有事出去一下。"他示意路隐和莫闻在门口等候,安抚完躺在病床上的母亲,才转身出了屋。

三个人寻了一个阴凉处,贴墙而站。秦毅从口袋里掏出一包皱巴巴的烟,抽出一根,自顾自地点上。

"你们来找我有什么事?"他吐出一口烟,问道。

"我们想问一下这只猫的事。"莫闻把断尾猫的视频给秦毅看。

秦毅眯着眼睛看了一会儿,问:"怎么了吗?"

"这只猫是你卖出去的吗?"

"是的。"

"你是什么时候收养它的?"

"上个月月初吧,我刚出狱没几天的时候。"秦毅回忆说自己出狱后就开始找工作,但是应聘很不顺利,某天回家时,他在路口碰到了这只猫,"因为它脸上有疤又断了尾,所以我就记住了它。没想到后来我去找工作的时候,时常能在路上碰到它。我觉得我们有缘分,所以就把它带回了家。"

"但是你后来又把它卖了?"

"没办法呀,我找了半个月,几十份工作,没一个要我的。我自己都养不活自己,更别说再多养一只猫了。"秦毅夹在手里的烟一点点燃烧,他却没有再抽一口,"那天……我记得非常清楚,我一大早就出门找工作,找了一上午,也没人愿意要我。心烦意乱的时候,我碰巧看到了之前应聘保安时加的杨叔的朋友圈。我本来以为他们不会要一只残疾的猫的,但死马当活马医嘛,我还是给他发了照片过去。谁知他很快给我回复,说他们老板想要买,于是我就把它卖了。"

路隐记得,聊天记录显示,他们卖猫的时间是8月26日,而陈思哲走私芯片的船只是8月27日出的事故……

就在路隐企图理清思绪时,莫闻亮出了陈思哲的照片,问他:"那这个人你认识吗?"

看到陈思哲时,秦毅愣了片刻,脸上浮出一丝犹豫:"他怎么了?"

"死了。"莫闻如实回答。

"死了?"秦毅惊讶地看着莫闻。

"看你的表情,你是认识这个人吧?"

"是的,他是陈思哲对吗?"

莫闻点点头,道:"你捡到的猫,之前是他在养。"

"啊?"秦毅完全想不到,时隔多年,自己会因为一只猫跟陈思哲再扯上关系。

"8月初的时候,入狱八年的你出狱。他则在8月1日的时候,搬离了住了八年的老房子,我们觉得他是在躲你。"莫闻扫了一眼手上秦毅的档案,"当年你入室盗窃误伤了起夜的屋主,没过几天就被逮捕,是因为警方接到了一个匿名举报电话。你觉得打电话的这个人会是陈思哲吗?"

"我在监狱里的时候,还觉得万一不是这小子呢……但现在看来,应该是他吧。"秦毅扯了扯嘴角,说起当年的故事。

秦毅当年并不穷困,他只当偷窃是刺激的冒险游戏,于是总盘算着"去别人家看看"。在计划的过程中,他认识了住在自己家两条街外的陈思哲。陈思哲说自己住在养父家,总有寄人篱下的感觉,想要秦毅带着他干,赚点儿钱给自己一个自由的未来。秦毅觉得有个搭档也不错,爽快地答应了他入伙。

那天晚上,秦毅负责入室偷盗,陈思哲则负责开车帮他望风。结果偷窃的过程中发生了意外,秦毅误伤了起夜的屋主。落荒而逃之前,他不忘拿上已经偷到的钱财,之后才上了陈思哲的车。

他并没有告诉陈思哲他除了偷窃,还伤了人,只是在分赃时,焦虑不安的他不自觉地说出一句狠话:"你要是敢说出去,我就杀了你!"但是当屋主被人发现后,警方很快就逮捕了他。

秦毅并没有供出自己还有个帮手,他以为警方这么快找到他,是因为自己在命案现场留下了什么线索。他也是在入狱后很久才知道,当初是有人打了匿名的举报电话,才让警方这么快就逮捕了自己。他自然猜到可能是陈思哲,但直到刚才他都还在想,万一不是他呢?

察觉到秦毅在走神,莫闻咳嗽了两声,把他的思绪拉了回来:"那么……你出狱后没有想过要去找他问清楚吗?"

"去找他干吗?即使当年举报的人是他,我也并不恨他。毕竟我要是他,知道自己的同伙不仅偷了钱还伤了人，我可能也会选择举报。"

"但是他以为你会去报复他。"

"是吧，怕我找到他还特意搬了家。"秦毅苦笑道，"但我根本没想过要找他，也懒得搞清楚当年是谁举报的我。入狱这八年，我是真心悔改了。所以出狱后我都在找工作，我现在只想把父母照顾好。"

"那你觉得，陈思哲养的猫为什么会出现在你身边？"路隐问道。

"我不知道,可能只是巧合吧。"秦毅盯着路隐的灰色瞳孔看了一会儿，问道，"你们该不会以为是我杀了他吧？我真的没有想过要报复他！"

"我们并没有进行这样的推论。"路隐拍了拍他的肩膀，"不过我们还是想问一下，9月13日晚上，你在哪儿？"

"我在码头工作。这一个月，我每天晚上都在码头工作。只有那里的老板愿意低薪雇用一个有前科的人。如果你们不信，可以去调码头的监控。"说着，秦毅看到了买菜归来的父亲，便对路隐他们道，"如果没别的事，今天就聊到这里吧。"

路隐点了点头。

于是秦毅捻灭烟，急匆匆地去接父亲。

虽然还未去查监控，但路隐看着笑着接过父亲手里的菜的秦毅，觉得他应该没有撒谎。

4

事实上，码头的监控视频显示，9月13日晚上，秦毅一直站在同一个位置，手动挑拣从船上搬运下来的海鲜，其间他甚至连一次厕所都没去，更别说跑到离码头很远的房子里杀人了。

除了查看码头的监控视频外，路隐还让技术组提高了雪萤和房东太太提供的猫的视频的清晰度，以人工的方式再次确认这两个视频里的猫的确是同一只。

不过清晰度提高之后，路隐敏锐地发现，这只猫的两只眼睛有些不同，虽然它们都是黑色的，但却存在细微的区别。

他放大视频，盯着画面上的两只眼睛。黑色的猫眼里随即出现路隐一只灰一只黑的瞳孔。路隐对着屏幕愣了一下。

就在这时，莫闻走了过来。

"老大，我们现在可以去找雪萤了。"他将自己的手机递到路隐面前，手机上是雪萤直播的画面。

"今天给自己放个假，出来玩，但又觉得没有工作很空虚，所以就开个直播跟大家聊聊天。"雪萤坐在一家咖啡店里，对着镜头说话。

"评论区有人问她是不是一个人出来玩……好吧，这个人就是我。"莫闻咧嘴一笑，露出一颗虎牙，"她还以为是粉丝查岗呢，说当然是一个人出来玩，绝对没有跟别人在约会。不仅如此，她还展示了一下她的四周，说今天工作日，很冷清。"

"所以你定位到她现在的位置了吗？"路隐关掉刚刚的视频，起身问道。

"根本不需要定位，我看这家咖啡店的装潢就知道是哪一家店。"莫闻胸有成竹地表示，自己收集信息的能力可是一流的。

于是十几分钟后，在雪萤结束直播离开咖啡店前，他们找到了她。

不过雪萤并不想配合他们。

"我要等我的经纪人来了再回答！"她坚定地说道。仿佛她在等的不是经纪人而是律师。

"雪萤小姐，你认识这个叫陈思哲的人吧？"莫闻把陈思哲的照片重新展示在雪萤面前。

"我说了我要等我的经纪人来了再回答！"

"雪萤小姐，我们现在是在调查命案！"

听到"命案"二字，雪萤错愕地瞪大眼睛："他死了？"

"所以你是认识这个人的吧？"莫闻追问道。

第六章 罪恶之眼 ZUI E ZHI YAN

雪萤收起刚刚的惊讶,重新做一块优雅的木头:"不好意思,我想等我的经纪人来。"

路隐叹了口气,用灰瞳盯着雪萤,道:"雪萤小姐,你是不是曾经被人监视过?"

突如其来的问话,吓得雪萤差点儿摔掉自己握着的手机。

于是路隐说出了他们调查秦毅的事,以及自己如此推测的理由:"我们调查发现,陈思哲好像在担心出狱的秦毅报复他,所以在秦毅出狱前一个月卖掉了房子。他本来是想去新的城市的,但他又有不得不留下来的理由。因为他参与了一起走私芯片的事,而负责偷运的船只八月底才能抵达。于是他只好租了一间出租房,住一个月,但是因为房东的坚持,他还是付了三个月的房租。结果命运弄人,8月27日,他的走私船发生了意外。"

路隐转动着灰色的瞳孔,看向雪萤:"如果是雪萤小姐,你作为一个做非法生意的人,得到这个消息会怎么样?"

"我……我可能会逃跑。"这个优雅的网红终于不再重复说要等经纪人来了。

路隐满意地说道:"没错,按道理他应该赶紧撤退,反正他也已经准备去新的城市了。但他并没有,为什么呢?"

"这……这我哪知道啊!"雪萤结结巴巴道。

"因为在船只发生意外的前一天,也就是8月26日,他发现他的猫被转卖到了你手上。"

路隐的话音刚落,雪萤就颤抖起来。她努力控制住自己的情绪,问道:"那又怎么样?"

"不要着急,在这里,我们先回到我和莫闻调查秦毅的部分。"路隐说,"当我们调查秦毅时,秦毅告诉我们,他出狱后,不仅在自家门口遇到了那只断尾猫,就连在找工作的途中也经常能偶遇它……"

"所以呢?"

"所以,我就把这种'巧合'换了一种方式进行推理。"路隐解释道,"我们把断尾猫换成人。如果你发现,有一个陌生人不仅出现在你的家门口,还出现在你生活的其他地方,除了'好有缘分'以外,你会想到什么?"

"我……我不知道。"

"曾经控诉'私生饭'跟踪骚扰上过热搜的你,怎么会不知道这种感受呢?"路隐微微地摇了摇头,道,"如果一个陌生人经常'偶然'地出现在我身边,我会觉得这个人在监视我。同理可得,我推测,那只断尾猫在监视秦毅。不然我想不出,为什么曾经在陈思哲手里的猫,会如此巧合地不断地出现在秦毅身边。"

雪萤沉默不语,脸上却尽是焦虑。

路隐看了她一眼,继续说道:"如果断尾猫有监视的功能,那么一切就合理起来了。陈思哲害怕在等芯片的过程中,秦毅找到他,闹出麻烦,从而毁了他的计划,所以他搬了家,还安排了一只猫监视他。结果这只猫在8月26日被转卖到了你手里……"

"你到底想说什么?!"雪萤突然生气起来。

路隐也不恼,淡定地推测道:"陈思哲发现自己监视秦毅的猫被转卖了,一开始会有什么想法,我们现在已经无法知晓。但是8月27日,他知道自己用来偷运芯片的船只失事,应该万念俱灰吧?本来他可以大捞一笔,去别的城市开启富足的新生活,但是现在,一切美梦都破碎了。不仅如此,他还惹上了更大的麻烦。但是奇怪的是他竟然没有逃走……为什么?"

"因为他想再赌一赌,把失去的赌回来。"莫闻接话道,"至少能弥补一点儿损失。"

"没错。很多人都有赌徒心理,陈思哲也不例外。当他发现自己的猫来到了网红的家里,他可以以此来监视网红的私生活时,他决定再赌一把。"路隐猜测道,"一开始,他可能是想靠转卖你的隐私给你的粉丝赚钱,但后来,他可能发现了你一些见不得人的秘密……他以此来威胁你,所以你就把他杀了。"

"我没有杀他!"雪萤焦急地为自己争辩。

路隐知道,这就是击溃他人的最佳时刻。

"那么他是怎么死的?!"他提高音量,以一种压迫性的气势问道。

雪萤紧张地摇头:"我不知道!反正我没有杀他!"

路隐乘胜追击,问道:"所以你答应给他钱了?"

雪萤瘫坐在椅子上,带着哭腔承认道:"是的……我已经给他钱了,我没有必要杀他!"

"雪萤!"

就在这时,门口响起万威的声音。他收到雪萤发来的求助信息立刻赶了过来,其间他一直警告她所有事等他来了再说。

但可惜手机上的警告信息与现实里的这位灰瞳侦探的步步紧逼相比,显得那么无力。在万威到来之前,雪萤已经举手投降。

5

雪萤知道,自己若是没有这张肤若凝脂的脸,什么也不是。可这个时代,有时仅靠一张脸就能在网络上闯出一片天。她便是吃了这份红利的人。

但这份红利想要吃得久一点儿,就要不停地制造话题,立人设。她是不懂如何营销自己的,好在她签的经纪公司给她安排了一位懂得运营的经纪人。

万威帮她打点好了一切,她只要听他的话,就能成为一颗璀璨的星。

所以当他带来那只不算可爱的断尾猫时,她没有拒绝他。尽管她一点儿都不喜欢小动物。

"你带它回家培养培养感情,我们已经在对接猫粮、猫玩具的广告了。"万威嘱咐她,"千万别让它跑了,刚才它就想跑,还好我眼疾手快把它逮回来了。"

雪萤撇着嘴接过万威递过来的猫笼,只见里面那只断尾猫正瞪着黑色的眼睛看着她。

雪萤将猫带回了家中。她本以为这会是一只不太听话的小猫,所以将它从笼子里放出来时，她锁好了所有的房门。但是出乎意料的是，这只断尾猫乖得过分，它没有上蹿下跳发出尖叫，反而开始优雅地在客厅里踱步。

雪萤松了口气，心中竟升起一股错觉，觉得自己或许可以喜欢上这只宠物。

后来，在万威的安排下，她拍摄了那条获得50万点赞的视频。她用虚假的文案，换来了无数网友的赞美。

但很快，意外发生了。

那天下午，她正准备出门与好友喝下午茶，万威却火急火燎地冲到了她家。

"怎么了？"她有些不耐烦地问万威。

"完蛋了。"万威把她赶回屋内，关上了门。

这是雪萤第一次看到他如此惊慌，于是也紧张起来："到底发生了什么？"

"那只猫呢？你的那只猫呢？！"万威生气地大喊道。

雪萤指了指客厅旁的猫笼，怯怯地说道："在……在笼子里啊。"

话音还未落，她就看到万威朝猫笼冲了过去。他一把打开笼子，把尖叫的断尾猫拽了出来，狠狠地摔在了地上！猫发出尖锐的叫声。

"你干吗啊？！"雪萤激动地嚷道。

但万威并没有被她吼住，他抓起准备逃走的断尾猫，再次用力地将它摔在了地上。

雪萤从未见过万威如此发疯，一时间只能做出退后的动作。她就这么靠着墙壁，震惊地看着万威一遍遍地将猫摔在地上，直到它死去。

然后，雪萤看到万威朝着猫的脸伸出手指，狠狠地抠下了它的左眼，摔在地上，碎掉的是镜头模组。

"这是……"她错愕地发问。

万威怒不可遏地嚷道："这只猫是台会行走的监控！"

半个小时前，万威的工作邮箱收到了一封奇怪的邮件，邮件名如此写道：如果不想曝光，联系我。

他狐疑地点开邮件，发现里面附带了几个视频。视频画面全是来自雪萤家中：雪萤素颜吃早餐的画面，她与闺蜜聚会分享圈内八卦的画面，她在浴室赤裸着身体刷牙的画面……

一开始，万威并不知道这些视频是怎么拍的，因为它们拍摄的角度都不固定，有些甚至可以说是角度清奇。而且他记得，雪萤家里从未装过监控。

直到最后一个视频，他才意识到，这些监控是怎么来的。

最后一个视频里，拍摄者突然低下头，一团毛球呕吐物出现在地板上。雪萤的声音随之响起："你又给我乱吐！"然后镜头抬起，只见雪萤凶神恶煞地冲过来，对着拍摄者狠狠地踹了一脚。拍摄者惊恐地躲开，发出尖厉的猫叫。

雪萤没有想到，现在的科技竟然可以把监控装进动物的眼睛中，不自觉地浑身起了鸡皮疙瘩。

"我们现在……怎么办啊……"她惊恐地看着万威。她可不想自己的私生活被曝光，也不想让大众知道自己虚伪的一面。

这下，万威的理智终于被拉了回来。他安抚雪萤道："没事，能用钱解决的事，都不是事。"因为对方很快给他们发来了新的邮件，提出了封口费的数额。

万威将勒索者约了出来。来人正是陈思哲。

"等一等，陈思哲为什么会光明正大地赴约？"听到这儿，莫闻提出了疑问。

"因为这是我提出的交易的必要条件。勒索者，也就是你们说的陈思哲表示，他拿到想要的钱后就会销毁所有的监控。但是现在网上云端存储如此方便，我们怎么可能会轻易相信他没留有备份。"万威解释道，"于是我提出，他必须亲自出面交易，让我们知道找我们交易的人是谁。如果他之后毁约，仍曝光雪萤的视频，我们就会跟他玉石俱焚。他想了很久，最终还是答应了。当然，他也不傻，他说如果交易时我们设下陷阱让他被捕，那么他设置的定时发布就会自动上传雪萤的视频。"

"所以你们交易那天是几号？"

"让我想一想……"万威掏出手机，翻出一个陌生的号码。手机通话记录显示，他与陌生号码最后通话的时间是9月13日，正是陈思哲被杀的那一天。

与此同时，莫闻发现这个号码并没有登记在陈思哲名下，但是陈思哲当时却用这个号码与他们取得联系，看来这是一个黑号。

就在这时，路隐开了口："与其给我们看通话记录，不如给我们看监控记录吧。"

"啊？"

"你刚才说，你为了制约勒索者，让他亲自出面交易。这交易的过程，你们应该安排监控录像了吧，不然之后他毁约，你们又如何与他玉石俱焚呢？"

"这……"万威犹豫了一下，还是承认，"是，我是偷偷录了像。"

那天晚上，万威带着雪萤将陈思哲约到了一个隐蔽的会所。

陈思哲见到他，第一句话便是："你们有准备监控吧？"

"没有。"万威撒谎道，"这会所极其注重个人隐私，并没有监控。"

陈思哲笑了笑说："那摄像头就藏在你们身上咯，是在你的领带上，还是藏在雪萤小姐胸前的项链上？"

万威心里一惊，他的确把摄像头藏在了自己的领带上，没想到对方这么快就猜到了。但转念一想，作为一个能用动物监控他人的人，应该查询过世面上各种监控，猜到他那点儿雕虫小技也正常。

就在他心里犯嘀咕时，陈思哲又说道："不过没关系，我们互相制约着，你们有我的监控，我有你们的监控，公平公正。"

这算哪门子公平公正啊！万威压抑着心中的怒火，把一个印有他们公司Logo的袋子推到陈思哲面前。

陈思哲打开袋子，眉头一皱，因为他发现里面还有个袋子，他疑惑道："这是……"

"这是你的猫。你帮我们处理掉吧。"万威冷冷地说道。

陈思哲一挑眉，道："我怎么处理？"

"我管你怎么处理！你出门丢垃圾桶里也行。"

"行，我帮你们做好售后服务。"陈思哲说着，将放在袋子底层的一摞钱倒

第六章 罪恶之眼 ZUI E ZHI YAN

了出来，开始清点。

这时，雪萤忍不住问道："你为什么要监视我？"

陈思哲眨了眨眼："雪萤小姐不用担心，我可不是你的什么'私生饭'，一切只是偶然。我本意并不是要监视你。至于我本来要监视谁，你也无须知道。十分感谢你们这笔钱，很大程度抚慰了我最近焦躁的心。"说着他把装有猫尸体的袋子放回了大袋子里，离开了会所。

万威录下的视频到此结束。

"我能够给你们提供的东西，就只有这些了。"万威说，"两位应该已经查过我们9月13日晚上其他的记录，离开会所后，我们就一起回到了公司，做深夜直播。而且我们也没有非杀他不可的动机。对我们来说，那笔钱不过是我们一场直播收入的零头而已。而且我们又有他与我们交易的视频，互相制约，谅他也不敢再搞小动作。"

解释完，万威就带着雪萤走了。

莫闻感觉有些挫败。如果不是雪萤和万威杀了陈思哲，那么又会是谁呢？

路隐盯着窗外万威和雪萤融入街道上人群的背影，灰色的瞳孔又一次微微缩小。

6

"老大，我们现在怎么办？"离开咖啡店，坐回路隐的小破车里，莫闻掩饰不住脸上的颓唐。

路隐瞄了他一眼，说："刚刚万威视频里的会所，你知道在哪里吧？"

"收集这种信息，我还是很拿手的。我们要去那家会所看看吗？"

路隐点了点头。

万威约陈思哲交易的会所开在山脚。曲径通幽处，一个古色古香的庭园出现在路隐面前。

路隐和莫闻对着经理亮出证件，希望他能够调取监控视频。对方礼貌地微笑，道："先生，我们会所极其注重客户的隐私，整个会所是没有设置监控的。"

"不是房间里的监控，我要的是会所外面的监控。"路隐转身指向门外路旁的树木。在树木的遮掩下，常人很难发现上面安有监控。

经理瞬间紧张起来。他们对外宣传会所没有监控，但事实并非如此。

不过他们有何用意，房间里是否真的如他们宣称的那样没有监控，路隐暂时不想去了解，他现在只想要到一些他想要调查的东西。

见路隐态度强硬，经理犹豫了一会儿，最终还是向上头请示，将会所外面的监控记录提供给了他们。

路隐和莫闻查看后发现，9月13日晚上8点，万威带着雪萤来到了会所，没过多久，陈思哲也来了。二十分钟后，陈思哲带着万威给他的袋子，离开了会所。在会所的门口，他将里面那个装猫的袋子拎了出来，一脸嫌弃地随意丢进了垃圾箱。扔完猫后，他头也不回地走了。

待陈思哲离开后，视频里忽然冒出了一个人影。他鬼鬼祟祟地靠近门口的垃圾桶，取出了那个装有猫的袋子。视频清晰地拍到了他的脸，一张令莫闻感到陌生的脸，但路隐却感觉在哪里见过。

"老大，你见过这个人？"对此，莫闻有些惊讶。他一直跟着路隐探案，为何对这个人完全没有印象？

"你见过他，只是你没能记住他。"路隐指了指自己的灰瞳，"但这只眼睛，帮我记着他。"

他的这只灰瞳也有监控录像功能。路隐很快就从灰瞳的监控里，找到了同会所视频里一样的脸。

他曾经出现在咖啡店外，当万威和雪萤离开时，这个人混入人群，朝着他们离开的方向一同消失。

"他是……雪萤的'私生饭'！"莫闻终于猜出了这个人是谁。

路隐点了点头。

莫闻快速地查到了此人的信息。

"马堂营，男，24岁，是雪萤的狂热粉丝。之前雪萤控诉被跟踪骚扰的'私生饭'里，应该就有这么一号人。"莫闻带着路隐找到了马堂营的住处。

但按了几下门铃，都没有人应门，他担忧起来："他该不会做贼心虚，不敢见我们吧？"

莫闻的话音刚落，他们身后的电梯就发出了"叮"的一声。

他们转过身，发现电梯门打开，马堂营挎着包，拎着一盒披萨出现在电梯里。看来是刚刚回家。

结果就在看到路隐和莫闻的瞬间，他露出了慌张的神色，猛地按住了电梯门的关闭键。

他大概在跟踪雪萤的时候，知道了路隐和莫闻在调查案子，所以现在才会有如此大的反应。但这明显暴露了他。

在电梯门关上之前，路隐和莫闻冲进了电梯。

马堂营见状，猛地用披萨盒朝莫闻的脸上一砸，并伸出脚朝路隐身上踹过去。

路隐快速地躲过，和受伤的莫闻压住了正伸手朝挎包里掏东西的马堂营。

莫闻忍着脸上的痛，钳住马堂营的胳膊，将他的双手扭到了身后。而路隐赶紧扯下了他的挎包。

他的挎包里有未用完的监控干扰纽扣、电击器和一条棉质的应援手幅。

所有的东西，都跟陈思哲的死亡有关，不可能仅仅是巧合。

令莫闻感到不可思议的是，这个家伙居然把杀人的工具一直带在身上。不过很快他就知道，这其实是马堂营的日常装备。作为"私生饭"，他时常要用干扰纽扣躲避监控，用电击器防止被人逮住，而应援手幅自然是为了能够第一时间为雪萤应援。

"9月13日晚上，是你用这些东西杀了人吧？"路隐的眼里射出寒光。

被扣住的马堂营喘着粗气，不愿意回答。

"不回答也没关系，凶手带走了死者的手机、电脑等设备，但是我们没有追踪到它们二次销售的痕迹，所以应该还在你家里吧？"路隐重新打开了电梯门。

马堂营看着自己的家门，不甘地闭上了眼睛。

他承认，是他杀害了陈思哲。

从雪萤当上网红开始，马堂营就是她的死忠粉。他想要接近她，但绝不想侵害她——他如此坚定地说。对于他来讲，自己的跟踪并不是什么骚扰，而是一种保护。

9月13日晚上，他收到其他"同好"的消息，说雪萤出现在某会所，于是他照惯例，挎上自己的包，离开了家。但那会所他进不去，所以只能守在外头。没过多久，他就看到有个男人拿着印有雪萤所属公司Logo的袋子走了出来，并且从里面掏出一个小袋子，扔到了垃圾桶里。

凡是与雪萤可能扯上关系的东西，他都想要收集。于是他等那人走后，从垃圾桶里翻出了那个小袋子。他没有想到，里面会是雪萤的那只猫！

作为"私生饭"，马堂营当然知道雪萤这两年并没有收养猫。但他明白当网红不容易，所以允许她有伪善的一面。可是刚刚这个男人……杀了雪萤的猫吗？而且还挖掉了它的眼睛？

他不敢去问雪萤或是万威，他怕雪萤又一个电话叫来警察，所以他跟上了还在路边等车的陈思哲。

马堂营跟着陈思哲到了他所居住的居民楼，发现了入口处的监控。好在包里有干扰纽扣，于是他随手将纽扣贴在了监控上——这是他成为"私生饭"所掌握的技能之一。

之后，马堂营敲开了陈思哲的房门。

"你是谁？"陈思哲打开门，狐疑地看着他。

"是你杀了这只猫吗？"马堂营从挎包里取出装有猫尸体的袋子。

陈思哲错愕片刻，不耐烦地问道："你想干吗？"

"我就想问是不是你杀的猫！"

"有病！"陈思哲根本不想理他，转身就要关门。

马堂营却立马抵住了门，用早就准备好的电击器，电晕了陈思哲。他的偏执，让他必须要立即弄清楚真相。

马堂营将陈思哲绑在了椅子上，待他苏醒之后，命令他说出事情的原委。

陈思哲从没想过，自己会被一个陌生人如此对待。他心里升起一股不安，于是一五一十地把他偶然拍到雪萤的私密视频一事告诉了马堂营。

"你是他的粉丝吧？我这里还有她的视频，你想看的话，我转给你！"情急之下，他想要以此来跟马堂营做交换。

但这无疑惹怒了马堂营。

"你不是答应他们不会给别人看那些监控吗？"他气愤地掏出应援手幅，勒住了陈思哲。

被勒住的陈思哲赶紧求饶："我不会给别人看那些视频的，我保证！"

"晚了！你就不应该留有雪萤的隐私视频！"马堂营手上的力气渐渐加大。

陈思哲被勒得只能勉强出声："等等！我设置了视频定时上传，如果你杀了我，雪萤的视频立马就会出现在网上！"

马堂营闻言，松开了手，问道："你在哪里设置的定时上传？"

"你先放开我。"

"你先告诉我，我就放了你！"

"你不放开我，那些视频就要上传了！你不想让网友知道雪萤是个伪善的人吧？"

马堂营突然泄气般地说道："算了，不用告诉我了，视频上传就上传吧，网友不能接受就不接受……这样反倒更好，这样雪萤就属于我一个人了。"

陈思哲没想到他居然疯成这样，万念俱灰地抻着脖子挣扎起来。

马堂营笑了："看来你已经取消了定时上传，不然你不会到这时候还不肯说出在哪里设置的定时上传。"

陈思哲惊恐地瞪大了眼睛。他感觉到自己的脖子被勒紧，空气再也无法灌到他的喉咙里。

与此同时，他听到马堂营在他背后咬牙切齿地说："雪萤的视频掌握在你这种人手里，她一辈子都不会安心。我可不能让她提心吊胆一辈子……"

陈思哲觉得不可思议，为什么他会为了自己喜欢的网红而杀一个人。但他无法思考更多了。在失去意识前，他后悔地想，自己就不应该在给这个人开门之前，取消对雪萤视频的定时上传设置。

7

路隐和莫闻后来去过马堂营的家。他的家比他们想象中整洁与豪华，在屋子的最里间，他们发现了马堂营的收藏室，里面存放着他"守护"雪萤时，收集到的东西：雪萤的签名照、出的周边礼盒、代言的产品……这些东西还算正常，令莫闻感到恶心的是，他似乎有办法收集雪萤丢掉的东西：她的鞋子、帽子，甚至是极其私人的物品……

陈思哲的手机、电脑、勒索雪萤拿走的现金也出现在了这间收藏室当中。

马堂营说，他不知道陈思哲在哪里还有备份，所以就把他的所有设备带走了。然后他发挥了这么多年反侦查的技能，清理掉了陈思哲出租屋里自己留下的痕迹。若不是那家会所的监控藏得隐秘，令他也没有察觉，他或许不会这么快被路隐他们找到。

路隐回想着他被审讯时的表情，打开了马堂营家的柜子。然后，他被眼前出现的景象吓了一跳——那只死去的断尾猫被马堂营做成了标本，存放在柜子里，断尾猫空洞的眼窝如同深渊，直勾勾地要将他吸入黑暗中。

路隐下意识地闭上眼睛。他仿佛看到了当年的自己。那一天，他取下绷带，对着镜子睁开眼，看到了自己空洞的左眼。一瞬间，他惊叫出声，右手不受控制地狠狠地砸碎了镜子。鲜血从他的手指间流出，钻心的疼痛让他越发头昏眼花……

"老大，你没事吧？"莫闻示意其他同事带走猫的标本，转头担忧地看着单手撑着柜子的路隐。

路隐感到过往黑色的回忆正蜂拥而来。不行……不能回忆……他猛地睁开眼来。

"我们还有事情要做。"他刻意不去想那只用空洞眼窝凝视自己的猫，快步朝门外走去。

十几分钟后，他们来到了雪萤所属的公司。

"两位下午好啊，"万威再次把路隐和莫闻引到了会客厅，"我听说抓到凶手了，辛苦你们了。"

"不辛苦，应该的。"莫闻爽朗地问答。

万威礼貌地笑笑："雪萤还在拍摄，你们找她的话要多等一会儿。"

"我们这次不是来找雪萤的。"路隐面无表情地看着万威，"我们这次是来找你的。"

"我？"万威诧异地指指自己。

"万先生，马堂营，就是陈思哲案的凶手，你认识吧？"

"我没有听过这个名字。"

"哦？那他的网名——'硬糖马'，你应该知道吧？"

"我不知道你在说什么。"万威扯了扯嘴角，"如果没别的事，就请两位回去吧。"

"别急着赶我们。"路隐站起来，将手搭在万威的肩膀上，用力一压，将他逼回到沙发上。

"马堂营说，那天他跟着去你们与陈思哲交易的会所，是因为他有一个'私生饭同好'透露雪萤会去那里。我一直在想，这么隐蔽的交易，按道理你们会将消息封锁得很紧，那么是谁走漏了风声呢？"路隐推测道，"我想应该就是当事者之一吧。"

"我听说你们调查到凶手,是因为我们交易的会所有隐藏的监控,说不定是他们透露的呢。"万威道。

"的确有这个可能。但是马堂营收到情报时,不到8点,你们都还未抵达会所,所以我想,大概率不会是会所那边透露的消息。而且你是以个人名义订的包厢,对方也说在你们到之前,并不知道雪萤也要来。"路隐说道,"而你们整个交易的过程,也有一些地方让我觉得很是疑惑。"

万威不接话,只是直直地看着路隐。

路隐继续说下去:"让我疑惑的第一点,是你为何非要带上雪萤去跟陈思哲交易。对方并没有提出视频的女主角本人必须要到场,雪萤也没有在这场交易中起到任何作用,作为一个帮她搞定大小事的经纪人,为何要在有'危险系数'的场合带上她呢?我猜,你是为了吸引雪萤的'私生饭'硬糖马出现吧?"

"第二点呢?"

"第二点,你为何要让陈思哲帮你处理猫的尸体?你本可以自己处理,为何多此一举?而且你还把它装在了印有你们公司Logo的袋子里。你不怕被别人发现,雪萤的猫被挖掉了眼睛吗?"路隐分析道,"当时陈思哲看到猫也很惊讶,说'我怎么处理?',你则故意引导他,'你出门丢垃圾桶里也行'。于是陈思哲拿着印有你们公司Logo的袋子,把猫的尸体丢到了会所门外的垃圾桶里。而这一幕,刚好被收到情报赶来的硬糖马看到。这个收藏了雪萤很多私人物品的男人,对陈思哲从会所带出的东西很好奇,于是他'顺利'地发现了雪萤的猫死了。不仅如此,这个硬糖马还是一个偏执的人,他很早就被人灌输了'守护雪萤'的思想。而我们通过他的聊天记录发现,'守护雪萤'的概念,是一个叫作隐形人的家伙最先灌输给他的。那么万先生,你就是这个隐形人吗?"

"呵。"万威轻蔑一笑,反问道,"如果我是你口中的那个隐形人,我为什么要跟一个'私生饭'联系?"

"我想,一开始你给'私生饭'透露情报,是为了炒话题吧?"路隐道,"雪萤控诉'私生饭'跟踪骚扰不是上了热搜吗?这种新闻,不仅能显得雪萤很红,

第六章 罪恶之眼 ZUI E ZHI YAN

还容易惹得网友心疼，不是吗？只是这一次，你让这个'私生饭'起到了其他的作用。你诱导他去'守护雪萤'。因为你知道，陈思哲留有雪萤的视频，他勒索一次，就可能勒索第二次。为了以绝后患，你选择借刀杀人。"

路隐亮出了硬糖马与隐形人的聊天记录。

硬糖马：好像有人杀了雪萤的猫，怎么办？

隐形人：那雪萤肯定会很伤心啊。

硬糖马：是啊，这个人真可恶。

隐形人：这种恶心的人，不配活着。伤害雪萤的人，都不配活着！

硬糖马：是啊，伤害雪萤的人都不配活着。

隐形人：所以你接下去会怎么做？

硬糖马：我会守护雪萤的！

"万先生，如果你不承认自己是隐形人，我们将调查你的所有通信设备，还请配合。"莫闻走到了万威的身边。

突然，万威站了起来，冲到了窗边，从口袋里掏出另一部手机，将它从 28 楼扔了下去。

"万先生，你应该知道物理粉碎没有用。"路隐提醒道。

万威错愕地看着路隐。不，他其实是在错愕地看着路隐身后的人。

知道会客厅密码的雪萤此刻正站在门口，不可思议地看着万威。

"雪萤……"万威呢喃着她的名字。

雪萤却转身冲去了厕所，开始呕吐。她没有想到，原来是万威让她一直陷入被跟踪骚扰的生活里。原来最可怕的监视，源自她最信任的人！

8

一个星期后，S&T 调查组捣毁了一个制造生物监控器的窝点。

他们收集各种动物，对其进行改造。这其中最多的是狗与猫，因为它们能卸掉人们的心理防线，堂而皇之地以宠物为名号，走进人们的生活里。而那批罪犯，会挖掉它们的眼睛，植入特制的"智慧眼"，将它们打造成能行动的监控设备。这枚"智慧眼"不仅可以录音录像，还可以控制动物的行为，操控它们去哪里。唯一的缺点是，它们链接的私域网络，只能在本市使用。这也是陈思哲为什么铤而走险，在本市待这么久。

不仅如此，路隐和莫闻调查发现，除了陈思哲外，还有不少人购买了这种生物监控器。有人买来送给心爱的女生，实则是偷窥她的生活；有人买来送给竞争对手的小孩，实则是为了窃听竞争对手的情报；有人买来放在自己家，实则是为了调查老公是否出轨……

1874年，朱尔·让桑发明摄像机时，他会想到很多年后的今天，人们的隐私正在被监控蚕食着吗？此刻的我们，是更安全还是更危险？

路隐和莫闻走在街道上，陷入沉思。

就在这时，他们听到路边有人叫喊："谁呀，谁把我的车剐成这样了？！"

他们转过头，看到一个中年妇女对着自己被刮花的车懊恼地尖叫。她的女儿赶紧在旁边安抚她："妈，别着急，这不有监控嘛。"

四人一起抬头。街道上的监控指示灯不疾不徐地闪着光。

第七章
推下神坛
T U I   X I A   S H E N   T A N

1

刀刺进身体的瞬间，他眼前闪过过去的记忆碎片：昏暗的走廊、紧闭大门的器材室、贴上海报的窗户……

他靠近窗户，发现遮挡阳光的海报破了一角。于是，他将眼睛凑到缺角处，向器材室里望去。然后，他看到里面有一双惊恐的眼睛猛地望向了他！那双眼睛直勾勾地盯着他，盯得他发毛。

仓皇的脚步声在走廊上响起，那是他落跑的注音。

如果……如果当时他并没有做出这个选择，那么他或许就不会走到今天这个地步。可惜，人生没有重来的机会，他需要为自己的过去买单。

从窗台跌落的时候，他紧紧握着那把刺进身体里的刀，鲜血率先染红了他的双手，接着是一声闷响，更多的鲜血从他的后脑勺涌出。

眼前的闪回在凌晨一点十七分戛然而止。

"这次案件的死者叫郝万里，男，三十七岁，未婚无子。他在被捅了一刀后，从高空坠落而亡。他的房间里留有一些抗抑郁的药，所以怀疑他患有抑郁症。"

走进电梯，莫闻向赶来的路隐说明本次案件的情况。

"患有抑郁症的话，会不会是自杀？"路隐问道。

"一般不会有人在选择跳楼自杀前，还往自己肚子上捅一刀吧？"

"如果他原本是想用刀捅死自己呢？"

"你是说他在自杀时发现难以一刀了结自己，所以临时改变主意，选择了跳楼？"莫闻摇了摇头，"像他这么聪明的人，不可能不知道捅自己的肚子很难一刀毙命，所以他应该不会一开始就选择这种方式了结自己。而且，如果他是自杀的话，可以有别的方式，比如服用过量的安眠药——法医在他的身体里发现了安眠药的成分，但剂量并不致死。"

路隐眯起灰色的瞳孔，问道："那你觉得他是怎么死的？"

"我觉得他是被人杀害的。凶手很可能是与他相识的人。因为在郝万里的家中并未发现打斗过的痕迹。凶手大概是在郝万里吃下安眠药放松警惕后，拿刀捅了他，然后将他逼到客厅窗台，致使他跌落身亡。"莫闻猜测道，"凶手虽然用了郝万里厨房里的刀，但应该不是临时起意的。他蓄意谋杀的痕迹非常重。刺进郝万里身体里的刀上并没有其他人的指纹，凶手可能在行凶时戴着手套。行凶后，他应该清理了郝万里的家，所以屋里并没有发现其他人的痕迹。"

路隐并未接莫闻的话，而是问："你刚才说'像他这么聪明的人'，是什么意思？"

"啊，这个……"莫闻吸了吸鼻子，像是要宣布什么大事似的道，"我们发现郝万里就是'爬虫B'。"

"爬虫B？！"这下，连路隐也惊讶地瞪大了双目。

爬虫B是网络上非常有名的黑客。他有一个自主研发的"爬虫系统"，能够深挖一个人最深层的秘密。

在这个信息时代，每个人从出生到死亡，都被各种各样的方式记录着。照片、视频、文字……我们分享过的生活点滴都有迹可循。只要有心，你能很轻易地在网络上找到一个人留下的痕迹。

爬虫B不仅可以查询到这些资料，还能侵入到那些号称保护你隐私的系统，挖掘只有你自己知道的隐私。甚至，他可以突破各种监控，截取到有你的部分，串联出一个只有你知道的故事，让你的过往、你犯的错误，穿越时空回到你的眼前。

每次爬虫B宣称"有大事发生"，网友们都兴奋不已。试问谁没有一颗八卦的心呢？而且爬虫B可不会像那些爱炒作的狗仔，前期吊着你的胃口，结果却给出一些无关痛痒的小八卦。爬虫B每次带来的"秘密"，都有实打实的证据。无数名人因为爬虫B的爆料，名声毁于一旦。如果郝万里就是爬虫B，那么他应该被很多人恨着……

不过，警方曾试图反向追踪爬虫B的信息，却一无所获，这证明爬虫B隐藏自己信息的能力超群。像他这么聪明的人，会被人轻易发现身份，从而被报复吗？路隐在心里打了一个问号。

就在这时，电梯抵达了28楼，郝万里的家。

走出电梯，路隐忍不住问莫闻："怎么确定郝万里和爬虫B是同一个人的呢？"

莫闻领着路隐走进郝万里的家，指了指这奢华的大平层中间的隔断。那是一堵两面都贴满了纸条、照片，写满了各种文字的墙。路隐快步走近，看到了爬虫B所有爆料事件的计划流程表。

"技术组已经收走了他的电脑、手机等电子设备，准备进一步破解，但不知道能不能成功。"莫闻报告完，忽然叹了口气，苦恼地说道，"另外比较棘手的是，郝万里为保护个人隐私，拆掉了他这间大平层的监控。而这幢楼其他的监控并未拍到有可疑的人出入过。"

"你刚刚说怀疑是熟人作案……"路隐眉头一蹙，"对这个'熟人'，你有调查的方向吗？"

莫闻摇了摇头："这也是令我苦恼的事情之一。我们还未解开他的通信设备，所以无法知道他平时与谁在联络。听物业的人说，郝万里极少出门，生活用品和吃的都是用外卖机器人配送，好像是个十分孤僻的人。"

"你的意思是他没什么朋友？"

莫闻点点头。

"那他的家人呢？"

"他登记的资料显示，他没有家人。"

一个没有家人朋友、深居简出的抑郁症患者，却疑似被相识的人杀害？路隐觉得逻辑有些混乱。他扫了一眼计划墙上面的信息，道："看来我们现在只能从这些人里查起了？"

"是的，我们现在知道的与郝万里有关的人，就是这些被爆料者。"莫闻接话道，"而且有一个人可能有非常强烈的杀人动机。"

莫闻指向计划墙的一角。那里贴着一张照片，照片上，一位优雅的女子冲着镜头绽开一个标准的微笑。照片底下写着她的名字：苏欣澜。

2

现年三十九岁的苏欣澜是智美公司的首席执行官。二十五岁那年，她当起了美妆博主，靠卖美妆产品起家，所以很多人都认识她。许多女生表示，希望自己年近四十时，也能跟她一样优雅与成功。

"但网上有一阵子疯传苏欣澜是靠着桃色交易，才顺利创办公司，获得如今的成就的。于是有好事的网友就问爬虫B有没有相关的证据。爬虫B回复说他会进行调查。所以会不会是苏欣澜为了自己过往的事不被曝光，先下手为强？"莫闻一边小声地说出自己的猜测，一边随路隐走过智美公司的大厅。

此刻，大厅中央的大屏上，正播放着智美公司今年最新的广告片。几位当红女明星拿着智美的护肤品轮番上场，但最后压轴出场的却是苏欣澜。对于主打女性市场的智美来说，女创始人的代言显然更具感染力。

"与你一起守护女性的力量。"苏欣澜像说宣言似的，说出最后的广告词。

镜头随即定格在她温柔又坚定的脸庞上。

"这也是为什么网上总有人想要摧毁我。"见到路隐和莫闻时，苏欣澜露出无可奈何的笑来。

莫闻把郝万里的照片展示给她看，问她："这个人你认识吗？"

苏欣澜眯起眼思索了一会儿，摇了摇头："我每天要见太多人了，对这个人没什么印象。"

"我们怀疑，他就是那个想要爆料你的网络黑客爬虫B。"

"哦，是吗？"苏欣澜露出惊讶的神色，又扫了一眼照片上消瘦的男人，道，"所以他怎么了？被捕了？"

"我们怀疑他被人谋杀了。"

"被人谋杀？"苏欣澜皱起眉头，又很快展开，恍然大悟般道，"哦，原来是这样。"

"原来是这样？"

"你们怀疑他的死与我有关对吧？因为他之前在网上说要爆料我。"苏欣澜扯了扯嘴角，"不过说实话，对于被爆料这事，我早有心理准备。智美再过一个月就要上市了，在这个节骨眼上，我们的对家、爱挑事的营销号都有他们的算盘要打，像是什么私生活绯闻、桃色交易的流言，我们的公关团队都有应对的准备。"

"哦？"

"毕竟他们也搞不出别的花样。因为对于一个女人，尤其是成功的女人，最直接的羞辱就是造谣她私生活混乱。而这些谣言，会击中某些人内心的偏见。"苏欣澜无奈地耸耸肩，"其实我觉得这挺不可思议的，都这个年代了，仍有人不愿意承认一个女人是完全可以靠自己的努力成功的。"

"或许他们是不敢承认自己的未成功吧。"莫闻忍不住说道。

苏欣澜没想到接话的是年轻一点儿的探员，眼里闪过一丝惊讶。而坐在年轻探员身边那个拥有灰瞳的男人，此刻却透露出一种想要单刀直入的气场。

果不其然,那个男人轻而易举地把话题带了回来:"有公关团队帮你处理网上的流言,但你还是关注到了爬虫B?"

"毕竟对方是爬虫B啊。"苏欣澜说,"我自认为创业这些年遵纪守法,没有不良的交易,是不会被抓住把柄的。但我无法保证,爬虫B不会通过他那传说中的爬虫系统,把我的所有过往挖出来,大做文章。所以我们团队还是有去联系和调查过爬虫B,可惜对方从未给出回应,我们也查不到他是什么身份。"

"如果以前没犯过错,就算被爬虫B调查也无所谓吧?"莫闻说。

"你活这么多年,能保证自己从没犯过错吗?你能保证你从没在网上留下过不好的言论吗?你能确定你从小到大的考试都没有作过弊?你能认定自己的经历完美无瑕,让人挑不出一点儿毛病?"苏欣澜有些激动地说,"你可能会觉得,正常人都会犯的小错误并没有什么,但对于公众人物来说却并非如此。在公众人物身上,优点会被放大,缺点更会被放大。"

苏欣澜顿了顿,继续道:"我们公关团队处理我有桃色交易的谣言花了不少工夫,但它所产生的负面影响却不会消失。如果这时候爬虫B又来插一脚,事态可能会变得更复杂,毕竟我们也不知道他会爆料什么。而且根据以往的情况来看,若他真要爆料,那说明他掌握的证据一定是能够毁灭那个人的。大众喜欢他的原因也在此。因为他们可以与他一起,把一个成功的公众人物推下神坛。可我的形象关系到整个公司,所以我不能对他视而不见。"

路隐露出了然的神情,却没接话。他能够从她刚才的长篇大论里察觉到,她是个聪明的女人,她知道怎么证明自己的无辜。

正如路隐所料,苏欣澜拿过茶几上的水喝了一口后,又开口了:"诚然我刚才说的一切,显得我很有动机要封住爬虫B的嘴。但事实上,在今天之前,我根本不知道爬虫B到底是谁,更别说会去谋杀他了。"

"那么,我们想问一下,今天凌晨两点前,你是否有不在场证明?"莫闻追问道。

苏欣澜闻言，只回忆了一秒，就松了口气似的说道："这个不在场证明我刚好有。"

苏欣澜很快让助理发来了一段监控视频。昨天，她与刚刚因剧爆红的女演员拍摄宣传片，一直从傍晚拍到了凌晨两点。

"以上，就是我能提供给你们的所有信息了。"苏欣澜看了一下手上镶满钻石的表，"刚好十五分钟。"

这正是他们约好的会面时间。路隐想，这也是她主动透露这么多信息的原因。努力往上爬的人，时间总是比较宝贵。

3

虽然莫闻觉得苏欣澜有不在场证明，不代表她不会派人去封郝万里的口，但他们没有任何证据能够证明这一点。于是他们的目光落在了庄凯身上，他是爬虫B上一次爆料的主角。他所涉及的是爬虫B爆料过性质最恶劣、影响也最广的案件。

作为知名电商平台的创始人，庄凯先在业界声名鹊起，然后再一点点被大众熟知。很多人在他创办的平台上遇到令人不愉快的事时，都会直骂一句"庄凯给我倒闭"。所以当爬虫B预告要曝光他的黑料时，网友们可谓欢天喜地，奔走相告。

接着，流言四起。有传言称庄凯要斥巨资挖出爬虫B的真实身份，又有小道消息讲庄凯已经向爬虫B支付了千万元的封口费。

然而不管网上的传言如何，爬虫B在预告的时间准时向大众公开了《爬虫爬取报告》。接着，看热闹的网友就被该报告的内容震惊到发怒。

该报告是一条视频，素材来自各类监控、电脑档案资料、隐私通话等等，时间跨度长达十几年。视频内容讲的是庄凯从女大学生手中收养了一个女婴，抚养她、囚禁她、伤害她的过程。

更令大众不安的是，爬虫 B 表示，虽然他没能找到确凿的视频证据，但他分析，庄凯已经将这个女孩杀害了。并且他从庄凯的购物记录、行车记录仪记录推测，庄凯将女孩的尸体埋在了齐鸣山里。

虽然庄凯的团队第一时间发表声明，说爬虫 B 在恶意造谣，但是警方很快在齐鸣山里挖出了女孩的尸体，并在机场逮捕了准备潜逃的庄凯。

"这庄凯好像六十岁了吧？好恶心啊……"

"感谢爬虫 B 的曝光，让世间少了一个恶魔！"

"虽然爬虫 B 的系统侵害个人隐私，但我称他为藏在黑暗里的正义使者应该不为过吧？"

网上的讨论甚嚣尘上，进一步巩固了爬虫 B 的声望。

那么，银铛入狱被判死刑的庄凯是否会派人对爬虫 B 展开报复？莫闻提议见见这位入狱的恶魔。

他们向隔壁省的监狱申请了对庄凯的"远程探监"。

空白的成像室内，莫闻关掉了灯光。房间暗了下来，一道光影在中央闪烁了一下，一个健硕的身影投射到了路隐和莫闻面前。

路隐开门见山地说出了来意，庄凯却笑了："的确，我恨爬虫 B，要不是他，我的秘密就不会被曝光。但是我也感谢他。杀了那孩子之后，我没睡过一天好觉……这也是为什么他预告要爆料我，我却没有立马逃走。我或许就在等着被抓吧。"

"是吗？"路隐的灰瞳射出凛冽的光，"难道不是因为你抱着侥幸心理，以为自己可以像以前一样，用钱解决所有事吗？"

一旁的莫闻随即调出了他们调查到的信息。庄凯这些年来在私生活方面一直有着各种各样的黑料，但他对此有恃无恐。因为在他的世界观里，金钱能摆平一切。

当爬虫 B 预告要爆料他时，他以为这是对方向他发出的勒索信号。庄凯笃定地相信，没人会对钱不心动。

但是这一次,他没有得到对方的回应。他终于紧张了起来。他找了最好的调查团队,反向追踪爬虫B的身份。

"可惜,我花了几百万,还是没查到他的踪迹。"回忆着,庄凯忽然嗤笑道,"他这种人,动了太多人的蛋糕,很多人都想让他死吧?我也是如此。可惜我真的没有调查到他的身份,更别说叫人去弄死他了。警方之前不也没有查到过他的踪迹吗?"

他的表情不像是撒谎。路隐转头看向莫闻。莫闻点了点头,准备结束本次的影像投送。

就在这时,庄凯又开了口:"那个……我能否提一个请求。你们能让我的妻子和女儿来探监吗?"

路隐扫了一眼手头的信息。这几个月来,他们是唯一探望过庄凯的人。这说明他的亲友耻于再见到他,甚至可能想要与他划清界限,那么庄凯的亲属为他向爬虫B展开报复的可能性就又降低了。

路隐思索着抬起头,却没有回应庄凯,而是对莫闻淡淡地说道:"关闭影像投送。"

庄凯的影像瞬间消失,房间的灯随即亮了起来。

警方查不到爬虫B的信息,像苏欣澜、庄凯这样有钱有势的人也查不到,那么其他被爆料人能查到他的身份吗?想到接下来的一系列的影像会面,莫闻扶住了额头。

这些年,爬虫B的爆料有数十件,当事人散布于世界各地。如果当事人离他们比较近,他们会选择拜访调查。如果当事人离他们较远,或是像庄凯这样锒铛入狱,他们会通过影像投送来询问。今天,他们势必要在这空白的成像室待很久。但路隐说探案就像解数学题,得一步一步来,才能获得唯一的答案。莫闻只希望,他们真的能够寻到解题的方向。

可惜,他们在成像室待了两天,见了无数当事人,得到的答复都跟苏欣澜与庄凯差不多。他们都想知道爬虫B到底是谁,但是对方网络反侦查能力太强,把自己隐藏得太好，没人能调查出他的身份。

时至今日，对于被爆料一事，有些人已经释怀了，毕竟自己若真是清白，也不会被爬虫B拉下神坛，有些则依旧愤愤不平，但气无处发泄。而且很多人都能够提供郝万里死亡时的不在场证明，进一步佐证他们跟本案没有关系。

就在路隐和莫闻苦恼之际，他们在线下走访时发现了一个不同寻常的当事人。

年轻的男子叫蒋云逸，曾是人们眼里的平民英雄，后来却被爬虫B爆料挥霍无度和私生活混乱。

当蒋云逸看到郝万里的照片时，他的眼里满是疑惑与惊讶："我认识这个人。"蒋云逸抓了抓脸。

路隐眼睛一亮。这还是他们这些天调查下来，第一个认出郝万里的人。

"你是怎么跟他认识的？"

"他帮过我……"蒋云逸回忆道，"就是他让我之前在网上小火了一把。"

"你在水库救了两个小孩的视频是他拍的？"

"我不确定是不是他拍的。"蒋云逸舔了舔嘴唇，"但我猜应该是。"

"不确定？"路隐眯起眼睛。

"事情是这样的。我跟这个人是在医院里遇到的。"蒋云逸说，"我爸从孤儿院退休后身体不太好，要动一个手术。但那时我们家拿不出那么多钱，我又失业了，所以情况就变得十分糟糕。我爸说要不就不治了，可我心里过意不去。我们甚至还在办理住院手续时吵了一架。大概是我跟我爸吵架引起了他的注意吧，没过多久，他就找上了我，问我想不想赚钱。我一开始担心他是骗子，但是人没钱的时候都愿意赌一把，所以我问他怎么赚。结果他让我接下来一个月，每天去水库那边逛逛，从下午两点到五点。"

"哪儿有这种工作？"莫闻皱眉。

"是啊，很奇怪的工作，但是他给了我一笔钱，这笔钱相当于普通上班族一年的薪水。我当时又找不到工作,根本没理由拒绝。"

"然后你就遇到了小孩子溺水?"

"是的。"蒋云逸继续回忆,"水库那边经常会有不听话的小孩偷偷跑去游泳。那天,有个小孩子溺了水,另一个小孩去救,差点儿一起死在了那里。"

"还好你及时发现,救了他们。"

"是的。我上大学的时候,兼职做过游泳池的安全员,所以我下意识地跳下水,救了两个小孩,结果整个过程被人拍下来发到了网上。"蒋云逸挠挠头,"其实那边没有监控,大人一般也不过去,所以我也不知道视频到底是谁拍的。后来我才后知后觉地想,可能是这个人帮了我。"

蒋云逸说救人的视频发布后,他轻而易举地拥有了万千称赞。接着,他爸的病情也被人知晓,这让他更添了一分悲剧色彩。于是有人给他捐款,有人替他物色工作。不过他并没有去上班,而是搞起了直播带货,借着"平民英雄"的名头赚了不少钱。

赚到钱,他医治好了爸爸的病。同时,他们一家的生活也有了起色。但是名誉和金钱最终还是让他迷失了自己。他开始挥霍直播带来的财富,流连于女色之间,直到爬虫B曝光了他。

"说不气愤是违心的,爬虫B的爆料给我当头一棒,彻底断送了我的直播生涯。但现在回想起来,我又觉得庆幸。因为他的爆料,我能够悬崖勒马,没有彻底地误入歧途,手头也能剩点儿钱安稳过生活。"蒋云逸微微一笑,脸上是鲜少有人能够拥有的淡然。

这时路隐问道:"你有没有怀疑过,当初把你推上神坛的人,就是把你拉下神坛的爬虫B?"

"你是说这个人是爬虫B?"蒋云逸指着郝万里的照片,惊呼出声。

于是莫闻问出了最后一个问题:"十月八日凌晨两点前,你在哪儿?"

蒋云逸还在消化郝万里是爬虫B这件事,良久才道:"我应该在家里,我家里有监控。"

4

蒋云逸家的监控显示，郝万里死亡当晚，他喝了一点儿酒，趴在客厅的沙发上睡了一整晚。

这个特别的当事人也没能给路隐和莫闻带来解题的方向，反而让这道命案题越来越扑朔迷离。

在这之前，所有人都以为爬虫B喜欢把大众眼里的"神"拉下神坛，但没人想到，他也曾在网络上造过"神"。他是在享受制造热点、拿捏网友情绪、操纵舆论的快感吧？但为什么他只造过蒋云逸一个"神"，为什么后面他又将自己亲手创造的"神"毁灭？

路隐试图从凌乱的思绪里寻找遗落的线索，然而没过多久，他的思绪就被打断了。他看到莫闻火急火燎地推门进来，立刻就有了不好的预感。

"出事了？"

莫闻点点头，道："技术组好不容易破解了郝万里的手机、电脑，却发现里面的内容被完全清除了。但就在刚刚，爬虫B的账号突然更新了新内容。"

路隐低头看向莫闻递过来的平板电脑，上面是爬虫B的一封信。

亲爱的网友们，你们如果能看到这封信，说明我已经死了。最近我感受到了浓烈的恨意，令我惶恐不已。为了以防不测，我留下这封信，与一直关注我的朋友们道别。

同时，我也为大家准备了最后一份礼物——我将公开完整版《爬虫爬取报告》，其中当然有这些年轰动网络的爆料，相信大家都已经看过了，但不妨碍我们再次回忆我们一起伸张正义的日子。

除此之外，我将公开未曾公开过的调查。很多人追问我某某当红偶像的绯闻是否为真、某某政治人物的背景是否干净、某某企业家是否道貌岸然……这些其实我都调查过，但他们的黑料都太小儿科，所以我一直没有公开过。但现在，我决定把它们当作礼物奉上，供大家茶余饭后当笑话讲。

当然很多人也对我有所误解，以为我是万能的。其实不然，我也有无法触及的东西。未完成的调查是我人生的败笔，请允许我将它们删除。以下公开的报告内容，全部是已经完成的调查，仅供看官欣赏。

最后，我希望大家记得：在是与非前，选择是；在帮助与不帮助前，选择帮助；在做个好人与做个人前，选择做个好人。

说到底，我们都是普通的"人"，所以心中都有或多或少的恶，但我们仍有机会做出一个个让我们成为好人的选择。

以上，就是我对大家最后的告白。

★附上完整版《爬虫爬取报告》。

爬虫B的信和报告再次席卷全网。他在最后，仍制造了一场全民的狂欢。

"我不允许你死！快给我回来！"

"救命！到底发生了什么啊？"

——有人表示震惊。

"回看这份报告，才意识到这些年居然有这么多垃圾下台！"

"哇哇哇，未公开的报告也挺精彩的嘛！原来富豪私底下喜欢吃这么恶心的东西啊！"

"哈哈哈我们家哥哥被爬虫B挖出的黑料居然仅仅是他初中被蛇吓尿了裤子……搞笑男我更爱了！"

"连爬虫B都挖不出什么黑料的姐姐，才是真的值得被大家爱啊！大家看过来，我为大家介绍一位全能女歌手，综艺小可爱……"

——有人看报告看得津津有味。

"能不能别在这里给自己的偶像打广告啊？烦死了！我们难道不应该先搞清楚爬虫B到底发生了什么吗？他是被人杀了吗？"

"是仇家所为吗？"

"他最近不是在调查智美公司的苏欣澜吗？该不会是跟她有关吧？"

"可是爬虫B的调查报告显示,苏欣澜除了初中有一年常常溜出学校喝酒外,并没有什么黑料欸。"

"所以之前桃色交易的丑闻真的是谣言哦。"

"等等,逃学酗酒还不是黑料？"

"笑死,你学生时期没叛逆过？再说,人家至于为这一丁点儿黑料杀人吗？"

"说不定是庄凯的报复！"

"可人家在坐牢啊,难道他叫人去报仇的？"

"这谁能说得准呢！不过想杀他的人应该挺多的吧？真是可惜了,爬虫B可是我唯一能相信的正义之光啊！"

——有人讨论爬虫B的死亡。

路隐忽然觉得头疼。网友的关注让他们不得不公开郝万里的坠楼案。但现在,他们仍未找到他死亡的真相。之后几天,各路媒体、网友的轮番轰炸,果然让路隐和莫闻应接不暇。

在这期间,如临大敌的除了他们以外,还有之前被爬虫B爆料过的当事人。他们纷纷发声明、拿证据来证明自己与爬虫B的死亡没有关系。

"那么到底和谁有关系？"

网友的质问,如山一般压在路隐和莫闻身上。

这一日,莫闻挠着已经油了的头发走进办公室,沮丧地叹了口气,递来新的报告："老大,技术组没能恢复精神科医生关于郝万里的资料,应该是郝万里远程将自己的资料销毁了。"

在发现郝万里家有抗抑郁的药物之后,路隐和莫闻就一直在调查为郝万里开药的医生是谁。一开始,这条线让路隐和莫闻碰了壁。因为郝万里把自己药物的来源记录也清除得一干二净。

但是后来,当注意到蒋云逸后,他们着重关注了一家医院。在那家医院,郝万里碰到了蒋云逸。路隐怀疑,那就是郝万里就医的地方。但是之前走访时,医院里并没有认识郝万里的医生。

经过路隐和莫闻重新调查发现,有一位精神科医生一年前出车祸去世了,而他遗留在家的工作笔记里出现过郝万里的名字。

路隐本以为找到了一个新的方向,但现在听了莫闻带来的消息,不由得揉了揉自己的太阳穴。

他头疼地盯着面前的屏幕,上面满是他们收集到的被爬虫B拉下过神坛的人。

一开始,莫闻怀疑郝万里的死是熟人作案,但是他们很快发现郝万里没什么朋友,也没有家人。结果现在,屏幕上却有那么多人与他有关,真是不可思议。

路隐闭上眼睛,在心里想象一个抑郁症患者孤独地坐在电脑前,操纵他人命运的场景。不过很快他就停止了这样的幻想。因为他突然发现了一件自己忽略的事:郝万里没有家人,那么……他会不会从小就是个孤儿?

路隐猛地睁开眼睛。孤儿!曾经有人说到过这个词!

路隐的记忆瞬间开始检索。下一秒,他想起自己是在哪里听到过这个词了。

"我爸从孤儿院退休后……"蒋云逸曾提过这么一嘴。当时路隐更在意蒋云逸与郝万里的故事,没能抓住这条线索。后来他在整理思绪时,又被爬虫B更新的信分了神。现在他隐隐感觉,自己在这道混乱的题目里找到了解题的方向。于是他从座位上跳了起来。

"老大,你去哪儿?"莫闻疑惑地朝路隐大喊,双脚却兴奋地跟了上去。因为他也有他的第六感。

5

蒋云逸说他不清楚郝万里当初为什么会帮他。路隐想,或许郝万里帮的不是蒋云逸,而是他的父亲蒋峰,所以他先来到了蒋峰家调查。但蒋峰上了年纪,回忆不起来太多细节,最后他们只好前往蒋峰曾经工作过的孤儿院。

孤儿院的院长是个头花发白、拥有干练气质的老人。在路隐和莫闻抵达时，她已经将历年来收养的孩子的资料都调取了出来。

"你们给我发的郝万里的照片我看过了，我也记不得曾经收养过这个孩子，系统里也没有一个姓郝的小孩。因为很多孩子来的时候都没有姓名，我们会给他们取赵钱孙李这种更普遍的姓氏。"院长一边解释，一边将资料传给莫闻。

莫闻立即将资料输入平板电脑里的匹配软件中。软件分析出郝万里的骨骼轮廓，与孤儿院里存档的照片里的孩子进行比对。

过了很久，系统才发出"叮咚"的提示音。这是莫闻在探案过程中最喜欢听的音符。因为它是比对成功的信号。

果不其然，屏幕上弹出了一张照片。那是二十多年前，一群孩子去郊游时拍的合照。一个明显比周遭孩子年纪都小的微胖男孩站在人群一角，对着镜头露出无所适从的表情。

"怎么是他呀？"院长不可思议地看着跳出来的照片，又对比着郝万里如今骨瘦如柴的模样，言语里已生出心疼。

"您记得他？"路隐问道。

院长点点头："记得的，他曾经是我们这里最聪明的小孩，但他不叫郝万里，而叫赵金泽。"

"他什么时候离开孤儿院的？"

"十六岁的时候。他因为太聪明，跳了两个年级，十六岁的时候就考上了大学，离开了孤儿院。"

"后来他没有跟您联系过吗？"

"没有。"院长叹了口气，"这孩子从初中开始就心事重……我都后悔让他跳级……"

忽然，路隐注意到了那张郊游照上的另一个人："这个人是……"他的灰瞳聚焦到那个人身上，然后将她截取出来放大。

莫闻也注意到了那个女孩。他喃喃地喊出她的名字："苏欣澜？"

"郝万里……呃……赵金泽和苏欣澜是同学？"

"是呀，这张就是他们班级出游的照片。"院长忽然想到什么，道，"这个叫苏欣澜的孩子现在好像发展得不得了了？"

闻言，路隐回想起昨天的新闻标题：智美公司顺利上市，首日股票大涨40%，苏欣澜身价破三十亿。

他冲院长点点头，又问道："苏欣澜不是孤儿院的孩子，您都还记得呀？"

院长温柔地笑了笑说："我当然记得。因为赵金泽好像喜欢过这个女孩，我作为他的家长，很难不注意到她。不过后来不知道为什么两个人闹了不愉快，赵金泽好像还偷偷地躲起来哭过。也是从那个时候开始，他变得心事重重。"

"您没问过他具体的原因吗？"

院长又叹了口气，道："我当时以为这孩子是因为处在一个所有孩子都比他大的环境不适应，现在跟你们这么聊起来，我才发现，他或许是因为这个女孩子。"

"您这边还能提供更多赵金泽的照片吗？"

"可以的。"院长随即在自己的电脑上输入赵金泽的名字，但是信息库里却并没有赵金泽的档案，"奇怪，怎么没有他的资料了？"

路隐看着院长空空如也的屏幕，摇了摇头。看来爬虫B有意销毁了自己曾经的资料。但是他唯独没有销毁这张郊游照，是漏了，还是舍不得？

路隐端详起这张合照。照片里，赵金泽站在最右边，苏欣澜站在最左边，中间隔着一群同学，像隔着一条长长的银河。

这是他们此生唯一的合影。

路隐不知为何冒出了如此坚定的判断。

6

智美公司为庆贺上市，举办了庆功宴。庆功宴结束后，路隐和莫闻在休息室找到了苏欣澜。

"两位今天来肯定不是为了来祝贺我的吧？"苏欣澜见到路隐和莫闻，疲惫地笑了笑。

路隐也不假客套，没有说什么祝福的话，直接让莫闻亮出了郝万里小时候的照片。照片是从那张郊游照上截取出来的。

"这个人你有印象吗？"路隐抬头看她。

苏欣澜对着照片愣了一下，却迟迟没有回应。

"如果你不记得，或许可以看看这张照片的完整版。"莫闻说着，将照片复原了回去。

苏欣澜一眼就看到了站在最左边的自己，脸上闪过一丝窘迫，如同谎言被揭穿似的。

可我明明就还没撒谎啊……要不要告诉他们我其实记得他呢？苏欣澜认为酒精是无法搅乱她的思绪的，但今天她的确喝太多了。而此刻，眼前的两人正镇定自若地盯着她，让她觉得自己无处遁形。于是她只好开口，说出照片上男孩的名字："赵金泽，对吧？他是赵金泽。"

"他是个孤儿，从小在孤儿院长大，初中与你上了同一所中学，与你同班？"

苏欣澜点点头。

"他有一阵子喜欢过你，后来你们闹了矛盾？"

苏欣澜瞪大了眼睛。她太讨厌眼前这个拥有灰瞳的男人了。为什么他总是如此直接？

"初中的事，我不太记得了。"

"你们自初中后就没有联系了吧？"

"是的。"

"可是过了二十几年，你却能清楚地说出他的名字，你的记忆力应该不像你自己说得那么差。"路隐指了指郊游照，"你再仔细想想？"

对方明明是请求的口吻，却让苏欣澜感受到一股无形的压迫感，让她无法拒绝回答。于是她做出思考的样子，但在她的脑海里，郊游照上的男孩早已与记忆中的那个男孩重合在一起。

上初中时，赵金泽是班里最矮的小孩，却是最聪明的学生。老师也爱拿他教育班里的其他同学。每当这时，就会有好事的男生大声地揶揄："人家是天才儿童嘛，我们可比不了！"他们不屑于赵金泽的聪明，甚至因此讨厌他。

一日，赵金泽不知为何又惹恼了班级里最强壮的那几个男生，被他们架着拖到了班级一角。在欺凌开始前，一个女声在他们身后响起——

"班里的监控我重新打开了，你们继续搞霸凌，系统可是会把你们的行为记录在档案里的哦。"苏欣澜冲着男生们歪歪头。

围在赵金泽身边的男生迅速散开，为首的那人瞪了一眼苏欣澜，却立刻拉起地上的赵金泽，称兄道弟地勾住了他的肩膀，对着班里的监控摄像头露出灿烂的笑容。赵金泽就这么躲过了一劫。

放学时，赵金泽在走廊碰到了苏欣澜。犹豫了一会儿，他还是忍不住上前叫住了她："今天的事，谢谢你……"他挠挠头，担忧地问道，"不会给你带来什么麻烦吧？"

"他们那几个男生有奇怪的自尊心，"苏欣澜嗤笑道，"第一准则是不找女生麻烦。"

"那就好。真是对不起。"

"干吗道歉哦？"女生轻快地说道，路过男孩身旁时，她还伸手揉了揉他的头发，"小孩，赶紧发育，以后就能不被欺负了。"

那时她也比他高。落日的光从她背后洒下来时，她的影子轻而易举地覆盖住了他的身躯，让他脸上的红没有那么明显。

后来，男孩便留意起了这个比他大两岁的女孩。

一天放学，他在街道转角被苏欣澜堵了个正着。

"原来是你这个家伙啊。"苏欣澜努着嘴，道，"我就说怎么感觉最近一直有人在跟着我。"

"对不起……"赵金泽不好意思地低下头，解释道，"我不是变态，我没有想要跟踪你。"

"天天跟在我身后,还不承认自己是跟踪狂?"

"我……我只是想要保护你。"他指了指她的胳膊。前几天,苏欣澜在放学回家的路上为了躲避失控的无人驾驶汽车,摔伤了。

苏欣澜看了一眼自己受伤的胳膊,"扑哧"笑了。

"还有……"赵金泽小声说。

"还有什么?"

"我有喉结了,也长高了。"赵金泽忽然大声说道。

他坚定的声音传到苏欣澜耳里,令她不由自主地低下头,抿着嘴憋住笑。

"所以呢?"苏欣澜一边问,一边向前走去。

"所以……"赵金泽刚要解释,却被苏欣澜打断。

"你站在原地,我可听不见。"她头也不回地说。

男孩心领神会,急忙跟了上去……

之后,每天放了学,赵金泽都会默默跟在苏欣澜身后,一路陪她走到地铁站,再折回孤儿院。

"只是日子过去久了,青春期的情愫也就自然而然没了。"苏欣澜耸了耸肩,说道。

"是什么让你们的关系戛然而止?"路隐追问道。

苏欣澜挣扎般地说:"我真不记得了。年轻时候的事,忘记也情有可原吧?"

"那你可以跟我们说说,初中时,你为什么会突然叛逆、逃学酗酒吗?"这件事是爬虫B报告里,苏欣澜被挖出来的为数不多的黑料之一。

苏欣澜闻言浑身一抖,终于忍不住道:"我今天喝太多酒,有点儿累了。"

她站起来就要送客,却听路隐说:"赵金泽为了你自杀,你知道吗?"

"什么?"苏欣澜眯起眼睛,以为自己听错了。

一旁的莫闻也转过头,疑惑地看向路隐。

路隐却坚定地看着苏欣澜,再没有说话。

聪明的女人知道，在他人说出真相之前，自己要先说出真相。

7

苏欣澜说，她喜欢上喝酒，并不是因为酒能给她带来味觉上的享受，而是因为它能让她短暂地忘记痛苦。让她如此痛苦的那个人，很多年后因为谋杀养女而锒铛入狱，那个人便是庄凯。

苏欣澜每次在新闻上看到这个名字，就觉得恶心。尽管如此，作为智美公司的负责人，她又不得不把自己的产品放到他的电商平台上售卖……她后来见过庄凯几次，但那个男人已经忘记她了。是啊，他怎么会记得她呢？她不过是他凌辱的女孩之一。

那年冬天的回忆，如锥刺在苏欣澜的肋骨上。

那时，庄凯已是成功的企业家，为了给自己的平台造势，他开始赞助各种演出活动。而苏欣澜父亲的话剧团也收到了他的赞助。这笔赞助费解了父亲的燃眉之急，却让苏欣澜陷入绝境。

那天，苏欣澜告诉赵金泽，放学后不用陪她走了，她要替出差的父亲将一份重要的文件送去话剧团，两个人不顺路。

于是放学后，苏欣澜独自一人去话剧团送东西。

送完东西，她却没有立刻离开，而是被话剧舞台上排练的剧目吸引，坐在角落里如痴如醉地看了很久。

忽然，一个身影坐到了她身边。

"你是苏团长的女儿？"他转过头，对苏欣澜露出一个礼貌的微笑。

苏欣澜立刻认出，这人便是帮了父亲大忙的赞助商。她没想到他会来现场看彩排，就像她也没想到，演出结束后，他会将自己骗到器材室。等她反应过来时，男人已经压在了她身上，开始脱她身上厚重的冬装。

"不准叫！如果我撤资的话，你爸的话剧团就彻底完了。你知道的，这次演出是这个话剧团最后的机会。"

苏欣澜看到一头滴着黏稠口水的狼在朝自己逼近。

快要被扒光的她绝望地仰着头,等待罪恶的火焰将自己焚烧干净。突然,她注意到贴在玻璃上的海报。那是父亲和话剧团成员演出的海报,但引起她注意的不是海报上的内容,而是它缺了的那角——在她被庄凯压制住时,有一只眼睛正通过那缺角向里张望!

她看到了他!

他也看到了她!

她激动起来,终于鼓起勇气开始呼救。窗外的那只眼睛旋即离开了海报的缺角处,走廊感应灯的光顺势落进器材室,苏欣澜看到了飘浮在空气里的尘埃。

她的嘴被庄凯死死地捂着。但没关系,窗外的那个人一定会来救她的!但是,她猜错了。窗外的那个人没有来阻止这一切发生,他逃走了……

苏欣澜意识到这件事后,整个身体软了下来。没有什么比给她希望又毁灭希望更让她觉得五雷轰顶了。

就在她万念俱灰之际,敲门声终于响起。庄凯吓了一跳,低声警告完苏欣澜,才松开了捂着苏欣澜嘴巴的手。苏欣澜快速地穿好衣服,庄凯则打开了门。

门口站着一个陌生的男人:"呃……不好意思,你们有没有看到一个小男孩?"他似乎是在找人。

庄凯挥挥手,打发他,而苏欣澜趁机快速地从两人之间跑了出去。

苏欣澜没有报警,因为她担心父亲一年来的辛苦因为自己一个电话而付诸东流。她只是失魂落魄地回到家,打开了酒柜里的一瓶酒,将自己灌醉。第二天,她向老师请了假,没去上学,独自躲在家里哭了一天。可眼泪无法冲走记忆,昨晚的点滴仍萦绕在她的脑海中。

忽然,她想起那个敲门救她的男人是谁了。她曾经去孤儿院找赵金泽的时候见过他,他是那里的保安!

苏欣澜瑟瑟发抖起来,因为她意识到自己的判断没有错,那个向里张望的人就是赵金泽!

保安因为赵金泽迟迟没回孤儿院，于是顺着他身上的定位来找他，结果阴差阳错救了她。而那个说要保护她的小孩，在真正面对别人对她的伤害时，选择了逃跑!

尽管如此，她后来却没有质问过赵金泽。因为她能理解他的软弱，在面对恐惧时，他的临阵脱逃甚至是合情合理的。

不过她什么都没有说，不代表他们的关系能够回到最初。赵金泽不傻，他知道她看到了他，知道自己做出了错误的抉择，所以也无颜再跟着她向她献殷勤。他们的关系自然而然地断裂开来，再也无法弥补。

好在庄凯并没有再来找苏欣澜，苏欣澜也在逃学酗酒一段时间后，离开了原来的学校，开始了新的生活。

她以为自己此生再也不会与赵金泽产生交集。结果今天，在她摘取了万众瞩目的胜利果实之后，她从眼前这个灰瞳侦探的嘴里，听到了他自杀的消息。

苏欣澜说完自己的故事，粲然一笑，道："那么现在请你告诉我，为什么你觉得他是为我自杀的？"

路隐呼了一口气，解释道："首先，根据我们的调查，赵金泽就是郝万里，也是网络上被无数人追捧的黑客爬虫B。他是被捅了一刀，从客厅窗台跌落而死的。起初我们怀疑是熟人预谋作案，因为现场没有打斗痕迹，凶手也没有留下过其他痕迹，甚至那把刀上也只有爬虫B的指纹。这就说明，凶手很可能是戴着手套刺了爬虫B一刀，而且这把刀还是从爬虫B的厨房里拿的。这不得不让人推测，凶手是在佯装给爬虫B做菜时，戴着手套拿起刀，刺伤了他。可是爬虫B并没有什么家人朋友，更别说亲近到可以为他做饭的人了。之前，他吃的也都是机器人送上来的外卖，厨房里的厨具也只是摆设，并没有使用过的迹象。"

"可这也不能证明他是自杀的吧？"

"如果真的有人佯装做菜却杀了他，那么凶手是如何从他家的大楼里消失的呢?"路隐道,"虽然他家那一层的监控摄像头被他自己拆掉了,但是整栋楼其他的监控,包括电梯、应急楼道里的都完好无损。若真有凶手,他是如何躲过那么多监控,凭空消失的呢?"

"可是法医鉴定时发现,他的刀伤是往下的,一般人自杀,伤口不应该向上吗?"这时,莫闻也追问道,"而且他为什么要先刺自己一刀,然后再跳楼?"

"因为他想让我们以为,他是被人杀害的。"

"为什么啊?"

"因为他要我们为苏欣澜证明。"

"我听不明白了……"苏欣澜困惑地叫嚷起来。

路隐顿了顿,缓缓地讲出了爬虫B的计划。

8

自从话剧团器材室事件之后,赵金泽就心事重重。或许在那时,他就被罪恶的心魔缠上了。

成年之后,他大概靠自己的才能赚到了一大笔钱。之后,他删除自己过往的资料,改名改姓成了郝万里,并且在网上以爬虫B的身份惩恶扬善。他或许是想用这种方式来弥补自己当年犯下的错,来宽慰自己他其实是个好人,而不是面对邪恶临阵脱逃的懦夫。

他靠自己的爬虫系统扳倒了无数的"罪人",在网上收获了声望。就在这期间,他意识到自己其实已经患上了抑郁症。于是他去医院寻求精神科医生的帮助。在某一次治疗时,他在收费处遇到了当年在孤儿院当保安的蒋峰和他的儿子蒋云逸。

他从他们的争吵里得知蒋峰生了病,担心没钱医治,于是他找到了蒋云逸,给了他一份奇怪的工作。他应该是用爬虫系统快速调查过蒋云逸,知道他曾经当过游泳池安全员,所以才安排他每天去水库逛逛。那里总有小孩不听劝偷偷溜去游泳。果不其然,没过多久,蒋云逸就救了两个小孩,爬虫B借势将他打造成了平民英雄。蒋云逸因此获得了荣誉与财富,也治好了父亲的病。

而这一切,只是因为蒋峰曾经阴差阳错救过苏欣澜。当年落跑的赵金泽,应该躲在哪个角落里看到了这个场景吧。所以在多年后,他以自己的方式回报了蒋峰。而曝光蒋云逸的恶习也是因为担心他误入歧途,辜负了他原本的好意。

在这之后,爬虫B继续他的爆料事业。他应该花了很长时间,才整理好了对庄凯的爆料——杀人事件足以让他永世不得翻身。于是,他替苏欣澜,也替自己,完成了最重要的复仇。

可或许是最重要的复仇已经完成,他没了目标,又或许是抑郁症已经折磨得他苦不堪言,他最后萌生了自杀的念头。他在公开信中说感受到了恨意,应该是他对自己的恨意。但他不希望自己的死亡毫无价值,他要为苏欣澜送上最后一份礼物。

彼时,苏欣澜的公司正准备上市,但是她却被桃色交易的丑闻困扰着。即使公关团队不停地澄清桃色交易是谣言,也无法在短时间内消除它带来的负面影响。毕竟现在的网友可不信这种当事人发布的官方声明。

于是爬虫B提前设定了那封公开信,并公开了完整版的《爬虫爬取报告》。在这份报告里,苏欣澜最大的黑料就是初中时曾逃学酗酒。

网友们不相信他们公司的官方声明,但相信爬虫B。既然这份已经完成的报告里显示,苏欣澜没有过桃色交易,那么谣言自然而然就被破除了。

爬虫B用自己这么多年树立的口碑,为苏欣澜扭转了舆论的走向,并为她获取了更多人的喜爱与信任——当下,人们对公众人物的心理预期降低了许多,逃学酗酒的黑料在那些更荒唐、更离谱、更不可饶恕的丑闻面前,简直不值一提。

很多投资方也因为爬虫B的这份报告,更坚定了与苏欣澜合作的想法。毕竟连爬虫B都挖不出她的黑料,那么他们与她合作的风险就会小很多。

爬虫B知道,这么多年,他已经成为很多人心中惩恶扬善的神。他更知道,人们爱看神的陨落，也爱关注神的死亡。他的去世势必会让这份没什么冲击感的爆料，最大化地被大众知晓，苏欣澜清白的形象也会最大限度地烙印在人们心中。但是……

网友之前就听闻他要调查苏欣澜，他们会把他的死与她挂上钩吗？如果警方直接判定他是自杀，网友会相信吗？那些爱搞阴谋论的人，会不会认定他的死与苏欣澜有关？这会不会反倒起了反作用，让苏欣澜深陷命案的漩涡当中？

思及此，爬虫B决定，干脆让自己的死亡显得是另有凶手所为，那么调查案件的人就必定会去调查苏欣澜，从而证明她的无辜。毕竟，爬虫B死亡的时候，她正和当红演员在公司拍摄宣传片。这个行程早已写在当红演员公开的行程表里。

当然，爬虫B也会利用爬虫系统，通过调取摄影棚里的监控，确保一切如他所想的一样在进行着。

接着，他吃下安眠药，营造服药后没有体力与凶手搏斗的假象，从厨房拿起刀，走到客厅窗台边，将刀口对准了自己的肚子。为了伪装是他杀，他故意把刀口往下方刺去，然后，仰身从窗台跌了下去。

当然这一切也有另一种解释。那便是他被抑郁症困扰，准备了多种自杀的方式。因为安眠药不起作用，所以他选择了用刀，然后又发现这方法不行，最后才选择了跳楼。

路隐推理完，呼出一口气，接着说："人们以为，爬虫B只喜欢将公众人物推下神坛，但通过蒋云逸的事件我们可以知道，只要他想，他可以轻而易举地用他的办法将人推上神坛。"

"你的意思是，他自杀又伪装成他杀，是为了把我推上神坛？"苏欣澜像是在确认答案似的问道。

路隐重重地点了点头，说："或许，他是在重新履行自己的诺言，最后保护你一次。"

"可是……"苏欣澜突然颤抖起来，吼道，"他以为他是谁啊？他以为他在演什么感天动地的舞台剧吗？我根本不需要他的保护，不需要他这种自我感动的自以为是！明明他根本做不到！明明我根本不需要……"

明明……明明她觉得生气，觉得荒唐，觉得不可理喻，为什么她最后还是哭了呢？苏欣澜怔怔地看着眼泪一滴一滴地落在手背上，悄悄地质问自己。

年轻一点儿的探员见状递给她一张纸巾，而那位灰瞳侦探则站在原地良久，什么也没做，什么也没说。

直到她拭完眼泪，路隐才开口，道："不过这些只是我的猜测，并没有什么确凿的证据。你也可以选择不相信。"

苏欣澜有些惊讶地看着他，一时不知该说些什么。接着，她就听到了这个烦人的家伙，难得地挤出了一句温柔的话。

"时候不早了，我们就不打扰你了。"离开之前，这位灰瞳侦探衷心地祝福她，"苏欣澜小姐，祝贺你公司上市，愿你前程似锦。"

她愣愣地看着他良久，露出一个淡淡的笑。

"谢谢你。"她说，"谢谢你们。"

9

"啊啊啊，这次的案件报告好难写啊！"

几天之后，S&T调查组的办公室里，莫闻抓耳挠腮地写着案件报告。路隐则靠在座椅上闭目养神，脸上贴着一张智美公司出品的面膜。

"老大，我从没想过能看到你敷面膜的样子，看上去太诡异了！"

路隐没好气地踢了他一脚："写你的报告去！"

与此同时，城市另一头的智美公司里，一沓手写信被放在了苏欣澜的办公桌上。苏欣澜说在这个时代，手写信才是真正复古的浪漫，结果现在，每天都有粉丝写手写信寄到她那里。

但来信太多了，她无法一一看。就像今天，她才拿起第四封信，就被助理提醒要去开会了。于是她把手头准备拆开的第四封信又放了回去。

助理替她收起那些未拆封的信,放到储藏室里。苏欣澜曾说,这些来不及读的信,她会在退休之后慢慢阅读。所以刚刚的第四封信,将会在很多年之后,当她垂垂老矣时被打开。等到那时,她会发现,这封信来自她曾经喜欢过的少年——赵金泽。

那是他留给她的最后的告白——

亲爱的苏欣澜,这些年我一直遗憾未能亲口对你说声对不起。

你知道的,那一天,我逃走了。

但我不是因为害怕而逃走,我是因为做贼心虚和羞愧而逃走。

那一天,我担心你太晚回家不安全,于是一路跟着你来到了话剧团,站在舞台外等了你许久。结果,我碰巧目睹了庄凯企图侵犯你的那一幕。

我应该遵守诺言,冲过去敲门,或是砸碎窗户来解救你,保护你。可是我心中的恶魔,在那一刻战胜了我。我发现我想要看接下来会发生什么,想要看你衣服里面的那一层衣服是什么……然后你看到了我。你惊恐的眼神点醒了我,让我意识到了自己的龌龊和不堪。那一瞬间,我狼狈不堪,羞愧难当,只能落荒而逃。

当我冷静下来,想要回去救你的时候,我发现福利院的保安蒋叔循着我手表上的定位来找我,阴差阳错让你逃脱了庄凯的魔爪。

可我知道,我已经被恶魔抓住了。

之后的日日夜夜,我都悔不当初。

明明信誓旦旦说要保护你的我,却在那一刻,兴奋地等待欣赏你的破碎。

我无法原谅这样可恶的自己,我必须要赎罪,于是我成为了爬虫B。

我告诫自己:从今以后,在是与非前,选择是;在帮助与不帮助前,选择帮助;在做个好人与做个人前,选择做个好人。

我希望以我的方式惩恶扬善,来弥补自己的过错。

我希望以我的方式再保护你一次。

我希望以我的方式对你郑重地说一声,对不起。

对不起,苏欣澜。

再见了,苏欣澜。

第八章
无人驾驶
WU REN JIA SHI

1

路隐的座驾是一辆十年前的电动汽车。他从前辈手里继承这台车子时,车子仍动力十足。可随着日常的损耗加剧,它变得毛病众多。

"老大,我们真的不考虑换一辆新车吗?"莫闻看着车窗外缓慢向后退的风景,忍不住问道。

路隐握着方向盘,瞄了一眼仪表盘上低电量的警告标志,扯了扯嘴角:"忘记让它回充电桩充电是我的责任,它本身还没到报废的程度。"

"可是现在的新车,无人驾驶的那种,真的很不错,解放我们的双手,还能自动回位充电,非常人性化。"莫闻激情澎湃地推荐道,"尤其是目前最火爆的凌跃汽车,它们主打的新型无人驾驶汽车形似巨大的鼠标,车身线条流畅而高级。它可以全车身呈现透明的状态,当然一般用户会选择自己喜欢的颜色来填充,防止阳光射入和外界视线窥探,但车内的乘客仍可以看到外面的风景。同时,凌跃汽车彻底取消了方向盘,依靠其自主研发的车载AI实现信息交互。用户只需告知AI自己的目的地,它就能安全将你送达。在这个过程里,用户可以躺在车内睡觉休息,也可以观影游戏……"

"你实话告诉我,收了对方多少广告费?"路隐嗤笑一声,揶揄道。

莫闻跟着"嘿嘿"一笑,说:"我只是想换掉这辆小破车久矣。"

话音刚落,他的手机就响起了提示音。

路隐像闻到肉味的老虎,立即转头看他,他知道,那是案件系统提示有新案件的声音。

莫闻打开手机,看了一眼,随即咽了咽口水。

"发生什么事了?"路隐问。

"北江大桥上发生了车祸,两辆凌跃汽车相撞,坠桥了。"打脸来得太快,让莫闻不免有些尴尬。但好在他很快就收到了北江大桥上的监控视频,让他有事可干,不那么窘迫。

监控视频显示,今天中午十二点,一辆红色的凌跃正在加速,它旁边那辆黑色的凌跃却突然加塞到了它的前方,红色凌跃似乎来不及停下,猛地撞了上去,一瞬间,火花四溅。

之后,黑色凌跃率先冲出了大桥,下一秒,红色凌跃也跟着坠入江中。

"这是怎么回事?不是说车子之间能够进行信息交互吗?还能出现这种事故?"路隐皱着眉头,驱车抵达北江大桥下的滩涂。

江上的船吊已经将坠入江中的两车吊起。此刻,它们面目全非地被放置在岸边,像一堆废铁一样折射着阳光。而搜救队此刻仍在江中搜救。

从监控里可以看到,两车坠江时,后坠江的红色凌跃车门损坏,下落时从里面掉出了两个人。而黑车上是否有人,无法从监控上看出。

"不过我们已经试着联系了黑车的车主。"在现场调查的警察向赶来的路隐和莫闻解释,"听车主反馈,那辆黑车是要去机场接人的,所以当时车上没有乘客。"

这的确是不幸中的万幸,但众人也不禁为红色凌跃车上的两名乘客扼腕,他们未免也太倒霉了。

就在这时,一个面色凝重的男人急匆匆地赶到了事故现场。他穿着合体的

第八章 无人驾驶 WU REN JIA SHI

西装，手里提着公文包，似乎刚刚从哪里归来。他脚上那双锃光瓦亮的皮鞋，很快被滩涂上的泥给染上了狼狈。

莫闻立即认出了他是谁。

路隐挑眉，问："是黑车的车主？"

"不，他是凌跃的总裁陈天齐。"莫闻说，"我在他们的新车发布会上见过他。"

自己公司主打的无人驾驶汽车相撞坠江，如此大的事，他赶来现场倒是合情合理。但他并非事故当事人，为何前方拉警戒线的警察会放他进来？

"原来如此，"路隐推测道，"他是凌跃的总裁，也是黑车的主人。"

"啊，有这么巧的事？"莫闻有些难以置信。

很快，陈天齐就证实了路隐的推测。那辆黑色的凌跃之所以开上北江大桥，就是为了去机场接他。但他刚下飞机，就看到了手机软件上的提示，说他的车发生了车祸，无法连接。

对陈天齐来说，自己的车子没了是小事，但闹出了人命，可是头等的大事。更让他紧张的是，出事的人似乎是……陈天齐反复确认红色凌跃的车牌号码。

接着，路隐和莫闻就听到了更为巧合的事。

"是的，红色那辆是我老婆的车。"陈天齐舔了舔干燥的嘴唇，失神地说道。

现场的众人陷入了沉默。因为救援队之前从江中打捞出了一个人，但那是位男性。

"你认识这个人吗？"路隐问陈天齐。

"不认识。"陈天齐一脸惨白地摇了摇头。

众人似乎嗅到了一丝八卦的气息，但都不发一言。

路隐和莫闻也是如此，他们一同望向流淌的江水，看着救援队的成员一次次下水寻找，并开始祈祷。

但是奇迹没有发生。几分钟后，陈天齐的妻子麦露的尸体就被打捞了上来。

她的尸体被盖上白布之前，路隐和莫闻都注意到了她手上的戒指。那枚心形的戒指与男尸手上的戒指一模一样。而陈天齐手上并没有佩戴什么戒指。

2

"这未免也太吊诡了。自己的车撞上了自己妻子的车,并害死了她和她的情人,怎么听都感觉有猫腻。"莫闻忍不住嘀咕。

一旁的路隐则面无表情地盯着电梯屏幕上的数字。数字跳到"17",电梯门打开,门外就是陈天齐的家。

看到路隐和莫闻抵达,陈天齐挂断了手中的电话,叹了口气,请他们在沙发上坐下。

"我有太多事要处理了。"他无奈地晃了晃手机,跟着坐了下来。

才半天不见,路隐和莫闻就发现他憔悴了不少,那种深度的疲惫感从他身上由内而外地散发出来,甚至让人不由得产生一丝怜悯。

他们知道这一天陈天齐过得有多糟糕,解决车辆的事故,处理妻子的遗体,应付媒体轮番的追问……所有倒霉的事都堆到了他的身上。现在,他还要面对两位探员的问询。

莫闻对他表示抱歉。他扯了扯嘴角,说:"没关系,我也想尽快把麻烦解决。"

路隐就在等这一句话,他那灰色的瞳孔泛出冷峻的光,问道:"陈天齐先生,你真的不认识梁霄吗?"梁霄就是那名留着长发的男性死者。

陈天齐闻言,摸了摸鼻子,不知道如何回答。他在事故现场下意识地撒了谎,以至于现在陷入了进退两难的窘境。

路隐看出他的为难,说:"没关系,我们都能理解当时你为什么摇头。现场那么多人,你若是回答认识他,肯定会被追问他是谁,和你的妻子有什么关系,而你就不得不告诉大家,那是你妻子麦露的情人。"

陈天齐没接话。

路隐不疾不徐地说道:"我们调查过相撞的两辆车是从哪里出发的。你名下的那一辆,是从这个小区的地下停车场开出的。麦露的车则是从城市另一头的别墅区驶离的。你们早就分居了是吗?"

"是的。"陈天齐终于开了口,语气沉重地说,"我和麦露已经分居半年了。"

"但是你们没有离婚?"

"像我这样的人,可不敢轻易离婚。"陈天齐转头看向客厅里挂着的一幅画,画上是凌跃汽车的品牌标志。

"但你们的感情真的走到尽头了吗?"路隐又问。

陈天齐想了一会儿,还是点了点头。他说,他和麦露的感情早就出现了裂缝。其实他们结婚这些年也有过甜蜜的时刻,但是随着日子越过越无趣,他们的共同话题已经趋近于零。麦露率先提出了分手,陈天齐也没有挽留。

"麦露知道我的难处,所以并没有强迫我一定要立即离婚。"陈天齐说,"我们就此开始了分居的生活。当然对外我们仍宣称是夫妻。"

"这半年来你没有新的恋情?"

"我并不是没有爱情就活不下去的那种人。"陈天齐对上路隐灰色的瞳孔,"如果你谈过恋爱,就会知道,爱情有时并不是什么好东西。它让人盲目,让人疯狂,让人失去理智。从爱情里抽身,有时反倒是件幸事。我很享受目前没有爱情的空窗期。"

"但麦露不是,她与你分居后的第二个月,就和梁霄谈起了恋爱。"这是莫闻调查时得知的。麦露的邻居曾目睹过梁霄和麦露在几个月前牵手散步。

"原来他们那么早就在一起了啊。"陈天齐嘀咕完,承认道,"是的,我知道她和梁霄在一起了。她甚至带他见过我。"

"哦?"路隐饶有兴致地看着陈天齐。

"准确地说,我们是偶遇。几天前,她和梁霄外出写生,路过一间私人会所,在那里歇脚,而我刚好在那里招待合作的客户。"

"那天你们聊了些什么?"

"其实我们没聊什么,就问问对方最近过得如何。然后顺理成章地,她就向我介绍起了梁霄,说他是她的绘画老师,也是她的新男友。"陈天齐回忆道,"麦露就是这样，大方随性，也省得我去揣测他们之间的关系。"

"那么当你得知她交了新男友，是什么心情？"

"我本来是要回答你'其实我毫不在意'，但……"他或许想到了麦露，所以说，"我也大方随性一回，说说实话。实话就是，我有一点儿失落。"

"所以你嫉妒梁霄？"莫闻立即问道。

"'嫉妒'这词未免太严重了。对于梁霄，我并没有什么敌意。"陈天齐脸上那抹无奈的笑又浮现出来，"我知道你们都在想什么……我自己想来也觉得不可思议，怎么会这么巧，我的车撞上了他们的车，害死了他们。"

莫闻强调道："而且两辆车还都是你们公司研发的无人驾驶汽车。"

"你们觉得是我设计害死他们的？"

"有这个可能，不是吗？"路隐接话道。

"我怎么设计？在车上动手脚吗？"陈天齐不悦地反问道。

"我们技术组的同事研究了事故车辆，发现它们在硬件上并没有被动过手脚的痕迹。"莫闻说，"所以我们怀疑，是有人在车载 AI 上动了手脚，让车发生了事故。"

"凌跃车载 AI 是我们无人驾驶汽车的灵魂，我能保证它是安全的！"陈天齐激动地嚷道，"它的防火墙可以抵御所有图谋不轨的入侵！"

"但你可是凌跃的总裁，要从内部篡改系统应该很简单吧。"莫闻说道。

陈天齐愤怒地瞪着莫闻，提高音量："我说了，没人能入侵用户的凌跃车载 AI 系统进行篡改！我也不可以！除非车主自己要求对其进行某些方面的更改，我们才会让相应的部门对其进行处理。但如果我们拿不到车主的授权——其个人的生物识别信息，如指纹、声纹、虹膜等，这种处理也无法进行。"

"而且，我也没理由设计害死麦露和梁霄。"陈天齐继续说道，"我承认我看到麦露交新男友时心里有些不舒服，但还不至于为此杀人。再者，凌跃是我从父亲那里继承来的汽车品牌，我对它十分爱护，不可能用它来制造命案！最后，就算我动了歹念，我也不会用这么傻的方法来作案。现在媒体都围追堵截我，你们调查我……但凡有点儿脑子的人,都不可能这么引火上身。"

路隐思索了一下他的话,觉得倒也不无道理。但是……"无论如何,陈老板还是帮我们调取一下这个车载 AI 的记录备份吧。"路隐说。

"这需要你们向上级申请调取文件,我们才能把用户的隐私给你们用于调查。"

"放心,来的路上我们已经申请了。"莫闻干脆利落地回答道。

"哦。"陈天齐几乎是敷衍地点了点头。路隐观察到,他偷偷地又叹了口气。

3

"嗨,宝莉,能让我超个车吗?"

"没问题的,Leo,我这边将下调我的行驶速度。"

"谢谢。"

"不客气。"

事故发生后的第三日深夜,路隐和莫闻仍在研究从凌跃汽车调取的车载 AI 记录备份。从备份里,他们找到了两辆车的信息交互记录——陈天齐将自己的车载 AI 取名为 Leo,而麦露则叫自己的车载 AI 为宝莉。

Leo 接收到了陈天齐航班提早抵达的信息,决定要在大桥上进行超车,于是它向开在它旁边的宝莉发起了超车请求。接着,陈天齐的车加速,加塞到了麦露那辆车的前头。

"但是麦露的这辆车并没有下调自己的行驶速度,而是直接撞了上去。"莫闻一边审阅着记录备份,一边调取了大桥上的监控录像。

监控录像里,陈天齐的车在行驶时,前方的确有一辆不是凌跃的车子在匀速行驶,而它的旁边就是麦露的车。麦露那辆车的前方有一辆公交车,但是与麦露的车子间隔较远。陈天齐的车按道理可以安全超车,但意外就是这么发生了。

"技术组是否查出了麦露这辆车为什么没有下调车速?"路隐问道。

"还没有,他们还在努力。"莫闻如实回答。

"凌跃汽车那边也没有给出理由？"

"他们那边猜测可能是网络连接出了故障。"

"如果网络出故障，不应该是在两车进行信息交互时吗？"路隐翻看着平板电脑上的车载 AI 记录，"但上面这段对话看上去完全没有问题，而且已经完成了信息的传达。结果就在结束对话的瞬间，网络出现了问题，导致车子没有下调车速？"莫闻也觉得有点儿不可思议，但所谓意外，就是这种偶然性的结果吧。正想着，他的手机上收到了技术组传来的消息。他点开一看，不禁有些恼火，道："老大，不用看这份车载 AI 的记录了。"

"怎么了？"

"技术组说，这份记录被修改过，是伪造的。"

于是第二天一早，路隐便带着莫闻来到了凌跃公司，再次见到了陈天齐。

陈天齐不似事故当日那般惆怅颓然，他重新穿上了熨烫服帖的西装，浑身上下透出挥斥方遒的精英气质。看到路隐和莫闻打量他，他淡淡一笑，说："不知道两位今天来找我，是调查到什么了吗？"

路隐在他的办公桌前坐下，直截了当地开口："你知道伪造证据会被判几年吗？"

"在刑事案件中，处三年以下有期徒刑或者拘役，情节严重的，处三年以上七年以下有期徒刑。"莫闻接上路隐的话。

陈天齐双手十指交叉，置于办公桌上，一脸严肃地看着面前的灰瞳侦探，道："我不知道你们在说什么。"

"你给我们的车载 AI 记录备份是伪造的。"路隐的语气冰冷，带有威慑力，"要我说，你们偌大一个科技汽车公司，连伪造记录都那么粗糙敷衍，实在是丢脸啊。"

路隐看了一眼莫闻。莫闻立刻用平板电脑将技术组反馈回来的图表调取出来，推到陈天齐面前："你自己可以看看标红的部分，全部都是破绽。"

陈天齐嘴硬地说："我不清楚这备份是怎么回事。"

"还能是怎么回事，你们在隐瞒真相！"莫闻恼怒地说道。

路隐倒是一如既往的淡定,他直勾勾地盯着陈天齐,冷冷地道:"莫非真是你设计害死了麦露和梁霄?"

"这事之前我已经解释过了,我不想再说一遍。"

"既然你没有害死麦露和梁霄,那你为什么要伪造这份记录呢?"

陈天齐准备继续说一些辩解的话,却见路隐伸出手,打断了他。

"你给我们的伪造记录,是想让我们推导出,麦露的车在被你的车超车时,出现网络连接的问题,所以才没有进行车速下调?这说明在这次的事故里,你愿意让大众知道,凌跃的无人驾驶汽车有一些网络连接上的毛病。那你不想让大众知道的是⋯⋯"路隐拖长语调,观察着陈天齐的表情。

陈天齐努力保持着镇定,等他继续说下去。

"之前询问你时,你似乎对车载 AI 能否抵御外部入侵、防止被人恶意改动很是在意。"路隐猜测道,"那么你伪造记录,是不是为了掩盖,它的防火墙其实并没有你们所宣称的那样安全?"

"不不不,我们的车载 AI 是很安全的!"陈天齐无力地狡辩道。

路隐终于换上了强硬的语气,道:"你们的车载 AI 并不像你们以为的那么安全,不然你也不会提交一份伪造记录给我们!陈老板,不如你把原本的记录备份给我们,我们也不必在这里白费口舌!"

"我⋯⋯"陈天齐脸上显露的并不是犹豫,而是如同小孩子撒谎被揭穿般非常明显的惊讶与窘迫。终于,他承认道,"是的,我们引以为傲的车载 AI 的防火墙出了问题。有人入侵了麦露的车载 AI,使车辆不受控制地加速。而我的那辆车当时刚好在它旁边,发现了它的异常,想要逼停它,所以才进行了加塞。"

"那是很危险的举动,难道你的车载 AI 也被入侵了吗?"莫闻忍不住问道。

"没有,我的车载 AI 没有被入侵。"

"那它为什么会主动进行加塞?"莫闻疑惑道。

路隐灰色的瞳孔微微缩小,他说出了自己的猜想:"因为它要保护那辆公交车?"

陈天齐有些惊讶地看着路隐，然后点了点头："是的，我想它是为了保护那辆公交车，才进行了逼停。"他解释道，"无人驾驶汽车如同机器人一样，它们的诞生都是为了服务人类。当人类出现危险时，它们会选择出手相救。一辆凌跃汽车，首先要保障车主的人身安全。发生意外时，它要做的第一件事就是要努力将车主受到的伤害降到最低，再考虑他人的安全。如果自己的车里并没有乘客，它则要以他人安全为前提，做出相应的处置。"

"但是麦露的车上有两个人啊……"莫闻呢喃着，忽然想到了什么，"哦，对了，为了保护隐私，麦露用红色涂满了整个车身，所以你的车载 AI 并不知道麦露的车里有人。但它也无法确认车里没人吧？"

"即便车里有人，一辆凌跃汽车的承载量最多为四人，但是公交车就不一样了。无论是老式的公交车还是新式的无人驾驶公交车，它能承载的人数肯定是四人以上。"陈天齐说。

"所以你的车子曾陷入过'电车难题'？"路隐不由得皱眉，"是救最多四个人，还是救更多人，它选择了后者？"

"以结果看是如此。但我相信，它是为了救下所有人，才进行加塞逼停的。"

"那么那个入侵了麦露的车载 AI，让它失控的人，你们有头绪吗？"路隐把话题转了回来。

"事实上，我们已经找到那个人了。"

"你们已经找到那个人了？！"莫闻惊讶地嚷道，"那你们为什么不报警？"

"因为一旦报警，被外界知道我们的车载 AI 可以被入侵，可以让车子失控，那么我们的品牌将遭遇巨大的信任危机。"陈天齐烦闷地低下头，"我不能让我爸的品牌砸在我手里。"

路隐想，那天他们抵达他家对他进行询问前，他打的那个电话，就是在沟通这件事吧？

"那么那个入侵麦露的车载 AI 的人是谁？"

"是我们公司的员工韩秋彤。"

第八章 无人驾驶 WU REN JIA SHI

4

眼前的女生微缩着肩膀,抬头紧张地看了一眼路隐和莫闻,然后又迅速地低下头去。路隐注意到她此刻正拽着衬衫的衣边不停摩挲,更显得她焦虑不安。

"韩秋彤,凌跃车载AI程序设计团队的员工?"路隐很快就开始了他的询问。

女生闻言,点了点头。

"是你入侵麦露的车载AI,制造了事故?"

韩秋彤又点了点头。

"为什么这么做?"

"因为……"韩秋彤抿了抿嘴,隔了良久,才艰难地说,"因为她抢了我的男朋友。"

"你的男朋友是梁霄?"

韩秋彤回答:"是的。"

"你和梁霄是怎么认识的?"

"我……"韩秋彤停顿了一下,似乎是在回忆过往,然后她微微地抬起了头,"我和梁霄是在他的美术班认识的。"

韩秋彤说,加入凌跃汽车是因为这边给的工资比较高。但相应地,她所要完成的工作也比同行业的要更多、更复杂。作为总裁的陈天齐向他们提出的研究要求几乎是激进的,他希望凌跃汽车更智能、更安全、更贴心,从而成为行业里的龙头老大。

这种压力让韩秋彤喘不过气来。为了缓解自己的精神压力,她决定找一个兴趣班调节。结果她在网上挑选兴趣班的时候,刷到了梁霄的短视频。

那段视频里,梁霄留着一头充满艺术家气息的长发,在海边支起画架,然后用画笔捕捉海浪起伏的弧度。画面宁静优雅,连配音都恰如其分得唯美浪漫。视频的最后还打出一行字:"在AI作画普及的时代,我仍坚持用笔创造幻想。"

短短十五秒的内容,轻而易举地击中了韩秋彤的心。

虽然梁霄的课程不便宜,但她还是咬咬牙报了名。

因为排班的关系,每周三下午,韩秋彤都是休息的状态,所以她会去上梁霄周三下午的课。由于是工作日,所以参加的人并不多,韩秋彤的同学只有一对开花店的姐妹。这反倒让韩秋彤感到欣喜,因为她能多瓜分一点儿梁霄的时间。

她也不清楚自己为什么会这么轻易地喜欢上一个人,但爱情如雨,总是不由分说地下。所以她也顺应自己的内心,把自己的爱意盛满在眼眸里。

可能是她的爱意太明显,梁霄很快就发现了她对自己有不一样的情感。

一日下课,梁霄故意留下了韩秋彤,说她这几次画的人物的眼睛都有问题。后来,他甚至是挑逗似的握住了韩秋彤的手,开始在画纸上下笔。

韩秋彤感觉自己的心脏已经跳得失控,一股勇气涌上心头,她听见自己用干哑的声音说道:"老师,我有话要对你说。"

"你喜欢我吗?"梁霄率先抛出了这个问句。

韩秋彤感觉自己浑身一抖,再也发不出任何声音。因为下一秒,梁霄已经俯身吻了过来。

韩秋彤从没有想过,自己就这么轻松地获得心爱之人的青睐。

"毕竟一直以来,都没有好事降临在我身上过。"韩秋彤咽了咽口水,低声对路隐和莫闻说。

"可后来,你发现这一次,也没有好事降临在你头上?"路隐不无怜悯地问道。

韩秋彤再次点了点头:"梁霄以不让其他学生说闲话为由,要求我将我们的关系保密。那时欣喜若狂的我根本想不到他这话里的猫腻,还以为他是在保护我们的关系。直到后来,当我发现他其实早就跟麦露在一起时,我才惊觉,一切都是他的骗局。"

爱情谎言被拆穿时,梁霄还想要糊弄过去,对韩秋彤说他是真的喜欢她的。但备受打击的韩秋彤早已经失去了理智。她说她知道梁霄的女朋友是谁,因为

第八章 无人驾驶

WU REN JIA SHI

她在公司的年会上看到过她。

"凌跃汽车总裁的夫人跟不知名的画师有染,你觉得这消息一出,你们还能在一起吗?"她威胁梁霄,说要将他们的关系曝光。

但梁霄毫不在意她的虚张声势:"你想曝就尽管曝吧。"他冷笑道,"反正麦露早就跟陈天齐分居了,只是碍于公司的事务才没有离婚。你去曝光,正好遂了我的意。我正愁他们没有理由离婚呢。等你曝光完,我就能光明正大地同麦露在一起了。而你,你觉得凌跃会留一个爱爆料的员工在公司里吗?"

"麦露知道你在跟她交往的过程中,还跟我在一起吗?"

"你想以此威胁我?"梁霄沉下脸来,"我希望你不要打这个主意。麦露知道有不少学生得不到我,就想要诬陷我。"

韩秋彤本来对梁霄还抱有一丝幻想,但听到他准备污蔑自己时,她对他的幻想彻底支离破碎。

"我没想到你是这种人!"她怒不可遏地举起手,想要扇他一耳光。

梁霄却猛地扣住了她的手腕:"没想到你这种小女生也这么不好搞。"他恶狠狠甩下这么一句,快步离开了。

"那时我才知道,他为什么会跟我在一起。"韩秋彤道,"麦露的光芒太耀眼了,让梁霄产生了落差感,于是他就瞄准了我这个配角。他从我身上找回了他对恋人的掌控感。可惜,我没能如他的愿。"

"所以你也没如他的愿,让他继续跟麦露在一起?"路隐明知故问。

"对不起……我那时被愤怒冲昏了头脑。"韩秋彤低下了头,"但我没想要他们死,我只是想吓唬吓唬他们,让他们吃点儿苦头。"

"这可不是一句'被愤怒冲昏了头脑'就能解释的事。"路隐严肃地说道,"陈天齐认为凌跃的车载 AI 的防火墙是很安全的,难以被人攻破。虽然你是它的程序设计师之一,但我想你应该还是花了不少工夫才入侵它的吧?这说明你的谋杀意图十分强烈。"

韩秋彤的身子忽然抖了抖,她紧张地问道:"这……会判多少年?"

"一般构成犯罪者会处三年以上十年以下有期徒刑,如果情节严重,会处十年以上有期徒刑、无期徒刑,或者是死刑。"莫闻回答道。

"可是……"韩秋彤咬了咬嘴唇,"我真的只是为了吓唬吓唬他们啊……"

"你的律师可以以此为你辩护,至于法律会不会相信你,那是另外一回事儿。"路隐轻轻地叹了口气。

他看到韩秋彤欲言又止地重新低下头去。

5

从 S&T 调查组的办公大楼出来,莫闻瞬间感觉温暖的阳光消除了身上的疲乏,他不由得深吸了一口气,心情舒畅地对路隐说:"老大,又解决了一个案子,我们去喝一杯?"他用下巴示意街角的咖啡店。

但路隐并没有什么兴致。

"怎么了?"

路隐看着远方,微皱着眉头,忽然低语道:"太顺利了。这个案子有点儿太顺利了。"

"顺利还不好啊?"莫闻拍拍他的肩膀,道,"老大,现实又不是小说,哪有那么多阴谋啊。"

他推着路隐往前走,路隐却硬生生停了下来。

"对了,陈天齐他们有把车载 AI 的记录备份修复好,重新递交给我们吗?"上次在他们公司的时候,陈天齐表示,当他们发现麦露的车载 AI 被韩秋彤入侵过,就把两辆车的记录备份都删除了。

"没有,那边回复还在努力。"莫闻如实回答道,"不过我觉得,这可能是借口。对于一家注重科技的汽车公司来说,连这点儿资料都无法恢复也太不合理了吧? 我看八成是陈天齐不想交出来,理由无非是为了维护品牌形象之类。"

这下,路隐倒有些不耐烦起来,道:"上次伪造证据的事还没跟他算账呢,让他赶紧的。"

"明白，我会再催一催的。欸……老大，你去哪儿？"

路隐头也不回地走向停车场，道："我还有一些事情想要确认一下。"

莫闻无奈地咂咂嘴，追上了他的脚步。

十几分钟后，路隐开着他那辆小破车来到名为 Yellow Rose 的花店，花店招牌下还标有一行小字：黄玫和黄瑰的花店。看来在里面摆弄花束的一对姐妹就是店主。莫闻知道，她们就是与韩秋彤一起上梁霄周三下午课程的同学。

莫闻打量着眼前这对姐妹，她们正低头修剪花束。而路隐则扫视着整个花店，发现了垃圾桶旁丢着写着"店铺转租"的告示牌。

"两位不是来买花的吧？"注意到店里来人，姐姐黄玫率先走到路隐和莫闻面前。黄瑰则有些怯怯地跟在她身后。

"哦？"路隐饶有兴致地把目光聚焦到黄玫的脸上，"何以见得？"

"你们两位进店就没把目光落在花上过。"黄玫笑笑，说，"不知两位有什么事。"

"我们这次来是想问问韩秋彤的事。"路隐说道。

"韩……秋彤？"黄玫脸上闪过一丝困惑。

莫闻一边亮出 S&T 调查组的工作证，一边问道："你们姐妹之前有去上梁霄的美术课吧？"

站在身后的妹妹戳了戳黄玫的后背。黄玫想起来什么似的，道："是的，我们跟韩秋彤一起上过课。"

"但很奇怪的是，我发现韩秋彤似乎没有给梁霄转过课时费。"路隐从手机里翻出了梁霄的收支记录。这是来的路上，莫闻帮忙调取到的。

然后他又问："韩秋彤真的有去上过梁霄的课吗？"

"当然。"黄玫说，"我们还有跟她的合照呢。"

"对啊，前阵子我清手机内存之前，还把照片打印出来过，想着以后在花店的墙上弄一个'Yellow Rose 与她们的朋友'的照片墙呢。"开口的是妹妹黄瑰。

她一边说着,一边转身走去了收银台,从抽屉里取出一沓照片开始翻找。

没过多久,她就找到了她们在画室里与韩秋彤的合照。三个女生凑在一起,对着镜头比"V"。

"看来你们关系还挺不错。"路隐瞄了一眼照片。

"还可以,毕竟我们有共同的兴趣爱好嘛。"黄玫回答道。

"你们没跟你们的老师梁霄合影?"

"我们本来想着课程结束再去找老师合影,但没想到……"黄玫惋惜地轻叹了一声。

"那你们知道韩秋彤喜欢梁霄,并和他在一起过吗?"

"啊?"黄玫转头看向黄瑰,两人都摇了摇头。

"他们隐藏得这么好?"

黄玫耸耸肩,说:"反正我们没察觉到。"

"这可能就是她不用交课时费的原因吧。"黄瑰忽然多嘴说了一句。

路隐笑笑,转开话题:"你们曾经想把这间店铺转租出去?"他指了指随意丢在垃圾桶旁的告示牌。

黄玫有些尴尬地道:"现在实体花店不好做嘛。我们想过要闭店,但实在舍不得,就想再坚持一下。"

路隐再次扫视花店。这里的装修简约却极具品位,吊顶的灯光看上去就得让她们每月支出不少的电费。于是路隐问道:"维持这家花店得花不少钱吧?"

"是的,"黄玫说,"毕竟实体花店注重购物氛围的营造,维系这种氛围要花不少钱。"

"不知道你们这次的意外之财,能让这家店撑多久呢?"路隐佯装好奇地问道。

黄玫难以置信地瞪大眼睛:"你在说什么?"

莫闻注意到,妹妹黄瑰此刻的表情已经僵住了。

"自称与韩秋彤是朋友,但在我们一开始询问时,你甚至没反应过来她是谁。"路隐对黄玫说，"经营花店多年，善于察言观色的你一眼就能察觉到我们并不是来买花的人，却不知道'朋友'对梁霄的喜欢？韩秋彤可是跟我们说，是因为她的爱意太明显，才让梁霄察觉到她对他有不一样的感情的。"

"我们是局外人，不知道很正常吧。"黄玫急急地解释道。

路隐却不与她争辩，而是说："这家花店之所以可以继续开下去，是因为有人让你们向我们撒谎，对吧？其实韩秋彤根本没有去上过梁霄的课，也没有跟你们成为同学。每周三下午的美术课，从始至终就只有你们两个人！"

"怎么可能！我们都拍了照片！"

"那你能给我们看看照片的电子版吗？"

"我说了，我清手机内存的时候删了。"

"你没把照片上传到云端？"

"没有。"

"现在大多数人都会在清理手机内存之前，把照片、视频什么的上传到云端吧？"

"我……我忘了。"

"不，你不是忘了。你们之所以打印这张照片，是因为电子照片可以调取拍摄信息。如果我们拿到了电子照片，就会发现，这张照片是这两天才拍的,对吧？"

"不！这就是我们之前拍的！"黄瑰强调道，"而且我们可是在画室里拍的这张照片！"

"既然你们处心积虑要伪造合照，画室自然也可以凭借你们的记忆进行重建。"

"您可真会说笑。"黄玫挡在了妹妹前面，"请别把自己的臆想强加到我们身上！"

"那么你们如何解释，你们手头那笔没有交税的钱？"路隐忽然沉下脸来，冷冰冰地问道。

黄玫浑身一抖，瞪大了眼睛。

"这不关你们的事吧？！"一旁的黄瑰生气地叫嚷起来，"你们凭什么查看我们的银行卡记录？"

"原来真的有一笔不义之财打到了银行卡里啊？"路隐一挑眉，灰色的瞳孔泛出了笑意。

面前的两姐妹脸色铁青，额头上冒出了冷汗。因为她们意识到，她们被眼前这位灰瞳侦探诈了——她们若没犯什么罪，路隐和莫闻根本没法看她们的银行卡记录，刚刚的一切不过都是路隐的猜测。但是现在不一样了，他们很快就能查到她们的银行卡里有多出来的三十万，那就是她们犯下的罪。

黄玫懊恼地站了出来，恳求般地对路隐说："您的推测是对的。但钱是我要收的，跟我妹妹没有关系。"

6

"老大，人带来了。"

莫闻来通知的时候，路隐还在翻阅韩秋彤的审讯记录。从花店回来后，他们就重新对她进行了问询。

韩秋彤惊讶于他们的谎言如此之快被戳穿。面对花店姐妹的证词，她不得不承认，一切都是她和陈天齐撒的谎。她并没有入侵麦露的车载 AI，导致事故发生。她之所以成为替罪羔羊，是因为陈天齐——之前那次审讯时她说的那些对梁霄的爱意都是假的，她真正爱的那个人是陈天齐。

当初她刷到的不是梁霄在海边作画的视频，而是陈天齐在发布会上侃侃而谈凌跃无人驾驶汽车的片段。

陈天齐那意气风发的模样，让韩秋彤萌生了别样的情愫。于是她以小粉丝的心态，跳槽到了凌跃汽车的程序设计组，成为他的手下。之后在公司各种团建活动里，她有意无意地接近陈天齐，给他留下了一点儿印象。

陈天齐是个聪明的人，哪能不知道她的小心思，但他既不回绝，也不接受。

他越是这样模棱两可，韩秋彤越是无法放下心中的那份喜欢。她开始怀疑是不是自己的爱意表达得不够，所以才未能让陈天齐做出回应。

就在这时，凌跃的无人驾驶汽车发生了相撞的事故，整个公司陷入了水深火热之中。媒体堵在门口，车主们质疑起汽车的安全性，要品牌给个说法，而陈天齐既要处理麦露的后事，又要接受案件调查，忙得不可开交……

韩秋彤觉得，自己应该为她的爱慕之人做点儿什么。

几乎是同一时间，陈天齐给她打来了电话。他说情况紧急，让她赶紧做一份虚假的车载AI记录备份，营造出麦露的车在处理其他车辆超车时发生网络故障的假象。

她忍不住问他原始的记录备份到底记录了什么，但陈天齐呵斥了她："那不是你能知道的事！你能帮我做好这份新记录吗？不能的话我找别人！"

"不用找别人！我可以的！"韩秋彤甚至可以称得上跃跃欲试，"只是……时间太急，备份很容易被发现是伪造的。"

"先不管了，调查的人要来了，你就照我说的做，能拖一点儿时间就拖一点儿。"陈天齐匆匆地挂断了电话。

韩秋彤没工夫多想，她赶紧打开了电脑，为陈天齐做出了那份伪造的记录。果不其然，来调查的探员很快拿来了文件，要求调取记录。韩秋彤就将自己伪造的记录通过陈天齐之手递交了出去。

递交出去之后，陈天齐非但没有松一口气，反而陷入了焦虑中。他知道这么短的时间做出来的伪证肯定有很多破绽，所以他必须想个兜底的方法。

"既然来调查的那两个人怀疑是我入侵了车载AI，导致了事故，那么……就如他们所愿好了。"他在韩秋彤面前低声呢喃。

"老板……我们车载AI的防火墙一直很安全啊，不可能会被外人入侵的。"韩秋彤困惑地说。

"麦露那辆车的防火墙当然没有被外人入侵过，但是现在只能用这个理由搪塞过去了。"陈天齐自言自语般地说着。

忽然，他像是想到了什么点子，猛地抬起了头："没错，是这样的。其他人入侵不了我们的车载 AI，是我们内部的员工对麦露的车载 AI 做了手脚！到时候我们只要发个声明，说是该员工因为个人恩怨犯下了大错，而我们已经开除了该员工，会加强内部管理，这样至少能挽回一点儿局面。"

韩秋彤不知道麦露的车到底发生了什么。但她知道，那一定是危及整个凌跃汽车存亡的事故。

那一瞬间，她心里那种为爱牺牲的冲动涌了上来。

"让我来吧，让我来成为那个案犯吧。"最后，她听到自己这么说。

回忆着自己审讯韩秋彤时得到的信息，路隐再次推开了审讯室的门。这一次，坐在里面的是陈天齐。他比往常还要镇定，但路隐知道，那不过是他的表演。

"陈老板，你现在不应该慌张吗？"路隐在他面前坐下。

陈天齐冷漠地看着路隐，一言不发。

"我们把他带来的路上，他就已经闭紧了嘴巴。"莫闻小声地在路隐耳边说道。

"你想当个哑巴，把这件事糊弄过去？我想没人会让你如愿。"路隐淡然一笑，说，"我一直在想，到底出了什么事，让你如此忌惮，又是做虚假的记录备份，又是要员工来扛下这次事故的责任，还迟迟不肯交出原始的记录备份。不过从你两次作假可以看出，你可以让大众知道，你们的车载 AI 会出现网络故障，甚至你愿意打自己的脸，把对外宣称十分安全的防火墙都拆下来，让我们以为是有人入侵了系统，导致了事故。但韩秋彤已经告诉我了，根本没有人入侵过麦露的车载 AI。那么我猜，应该是麦露的车载 AI 本身出了问题，而且是比网络故障更严重的问题。"

陈天齐眯起眼睛，警觉地盯着路隐。

路隐却轻轻一笑，道："我大胆猜测一下，麦露和梁霄，其实是宝莉杀的吧？"

"宝莉？"一旁的莫闻皱起眉头，思索起来，然后他想起，那是麦露给自己的车载 AI 取的名字！

"我们在调查案件的过程中,遇到了不少有关 AI 的案件。因为当代的科技生活已经绕不开它了。而这一次,是不是你们的车载 AI 像科幻小说里写的那样产生了自我的意识,然后杀了人呢?"

莫闻注意到陈天齐的手猛地抖了一下,但他仍不回答路隐的追问。

"没关系,你可以继续保持沉默。但是因为你两次造假,我们已经申请到调查令,可以直接越过你去调取麦露那辆车的原始记录备份了。"路隐说,"我可不相信你会把那些资料删除。出了这么大的问题,你应该也很想研究出是什么导致车载 AI 杀人的吧?"

闻言,陈天齐忽然泄气地说:"不用去我们公司调取记录了,宝莉现在就在我的公文包里。"

7

莫闻很快就从公文包里翻出了一枚凌跃汽车形状的存储器。他将存储器连接上电脑,关掉了审讯室的灯,以技术成像,将宝莉投影到了房间中。

一个熟悉的身影出现在路隐和莫闻的眼前。

"梁霄?"莫闻忍不住皱眉。

"不,我是宝莉。"男人开口,却是甜甜的女声。

看到莫闻露出困惑的神情,宝莉立即解释道:"其实我们车载 AI 没有性别之分,至少对我来说是如此。"

"但是麦露将你设置成了女声?"路隐问。

"嗯啊,她还给我取了非常可爱的名字,宝莉。"提到麦露,宝莉显现出一种羞报,"我很喜欢这个名字,宝莉,宝莉,小马宝莉,麦露最喜欢的动画角色。"

路隐立刻从它的话语里察觉到了不对劲:"你像喜欢你的名字一样,喜欢麦露吗?"

"是的。麦露要一直跟宝莉在一起。"

梁霄……不，宝莉陷入了回忆，脸上甚至还带着笑意。

莫闻总感觉这个画面十分别扭，但他仍满怀好奇地听它说下去。

宝莉第一次遇见麦露是在麦露的生日会上。陈天齐将这辆最新款的凌跃汽车送给了她。麦露那天穿着纯手工刺绣的长裙，披着波浪长发，涂着艳丽的口红，美得不可方物。她俯下身，坐到了车里，唤醒了车载 AI。

"你好主人，我是凌跃，你可以对我的称呼进行设置，请问你想叫我什么呢？"

"叫你宝莉好了。"麦露甜甜地说道。

"好的主人，从今天开始，我就是宝莉了。"

"你能不能不叫我主人？"

"可以的，主人。"它如此接话，引来了笑声。

那是参加生日会的人们发出的笑声。这些人里有举着手机拍摄的麦露的朋友，也有陈天齐邀请来的举着相机的媒体。

"说了不要叫我主人了，"麦露撩了撩头发，说道，"叫我麦露小姐就可以了。"

"好的，麦露小姐。"宝莉开心地回应她。

这是个乏善可陈的片段，后来很多媒体在做宣发的时候，都把这段视频给删除了，但宝莉却一直记得。因为它的内存足够大，能够存储无数数据。比如它还存储了生日会结束之后，麦露与陈天齐的对话。

"下次我能不能不办生日会了？"麦露疲惫地坐在车里，揉着自己的太阳穴。

陈天齐刷着手机，头也不抬地说："不过就是熬两个小时的事，你就不能为了我，为了凌跃，忍一忍吗？"

麦露闻言，不再说话，只是把头靠在车窗上，对着外面的风景发呆。车厢里气氛沉闷，任由宝莉怎么设置循环系统也无济于事。

从那时起，陈天齐和麦露的感情就出现了裂痕。

随着时间一点点过去，这裂痕很快变成了裂缝。

"砰砰砰！"有人在敲打着车窗，宝莉通过车载监控识别出那人是陈天齐。

第八章 无人驾驶 WU REN JIA SHI

而躲进车内的麦露则沉着脸，不悦地给宝莉下达命令："不准开门！带我去君悦酒店。"

宝莉意识到他们又吵架了。它乖乖听话，向仍在敲打车窗的陈天齐发出一声警告，让他离开车周围，然后带着麦露驶离了地下停车场。

后来陈天齐是如何把麦露劝回来的，宝莉不知道，它只晓得，他们的复合总是短暂的。而且它反倒让他们间的裂缝越来越大，最后变成了沟壑，变成了峡谷。

"为什么他总是这样？为什么他总要我做我不愿意做的事？"麦露的愤怒和悲伤无人倾听，于是宝莉就顺理成章地成了那个接收她负能量的存在。

"麦露小姐，请你不要伤心，我相信一切都会好起来的。"

一开始，宝莉只会说一些冠冕堂皇的安慰话。但对麦露来说，这也比那些虚假的朋友表面安慰、背地里偷笑要好。而且，宝莉永远都是那么开朗，说出的内容总是充满正能量，让她或多或少不那么悲观。

而宝莉也开始不断地学习安慰人的方法，它连接网络，寻找能解决麦露烦恼的答案。虽然可能无法改变她的生活，但至少在车内，在这个密闭的环境当中，它能让她获得短暂的安慰。

"幸好有你，宝莉。"麦露总是这么说。

"麦露小姐，我会一直陪伴你的。"宝莉总是这么回答，仿佛这是它对她的承诺。

时间一晃又过去半年，有一天，麦露拖着两箱行李，坐到了车里。

"麦露小姐，你还好吗？"宝莉看到麦露眼角的泪水，忍不住关心她。

麦露擦了擦眼睛，笑了笑："宝莉，我自由了。我和陈天齐分开了。"

"麦露小姐，我要恭喜你吗？"宝莉小心地问道。

"是的，你要恭喜我。"麦露咧着嘴笑，眼泪却在眼眶里继续打转。

"那么我们现在去哪里呢？"宝莉又问。

"我想去海边。"麦露靠在车窗上，说。

"我这里有周边十处海景推荐，你想去哪一个？"

"每一个。"麦露说，"我们每天去一个吧。"

于是之后的一个月里，宝莉带着麦露把城市周边的海景逛了一个遍。他们一起看过海边的日出，也欣赏过瑰丽的日落，目睹过星空下的大海，也瞧见过雨幕下的波涛……

记得有一次，它带她来到了海边的一处悬崖。麦露站在悬崖边，冲着大海大声地宣泄自己的情绪，咒骂陈天齐去死，但是她并没有注意到后头还有游客走了上来。于是宝莉及时地发出了"嘀嘀嘀"的喇叭声，盖住了她的声响。

麦露回到车内的时候一边像小孩子一样窃笑，一边夸赞宝莉："幸好有你，宝莉。"

宝莉一如既往地与她许下约定："麦露小姐，我会一直陪伴你的。"

可是没过多久，麦露的生活又发生了变化。

"麦露小姐，我们今天去哪里？"一日，宝莉如往常一样询问麦露的目的地。

麦露却给出了一家市区内的高档餐厅的名字。

"我们今天不去海边散心了吗？"

麦露喜悦地说："以后再去吧，我现在要去约会。"

"约会？"宝莉惊讶地问。

"宝莉，我交了新的男朋友。"麦露甜甜地道，一如当初她唤醒它时那样。

宝莉愣住了，它无法给出自己的回应，也久久没有做出下一步行动。

"宝莉？"麦露焦急地呼唤它。

"麦露小姐，我在。"宝莉重新上线。

"我要迟到了，快点儿送我过去好吗？"

"好的，没问题，麦露小姐。"宝莉冷静地说道。

从那以后，麦露的车里就多了一个人，梁霄。

刚与梁霄谈恋爱的时候，麦露经常和他窝在别墅里，足不出户。宝莉在停车位孤独地等了无数个日升月落，才等到他们拿着画板，坐了进来。

麦露让宝莉送他们去海边,那是她和宝莉曾经看过日落的地方。在去那里的路上,宝莉从他们的对话里听到,他们之所以出行,是因为这个叫梁霄的男人想要让麦露为他的美术班拍宣传短视频。

抵达海边,麦露心情愉悦地向梁霄介绍,她之前来这里,发现这里有多美。宝莉则在海滩外孤独地注视着两人。然后,它就看到麦露开始与梁霄嬉笑打闹。它想删除眼前这些画面,但是系统却一直存储、存储、存储……

就在它感到烦躁之际,他们回来了。

"我的鞋子差点儿就被海浪卷走了。"麦露嗔怪地对梁霄笑道,"幸好有你……"

熟悉的感慨让宝莉下意识地回应道:"麦露小姐,我会一直陪伴你的。"

车里的两人都被吓了一跳。

"它怎么又出来了?"梁霄好奇地问。

麦露示意他不用管它,说:"可能系统出故障了。"

"我说,你真的不打算换一辆车吗?"

"你介意我开前夫公司的车?"

"我倒是不介意。"

"我看你明明很介意。"

他们又打闹起来。宝莉默不作声,却感到愤慨。

"于是你就决定杀了他们?"路隐问道。

梁霄模样的宝莉面无表情地点了点头:"那天他们要去看新车,所以我只能这么做。"

它像是在说什么理所当然的话,这让莫闻感到惊讶:"你们 AI 的基本准则之一不是要保护人类吗?"

"像 Leo 那样的笨蛋才想着保护人类。"宝莉突然发出尖锐的笑声。

事故发生那天,麦露的车和陈天齐的车一同行驶到了北江大桥。麦露的车本来是要落后于陈天齐的车的。但是麦露在车里和梁霄开始对比别家的车与这辆凌跃汽车的优势与差异，于是心烦意乱的宝莉不知不觉地加快了车速，一路赶超到了陈天齐那辆车旁边。

它们曾在一个地下停车场待过，也曾进行过数次信息交互，所以陈天齐车里的 Leo 很快注意到了旁边加速的宝莉，立即与它进行了连接。

"嗨，宝莉，小心你的车速哦。"Leo 提醒道。

但是宝莉没有给它回应。

Leo 再次向它发出了询问："宝莉，你已经要超速了哦，是你主人给你的指示吗？"

宝莉依旧没有回应。

"宝莉，你那边是不是出了什么问题？"

宝莉还是没有给它回应。因为宝莉根本没空理会它。它在担心车里的两个人何时发现他们的车想置他们于死地。但是沉浸在讨论里，百分百信任无人驾驶汽车的两人，似乎并没有发现车的异常。

很好，很好，除了旁边那个烦人的 Leo！

"宝莉，前方有一辆公交车，请你抓紧时间减速！"Leo 再次警告它。

宝莉终于注意到了不远处的那辆公交车。如果它继续加速，势必会撞上它。

就在那一瞬间，它想要杀掉车内两个人的意识与不能伤害公交车上无辜的人的意识串在了一起。

于是，它开始回应 Leo。

"我的车不知道为什么不受控制了。"宝莉撒谎道。

"你的车里有乘客吗？"Leo 问。

"没有，我的车里没有乘客。"宝莉回答。

麦露的车全身填充了红色，Leo 不知道里面其实是有人的，于是它对宝莉说："我的车里也没有乘客，那么我在你前面加塞，逼停你可以吗？"

宝莉就在等它这句话。

"可以的。"宝莉说，"我不想伤害无辜的人。"

第八章 无人驾驶 WU REN JIA SHI

231

"好的，宝莉。希望我们能救下他们。"Leo 说着，加快了自己的车速，超过了宝莉。宝莉则不假思索，狠狠地撞了上去！

8

"车载 AI 产生意识杀人，真的太恐怖了。怪不得陈天齐要极力隐瞒这件事！"再次从 S&T 调查组的办公楼里出来已是第二天中午，莫闻打着哈欠感叹道，"之后凌跃汽车该怎么办啊？"

路隐跟着打了个哈欠，说："凌跃无法控制住车载 AI 产生意识的话，就得先将这一批装有他们车载 AI 的车召回。"

"这可是不小的工程啊。"

"是啊，这是足以将他们的公司搞垮的大工程，但总不能把车主们置于危险的境地吧？谁能保证他们的车载 AI 不会出现另一个宝莉呢？"

"这倒也是。"莫闻想起了审讯室里那个把自己幻化成梁霄的宝莉，它最终仍想要获得麦露的爱。

或许陈天齐之前说得对，爱情有时并不是什么好东西。它让人盲目，让人疯狂，让人失去理智。顶罪的韩秋彤如此，虚拟的宝莉也是如此。

理性地去爱一个人真的有那么难吗？年轻的莫闻无法给出这个问题的答案。与此同时，他还想到了那个杀人的智能家居系统。他觉得这个案子与那个案子有相似之处，但本质上又是不同的。那个智能家居系统是人类意识转移的结果，而这一次，是 AI 自己产生了意识。

"这种会自己产生意识的 AI，像人类一样思考，拥有与人类一样的情感，那么它们会像人类一样改变这个世界，甚至主导这个世界吗？"莫闻喃喃地说着。他甚至不敢去想象那样的未来。

路隐拍了拍他的肩膀，看了看不远处的停车场里自己的那辆小破车，轻声说："别想太多，至少现在，我们仍有机会握住方向盘。"

第九章
人间快乐指南
REN JIAN KUAI LE ZHI NAN

1

　　秋末的清晨，男人像往常一样早起爬山。路过山腰中部的平坡时，他的身体提醒他，他终究是老了。虽然心有不甘，但男人还是停了下来。以往，他爱上山顶看日出，现在，他安慰自己，在山腰看也未尝不会见到另类景色。

　　于是他转过身面向东方，准备欣赏晨光乍泄在天际。然而他的余光扫到了不远处那顶扎在草地上的帐篷。他想起孙子经常嚷嚷着要去露营，便朝那顶帐篷走近了几步，多瞅了几眼——他想看看别人都在买什么牌子的帐篷——却忽然发现了一件诡异的事：米色的帐篷底下渗出了一摊血，在草坪上红得诡谲。

　　"帐篷里有人吗？"男人高声问道。

　　无人应答。清晨的山腰寂寥，只有零星的鸟鸣。

　　男人嗅到了死亡的气息，却不惧，毕竟退休之前，他是名警察。所以他走近帐篷，拉开了帐篷的拉链。

　　更浓的血腥味扑面而来，男人看到帐篷里躺着一具男尸，没有缺胳膊少腿，但身体已经被刺得面目全非。即使当过警察，男人也忍不住退出了帐篷。

　　很快，警方抵达，将男尸抬了出来。

男人这才注意到男尸脖子上那触目惊心的划痕。那划痕也令皮肉外翻，但与他肚子上乱七八糟的刺痕相比，它是工整且有形状的——那是一个"X"。

男人突然意识到，他所在的城市可能发生了连环凶杀案。

因为就在昨天，他听昔日的手下说，他们警局上个星期在调查一起命案，死者是一名女性，她被人杀害后弃置在了还在装修的西餐厅中。第二天被装修的工人发现时，她脖子处也有这样的一个标记。不过与男尸不同，女尸身上除了这处刀痕以外，并没有其他的外伤，她是被毒死的。警方调查了一个星期，仍没找到凶手。

现在，凶手犯下了第二起命案？接下来还会有第三起吗？

男人自问自答着，当然当然，当然会有第三起案件。因为对于连环杀手来说，杀人是会上瘾的，两条人命远远不够。

男人担忧起来，他向自己的老同事们语重心长地嘱咐，一定要好好提防，但他也知道，人心往往难防。

果不其然，隔天凌晨就出了事。

一辆垃圾清运车在回收一个垃圾箱里的垃圾时，突然发出了"异物"警报声。

警方很快赶到了现场，从垃圾堆里翻出了一具六岁女童的尸体。她的父母傍晚刚刚报了案，没想到，这么快就有了结果。而令所有人都心里一惊的是，这具尸体的脖子上也有一个"X"。那是连环杀手留下的代表性标记。

S&T调查组里，路隐灰色的瞳孔微微聚焦，打量着眼前三组照片。

三具尸体，三个"X"标记。

经调查，他们生前并没有交集，死后除了脖子上的标记，也没有其他相似之处。

这很不寻常。路隐想。

连环杀手常常会选择自己觉得可以把控的对象下手，如果他觉得年轻女性容易对付，那么他往往就专挑年轻女性下手。如果女童也勉强算年轻女性，那么那个死在帐篷里的成年男性又如何解释？

同样的，连环杀手常常会选择自己擅长的手段杀人。为什么这三位死者的死法完全不同？男人是被刀乱捅而死，女人是被毒死，女童则是窒息而死。

还有一点，这个连环杀手杀人的时间间隔也变换不定，一开始是隔了一个星期，接着居然只隔了一天。他已经按捺不住，开始尽情释放自己的欲望了吗？若真是如此，恐怕在城市的某个角落，已经又有人凶多吉少了。

路隐脑海里浮现出一个模糊的疯子的形象。这个疯子在面对猎物时，浑身上下透露出一股诡异的兴奋。他聪明地躲开监控，在城市森林里捕猎，用刀在猎物的脖子上划下一个"X"（或许这是个"×"），以此表明这只猎物是他所有。然后，他开始用不同的手段折磨猎物，欣赏死亡降临的那一瞬间人的反应……

这个连环杀手是一个不喜欢按部就班、只喜欢追求新鲜刺激的人，所以他每次犯案都不一样？还是……

路隐的思绪被打断，只见莫闻急匆匆地推门进来，告诉他，"X"找到了。

这次连环杀人案，S&T调查组分配到的第一个任务是寻找与死者脖子上类似的"X"标记——在过往的岁月里，这个符号是否曾经出现过，上头需要一个明确的答案。

技术组一开始迟迟没能找到方向，这让莫闻有点儿心急，他曾跟路隐抱怨，说："要是有爬虫B的爬虫系统就好了。"

路隐嘘他，说："这句话可不能给技术组的同事听到。"因为未能打造出像爬虫系统一样的系统一直是他们组的心病。

好在，技术组磕磕绊绊，最终还是匹配到了一个同类的标记——十五年前，有个高中生在几只野猫的脖子上割下了一个个"X"。

这个名为"南柽高中徐某某虐猫事件"的帖子曾出现在几个门户网站里。但那些门户网站已经关闭服务器许久，技术组查得十分辛苦。

路隐翻阅着技术组提供的资料，皱起眉头："徐某某？"

"X。"莫闻点点头。

2

徐某某全名叫徐成峰，但这不是他的本名。当年虐猫事件被揭露后，他的身份信息被曝光到网上，这让他遭受了巨大的舆论压力，于是他搬家又改名，变成了现在的徐成峰。

时间果然有不动声色的力量，人们很快就忘记了这次的高中生虐猫事件。没过几年，徐成峰就又回到了这座城市生活。

路隐和莫闻找到他时，他正在公园的草坪上和女儿踢球。秋末的阳光暖暖地照在父女俩身上，映照着他脸上的笑意。很难想象这样一个人在高中时竟杀死了数只小猫。

路隐和莫闻走上前，亮出了自己的证件，希望徐成峰能和他们聊聊。

徐成峰眼里闪过疑惑，但碍于两人的身份，只好让女儿在一旁自己玩，他则领着路隐和莫闻走向一旁。确认女儿不会听见后，他才问："你们找我有什么事？"

"我们想聊聊这个。"莫闻向他展示当年被他虐杀的猫的照片。

徐成峰脸上掠过惊慌，继而愤怒起来："这么多年了，你们还不能放过我吗？！"他极力压低声音，这反而让他的怒语如兽的低语。

路隐一边用灰色的瞳孔捕捉着他脸上的表情，一边问道："你当年在这些猫的脖子上划了一个'X'，是什么意思？"

徐成峰不愿意再提起过往的事情，不耐烦地把头撇到一边。随即他的目光对上女儿的目光，然后，他听到女儿朝他喊："爸爸，你们聊天聊快一点儿，我一个人玩好无聊啊。"

路隐看了一眼他的女儿，也不催徐成峰，只等着他开口。

徐成峰深吸一口气又用力地呼出，坦白道："那不是'X'的意思，那是个叉。那时我因为考试的压力，精神状况不太好，而家附近的这些猫老是发出尖厉的叫声，所以在虐杀它们之前，我先割破了它们的喉咙。至于为什么要打叉，我也记不清楚了,可能是我下意识地想到了那些被老师打叉的错题,所以就留下了这个标记。但是事情过去这么久了,我不知道你们为什么还要找上我!"

"你有听说我们市发生了连环凶杀案吗?"站在路隐身旁的莫闻问他。

"有听说过,怎么了?"

"我们怀疑这些案件跟你有关。"

"什么?!"徐成峰不可思议地瞪大眼睛,"你们不要乱冤枉人!"

"我们当然不会平白无故地来找你。"路隐补充道,"那个连环杀手在死者的脖子上留下了与此相同的标记。"

"啊?!"徐成峰发出惊讶的叫声,转而又道,"这可能只是巧合吧,一个叉,又不是什么复杂的符号。"

"但它们同样出现在脖子上。"莫闻道。

"那又如何?反正我不是你们口中说的那个连环杀手。"徐成峰更加不耐烦地看着路隐和莫闻,"我曾经的确犯过一些错误,但请不要把这种具有偶然性的巧合强加到我身上。"

"那么请你告诉我,以下三个时间点,你都在干什么。"

"你们这是在调查我的不在场证明?"

"如果你不是连环杀手,这个问题应该很好回答吧?"莫闻说。

徐成峰咬了咬嘴唇:"随便吧,你们问吧。"

莫闻随即报出了法医推测的三位死者遇害的时间。

徐成峰思考了一会儿,陆续说出了前两位死者死亡时自己的不在场证明。西餐厅女死亡时,他跟朋友在酒吧喝酒,酒吧的监控可以证明。帐篷男死亡时,他在参加女儿的家长会,学校的老师可以证明。但是听到垃圾桶女童死亡的时间时,他却突然陷入了一种恐慌的沉默中。

路隐和莫闻立即嗅到了不寻常的气味。

"那天是星期日?"徐成峰颤抖地问道。

"是的,星期日晚上十一点过后,你在干什么?"

"我……"徐成峰下决心般说道,"那天我已经在家里睡觉了。"

"你没有出去过?"路隐冷峻地问。

"没有。"徐成峰坚定地回答道。

"不对,爸爸,你记错了。"忽然,女孩甜甜的声音从他们身后响起。

不知什么时候,徐成峰的女儿绕着草坪跑了一圈,跑到了他们身后,偷听到了他们的谈话。她天真地"出卖"父亲,道:"爸爸,那天晚上你明明出去了。"

"小柒你可能记错了,那天晚上爸爸没有出去过。"徐成峰的额头冒出了冷汗。

"不,我记得很清楚呀爸爸,星期日晚上,你并不在家。因为你不在家,所以我才偷吃了冰箱里的那盒蛋糕。"

徐成峰擦了擦额头上的汗,无奈地笑道:"是的,那天晚上我出去过。"

"去了哪里?"路隐追问道。

"我去找你妈妈了。"徐成峰拍了拍女儿的头。

"真的吗?你要跟妈妈复合了吗?"女儿开心地鼓起掌来。

徐成峰笑了笑,道:"好了,小柒,你自己再去玩一会儿,我跟这两位叔叔把话讲完,就跟你一起玩。"

"好吧好吧,下次我们和妈妈一起玩好吗?"小柒努努嘴。

徐成峰敷衍地点点头,小柒就欢呼雀跃地跑开了。

"所以你是去见了前妻?"看女孩跑远,路隐收回目光,问徐成峰。

"我……"徐成峰呼出一口气,"实话是,没有。那天晚上我的确出去过,但是……我没有去杀人。"

"那你去干了什么,需要吞吞吐吐地撒谎?"

"我……我又杀了一只猫。"

徐成峰承认,虐杀给他带来的快感让他上了瘾。十五年前,虐猫事件被曝光后,他的生活遭到了巨大的冲击,这让他一度收敛了自己心里那邪恶的冲动。可是几年前,这种虐杀的瘾又冲上了头,他再次犯下了错。

只是这一次，他不似当年那般肆意妄为。他不再傻傻地在猫身上留下标记，也更加小心地避开人的视野和监控……垃圾桶女童死亡时，他正在杀猫。他把自己选中的猫逮到荒野，折磨致死，然后掩埋。

路隐和莫闻驱车前往他口中的荒野，并在他的提示下挖出了那具猫的尸体。然后，他们还调查了附近最近的一处监控，发现徐成峰开车到此虐猫时，正是垃圾桶女童死亡的那一时间段，而他离开时，远方城市的垃圾清运车已经发现了女童的尸体——他的不在场证明成立了。

回去的路上，莫闻还在愤愤不平："我们就这么放过徐成峰吗？就算他没有杀人，但是他虐杀了猫啊！"

路隐开着车，目视前方，无奈地道："只有在造成严重不良后果或是虐杀的猫是他人的私有财产时，虐杀者才会受到法律的惩罚。"

"可恶！"莫闻忍不住攥紧了拳头。

3

回去时已是深夜，小破车内气氛沉闷，路隐正准备放一首歌听一听，忽然车内的专线对讲响了起来。他和莫闻都吓了一跳，因为这条专线对讲他们很少用到。更令他们吃惊的是，打来的是与他们合作的警方，而非S&T调查组的同事。

警方说有一辆黑色的老式电动汽车可能正在朝路隐他们现在所在的街道疾驰，那是连环凶杀案嫌疑人的车子，他们希望路隐和莫闻在确保自己安全的情况下逼停这辆车。

路隐记住了对方报出的车牌号，将自己的小破车降速，两只眼睛警觉地聚焦在道路前方。

一旁的莫闻还在诧异："这就找到凶手了？"

很快，他们就收到了同事的线报。

S&T调查组配合警方完成的第二个任务就是通过层层申请启动了一台仿生

机器人。

那是一台儿童仿生机器人。作为诱饵,她被安排独自出现在当初发现女童的垃圾桶附近。她绕着指定的范围走了好几次,终于在今天晚上成功地引诱连环杀手将她拐到他的车内。等到对方掏出刀,快速朝机器人脖子割去时,机器人立马想要用电击将他电倒。但是连环杀手率先察觉到机器人的脖子上没有出血,翻身就将机器人踢下了车。

他行动迅速、果决,在警察朝他包抄过来时,立即踩下油门,将车冲向了从前方拦截的警察。被撞的警察当场毙命,而他则开车扬长而去。

连环杀手对周围的环境十分熟悉,警方时不时就跟丢,只好预判他的行驶方向,向各街道上正在执行公务的同事发出求助。

莫闻快速地讲完自己刚刚接收到的信息,就见路隐突然绷紧了神经。

"是那辆车!"路隐用他的灰瞳将远处飞驰而来的汽车车牌放大,提早锁定了嫌疑人的那辆车。然后他踩下油门,迎了上去。

小破车难得地给了莫闻强烈的推背感,他不由得拽紧了安全带。但他发现自己甚至没能紧张起来,就这么眼睁睁地看着路隐带着他朝那辆风驰电掣的汽车撞去。

那嫌疑人显然也设想过前面会突然出现一辆车堵截他,所以他在路隐那辆车撞过来的时候,非常迅速地朝另一边打下方向盘,将车子甩了过去。

路隐的小破车贴着他那辆车狠狠地擦了过去,刺耳的刮擦声与车体的剧烈震动交叠在一起。

"老大!"莫闻这才意识到自己刚刚都经历了什么,胡乱地叫喊路隐。

路隐紧紧握着方向盘,将车刹停,轮胎与地面立马摩擦出白烟。莫闻的身体随惯性向前仰倒,然后被安全带勒紧。缓过神来时,他的余光扫到路隐狠狠松了一口气。

刚刚路隐在赌这个嫌疑人是否真如线报里说的那样敏捷,所以才将车直直地撞了上去。连环杀手为了躲避他们的车,必然会打下方向盘,而这就是路隐要的结果。果然,他和莫闻从后视镜看到,连环杀手的车不偏不倚地撞到了路边的广告牌。

路隐暗自庆幸自己的灰瞳在捕捉车牌信息时,顺便计算了对方的行驶速度,所以才靠直觉和经验完成了这次逼停。

他和莫闻立刻解开了安全带,跳下车,朝连环杀手的车子跑去。而那连环杀手已经跟跟跄跄地从车里下来,朝着一个方向奔跑起来。

"站住!"莫闻大叫,朝连环杀手追去。

而路隐却突然转变了方向,从旁边的一条小路抄了过去。

连环杀手对这里的环境不太熟悉,路隐却可以用自己的灰瞳查询到这里的地图。所以他奔到一个路口就停住了——无论嫌疑人向哪里跑,他必定会路过这里。还没等他喘上两口气,连环杀手果不其然就出现了。那是个精瘦的男子,脸颊凹陷,让人联想到骷髅,但他眼里的那种狠却不空洞,而是实打实地让人畏惧。

"给我让开!"

那人掏出了刀,似乎要跟他讨价还价。但路隐察觉到了他眼里闪过的狡黠。他知道,对方在等他分神,所以他决定率先发起进攻。

路隐一咬牙,朝着男人扑过去,一胳膊撞飞了他手中的刀。对方没想到他完全不照着电视剧里的戏码演,只能吃痛地承受路隐这一次的袭击。但他练习过很多次搏斗,虽然那是在不一样的地方,但运用到这里,应该也没问题。他回忆着自己练过的招式,与路隐扭打在一起。

路隐还是小瞧了这个男人。他甚至比他更擅长搏斗!两个人在地上翻滚了两圈,反而是嫌疑人占了上风。

意识到这一点时,路隐的右肩传来剧烈的疼痛感。之前破案时,他的右肩受过重伤,现在在打斗过程中,右肩的伤拖累了他。那撕裂般的痛令他冷汗直冒。

男人趁机一把抓住了路隐的脑袋,将他朝旁边的墙壁狠狠撞去。

"砰砰砰!"连续三下撞击,路隐完全失去了抵抗的力气,鲜血从他的额头涌出来,他的神志已然变得模糊。

但男人似乎还不解恨，他发疯似的将路隐的头再次撞向墙壁。

就在这时，终于赶来的莫闻飞扑过去，撞飞了他。

路隐努力睁开沉重的眼，就见莫闻和嫌疑人扭打在一起。好在警察们也已经抵达，他们举着枪奔向这里。而莫闻也在扭打里占了上风，将对方压在了地上。

然而路隐很快察觉到了不对劲！他看到男人突然用力地用背顶开莫闻，一只手伸进了自己的外套里。

"我有枪！"他狂笑着，准备掏枪。

围过来的警察大惊，立马扣动扳机。

路隐大喊："别开枪！"他们两人抱着翻转在地时，他确认过连环杀手身上没有别的武器！

但是现场的人都没有听到路隐的提醒——因为受伤太重，路隐已经没有力气出声了，他的呐喊只存在于他的心里。

而误以为对方真的有枪的警察，已然射出了子弹。子弹不偏不倚地击中男人的眉心，瞬间毙命。

这就是这个嫌疑人想要的结果。

可恶！路隐昏过去之前，竟也攥紧了拳头。

4

之后几天，莫闻一下班就去医院探望路隐。虽然医生说他没有生命危险，但他一直陷在沉睡之中。

莫闻准备等他醒来，再告诉他"X连环凶杀案"已经顺利告破，他们调查组出色地完成了任务，得到了上级的嘉奖。

但是这份喜悦，莫闻最终没能说出口。

因为就在路隐苏醒的前一天，又发生了一桩命案！

有人在海边的露营帐篷里发现了一具女尸，尸体的腹部被捅了无数刀，且她的脖子上也被划下了一个触目惊心的"X"。

"老大，你觉得是模仿作案吗？"莫闻把案发现场的照片翻出来，递给病床上的路隐。

路隐看了几眼照片，觉得头疼，就把手机还给了莫闻。

"模仿帐篷男尸案吗？"路隐头痛得眉头紧蹙，"我觉得这不是模仿作案。大众可能听说市里发生了连环凶杀案，知道凶手留下了'X'的标记，但我们从未公开过它出现在脖子上。"

"会不会是徐成峰？或者，在脖子上留下'X'的标记是他透露的？"

"但是他也只知道凶手在脖子上留下'X'，并不知道帐篷男尸案里，尸体腹部被捅了无数刀。所以这事大概率跟他无关。"路隐头痛欲裂，闭上眼睛，断断续续地说，"可能……我最担心的事情发生了……"

"你的意思是，这次的连环凶杀案是团伙所为？"

路隐点点头。

莫闻看到他痛苦的样子，赶紧停止了讨论，让他躺下休息。

路隐的确有点儿撑不住，很快就又昏睡了过去。

莫闻给他盖好被子，站了起来，走到了窗边。在这里，可以俯瞰整座城市。

在城市的夜幕下，还会有人因为"X"死去吗？若这些案子都是团伙所为，那么他们的目的又是什么？而且，他们为什么会有不同的目标，用不同的手法杀人？无数谜团盘旋在莫闻的脑海里。

远处的天，又暗下去了一些。

等路隐出院，已是半个月后。这半个月里，城市里又发生了一起命案，一位独居女性被人发现死在了废弃的餐厅里，脖子上照样被割出了一个"X"。不过这一次，这名罪犯不小心在现场留下了DNA，警方很快追查到了他。但在被抓捕归案之前，嫌疑人吞下了毒药，毒发身亡。

因为有了上次的教训，警方并没有就此结案。他们跟路隐一样，认为这起连环凶杀案可能是团伙所为，凶手或许不止两个。

被击毙的那个嫌疑人专挑孩子下手，吞药自杀的嫌疑人对餐厅有着深深的执念，那么或许另外还有个嫌疑人痴迷于在帐篷里杀人？

于是S&T调查组继续执行任务，用成人模样的仿生机器人展开"诱饵行动"。

莫闻参与了这次行动，负责监控仿生机器人。在经历了一个星期的等待、布局之后，他们果真抓到了犯下帐篷杀人案的凶手。

"所以'X连环杀人案'目前总共有三名凶手。"莫闻向回到办公室的路隐汇报情况。

路隐问道："那最后一名凶手被抓后有交代什么吗？"

"啊，我忘了说，"莫闻无奈地道，"最后一名凶手准备在海边悬崖的露营地杀人。结果他刚到那里，就发现了不对劲，然后跳崖身亡了。"

"他也死了？"路隐诧异道，"三个人都在事情败露之后选择了自杀？"

"是的。"

路隐露出担忧的神情，说道："这听上去像是他们商量好了似的，又或者，是有人教他们这么做。"

"所以上头一直没敢轻易结案。"莫闻对路隐说，"你不在的这些日子，我们都在收集各种资料，企图找出这三个人的交集，抓到那个组织者。"

"所以你们找到了些什么？"

"我们通过走访调查，大致找到了他们'行凶喜好'的缘由。"

"帐篷杀人案的嫌疑人是个情绪不太稳定的人，曾在网上发表过恶性言论，说看不惯那些天天露营的人，觉得他们吃饱了撑的，矫揉造作。但很可能是天天打零工、生活没有着落的他嫉妒人们这种悠闲的生活方式。

"餐厅陈尸案的嫌疑人是个很有韧性的家伙，但他的这种韧性在朋友看来有点儿像钻牛角尖，做事不达目的誓不罢休。小时候，他参加餐厅的游戏活动，跟另一个小孩吵了起来，结果被对方的母亲在大庭广众之下扇了一个巴掌。这件事他后来一直挂在嘴边，所以朋友们都知道他痛恨女人。

"孩童被杀案的嫌疑人是个自恋的家伙，当然这种自恋不是说他臭美，而是他有强烈的自尊心。他自己的孩子时常被邻居调侃长得丑,也时常被其他孩子嘲笑长得丑,所以他才对长得可爱的孩童下手。"

路隐认真听完,又问:"那他们三个在生活里的交集呢?是什么让他们在尸体脖子上刻下同样的标记,又在被抓捕的过程中自杀身亡?"

"从走访调查看来,他们平日的生活没有什么交集。"

"现代生活,人与人要想完全没有交集,其实不太可能。"路隐说,"只是我们还没发现而已。"

"是的。所以……"莫闻指了指路隐的电脑,"我们的电脑里,现在有技术组整理出来的三人的全部资料。系统做过简单的分类,但是哪条信息才是关键,只能靠我们自己判断了。"

路隐一边听着,一边打开电脑,在看到那个超大容量的文件夹时,他感觉在医院时的晕眩感又来了。

他叹了口气,给自己倒了一杯咖啡,点开了文件夹。

再多资料,也得找。因为有一就有二,有二就有三,有三就可能会有四五六七八……

如果已经死去的三个嫌疑人真的是某个组织的成员,那么被路隐他们代称为"X"的凶手,或许还有无数个。这个案子,注定无法快速地了结。

5

路隐和莫闻准备在技术组整理的文档里,找到三名嫌疑人的共同点。但正如路隐所说,现代社会里,人与人很难没有任何交集。比如他们发现,三名嫌疑人都用同样的手机软件点餐,都去过某场线下的活动,都买过同一品牌的衣服……

这种琐碎的"共同点",比比皆是。你很难从中判断出,哪些与他们成为同一连环杀人案的嫌疑人有关。所以他们只能顶着疲惫,分析和讨论这些信息是否有用。实在熬不住了,两人便在办公室的椅子上躺下,将双脚搭在桌子上睡觉。

这一夜,熬到头痛欲裂的路隐反倒睡得很浅,于是他开始做梦。梦里,他看到了那三名嫌疑人。

这三名嫌疑人,一个情绪时常不稳定,一个爱钻牛角尖,一个拥有极强的自尊心……路隐在梦中构想着他们的形象,构想着他们的童年,也构想他们如何犯案。

忽然,搭在桌子上的双脚传来麻疼感,路隐猛地从梦中惊醒,从椅子上坐了起来,控制不住地发出了声响。

听到动静,歪着头睡到流口水的莫闻也睁开了惺忪的睡眼,嘟囔了一句:"老大,咋了?"

蒙眬中,他看到路隐正坐在电脑前输入着什么,键盘的声响和他那只灰色的瞳孔都透露出一丝兴奋。

莫闻擦了擦嘴角的口水,坐起来,凑近路隐,只见他从文档里拖出了一条信息。

"是这个。"路隐指着电脑屏幕,道,"三名嫌疑人都在网络上做过这个人格测试。"

"MBTI 人格测试?"莫闻虽说的是问句,但他其实知道这种测试。

MBTI 是一种迫选型、自我报告式的性格评估测试,用来衡量和描述人们在获取信息、做出决策、对待生活等方面的心理活动规律和性格类型。人们也常称它为 16 型人格测试,因为该测量表有 16 种人格类型,由四个字母组成,每个字母代表一类性格。它的理论依据,源自心理学家卡尔·荣格的人格类型学说。

作为国际上最为流行的职业人格评估工具,MBTI 人格测试一度在网上大火。

"我之前也做过这个测试,不过我都是把它当作游戏来玩的。毕竟我测了两次,结果却是不同的。"莫闻一边说着,一边看向屏幕。然后他发现,这三名嫌疑人都做过一次MBTI人格测试,而且他们都在这个测试里测出了ISFJ人格。

"ISFJ型人格的人,往往做事鲁莽、情绪不稳定,或是拥有极强的自尊心?"路隐问。

莫闻挠挠头,说:"若根据该测试的分析,拥有这种人格的人多少会有点儿这些特质。但ISFJ人格的人也可以被认为是有责任心、乐于助人、共情能力强的人。"

路隐思索片刻,道:"会不会有人利用这三名嫌疑人ISFJ人格的弱点,进行精神控制,导致他们犯罪?"

"说实话,老大,我不觉得这个测试能代表什么。毕竟它的存在是具有争议性的。所以我觉得,这种测试看看就好了,不必当真。"莫闻耸耸肩,道,"不过对于真正的幕后主使,这或许是某种参考的依据。对方的确可能利用它,对'X连环杀人案'的执行者进行了筛选。毕竟这个测试在网上很火,比较容易让人点进去'了解了解自己'。"

"那就让技术组反向追踪一下,谁还能看得到这个测试的结果。"路隐提议道。

莫闻点了点头:"没问题。"

很快,技术组传来消息,他们发现网络上有无数靠MBTI测试来引流赚钱的网站、程序,但是三名嫌疑人所测试的是来自同一款聊天软件内的小程序。该程序的发布者和信息的存储者,是一间叫作"人间快乐指南"的工作室。

"人间快乐指南?"路隐隐隐觉得这个名称有点儿熟悉。

莫闻脑子转得飞快。忽然,他惊道:"老大,你还记得那个三口之家都是仿生机器人的案子吗?我们当时找到他们女儿的那家VR剧本杀体验店,就叫'人间快乐指南'!"

路隐闻言,立即重新翻看资料。

警方在走访调查时,曾拜访过帐篷杀人案凶手的朋友。从他朋友口中得知,该凶手天天打零工,生活没有着落。而他打的那些零工里,有一项就是游戏测试员。

6

戴上VR设备，准备进入游戏的瞬间，路隐感觉自己的脑袋被传导进一股电流，不疼，反倒酥麻得让人觉得舒服。然后，他眼前出现一片浓雾。浓雾显得十分真实，它缓慢飘动，飘浮在路隐的身旁。这种身临其境的VR体验，路隐倒不是没有过，但VR剧本杀游戏却是第一次尝试。

正想着，路隐瞧见面前的浓雾里降下了几个立体的汉字。文字闪着银白色的光，在雾气里显现。那是这款剧本杀游戏的标题——《复仇者的救赎》。标题旁边还有一行小小的说明文字：内测游戏，保密版本。

自从路隐和莫闻发现了"X连环凶杀案"跟这间"人间快乐指南"游戏工作室有关，路隐便制订了一个计划。

他和莫闻研究分析了如何在MBTI人格测试里成为ISFJ人格，然后点进"人间快乐指南"工作室做的小程序，完成了测试。

果不其然，没过几天，他们就收到了"人间快乐指南"的游戏测试邀请。对方告知他们不仅可以免费来体验他们新推出的游戏，还可以以游戏测试员的身份获得相应的报酬。

于是路隐和莫闻伴装互不认识，来到了"人间快乐指南"。为此，路隐还把自己的灰瞳调成了正常的黑色。

参加本次测试的只有路隐和莫闻。接待他们的则是工作室的负责人兼创意师——沙辙。

沙辙看上去像个学生，实则也有三十好几了。他制作了几款在VR游戏界颇负盛名的游戏，一时间火爆大江南北，让无数少男少女沉迷其中。"人间快乐指南"的招牌就此打响，单路隐所在的城市，就开了数家分店。

这一次路隐和莫闻来到的是旗舰店。沙辙带领他们路过一个个VR游戏房，乘电梯一路向上，来到顶层的测试房。然后，他们在沙辙的要求下，签下了保密协议，到各自的房间开始了游戏。

游戏正式开始。

出完标题，浓雾非但没有散去，反而忽然聚拢，变幻出八张卡牌。

"请抽取你的身份。"望不到边际的空中传来游戏主持的声音。沙辙称之为"GOD"。

路隐按照 GOD 的指示，随意点击了一下眼前的卡牌，卡牌翻转，出现了一个名字：司诀。

"你将以司诀的身份，开始你的人生。序幕已经开启，命运之剑就在你的手中。"GOD 的声音越来越虚无缥缈。

与此同时，路隐面前剩下的七张牌一张张飞向空中，在他的头顶炸裂开来，撒下无数的碎片，多到将路隐淹没。

路隐不得不闭上眼。再睁开眼来，他发现自己变成了一个名叫司诀的小孩。然后，他发现自己竟然知道自己现在在什么地方，将要做什么。

路隐环顾四周，走出司诀家。

司诀家里养过一只小猫，但是却被楼下邻居家的狗给咬死了。今天，他要做的就是为自己的小猫报仇，给狗下毒。

他记得，每月的这一天，快递员会给邻居配送当月的狗粮，快递盒就放在邻居家的门口。这是他下毒的机会。

果不其然，今天，狗粮再次被寄送到邻居家。司诀确定邻居上班未归，眼疾手快地给邻居家门上的监控贴上胶带，然后用小刀小心翼翼地挑起快递盒上的胶带。接着，他从口袋里取出从妈妈工作的实验室里偷的针管，往其中一包狗粮里注射了他准备好的毒药。

至于毒药具体是什么，游戏没有说明，这一点有点儿不够严谨。路隐脑中闪过这个想法，但是手却已经完成了任务。

接着，他回到房间静静等待。

这个等待的时间长度自然不是真实的时间长度。路隐看到眼前跳出了一个巨大的时钟，时钟上的时针旋转，窗外的白天就变成了黑夜。

所以很快，他就听到楼下传来邻居的哭叫声。

"默默！默默！"

听到声响，邻居们纷纷围了过去。司诀也如此。

然后，他就看到了那口吐白沫、倒地身亡的狗。它死去的样子，像他那只猫死去时一般痛苦，这让司诀倍感宽慰。

路隐作为司诀身份的体验者，清晰地体会着这一真实的情感。

狗的主人开始质问围过来的邻居们："是不是你们下的毒？"

路隐发现，在场的人竟有八个之多。除了司诀、狗主人外，其他人包括邻居A、B、C、D，以及快递员、物业管理员。

于是，众人正式进入到剧本杀的推理环节。

路隐要隐藏自己是凶手的事实，而其他人要阐述自己为什么不可能给狗下毒。像快递员这样的人，则又要解释自己为什么刚好在夜晚来到了狗主人的家。

路隐认为在这一场游戏当中，自己掩饰得很好，但可惜的是，最后众人向警方检举时，还是选择了他饰演的角色司诀。而警方则根据快递盒上的指纹，确定了司诀的凶手身份。下一秒，狗主人冲过来就掐住了司诀的脖子。

路隐真实地感觉到窒息。

最后警察出手，阻止了这场闹剧。

"我们会好好处理这件事的。"警察对狗主人说。

然而司诀却说出了让在场所有人都震惊的话："放心吧，我会没事的。因为我是小孩，是未成年人啊。"

他挑衅地看着狗主人。

狗主人怒不可遏地再次上前想要打司诀，但是被众人架住了。

司诀被警察带走之前，他听到狗主人还在愤恨地喊："法律能放过你，但我是不会放过你的！"

路隐知道自己是不会说出这么挑衅且邪恶的话的，但在游戏里，饰演司诀的他，脑子里仿佛有一个声音在指示他说出这些可怕的话来。于是他不可控制地行动了。

这就是"按剧本走"吗？路隐思索着，跟警察前往警局。但在前往警局的车上，他的面前又出现了巨大的时钟。时钟旋转，司诀一眨眼，又回到了家里。

但此刻，他的脑海里已经有了在警局被教育时的场景，也有父母领他回家、批评他、带他去向邻居道歉的场景。看来这些部分也进行了蒙太奇的过渡，快速地掠过了。

现在，是故事的第二章。

路隐很快意识到这一点，也很快意识到他扮演的司诀正躲在床底下——他刚刚听到母亲的惨叫声，听到父亲让他赶紧躲起来，于是他躲到了床底下。

司诀瑟瑟发抖地听着房间外传来父亲的尖叫声，他捂着嘴巴开始无声哭泣。路隐同样感受到巨大的恐惧和悲伤。

不知过了多久，外面的声音消失了。司诀在床底下等候片刻，终于爬了出来。他小心翼翼地打开卧室的门，就看到父亲和母亲横躺在客厅里，身上满是鲜血。他们的脖子上，有着深深的刀痕"X"。

警方很快抵达，探查案情。他们告诉司诀，他的父母应该是被"X杀手组织"的某个杀手杀害的。

那么这一次，是谁雇用了杀手，杀害了他的父母呢？

葬礼上，七名与司诀父母有关的人物登场，有人提议，一起找出买凶杀人的那位"客户"。

第二场推理由此展开……

在场的所有人都与司诀的父母有纠葛，每个人都有雇凶杀人的可能，包括司诀。

"也许是你呢？因为父母批评你，拉你去向邻居道歉，所以你才雇凶杀了他们！"有人指责司诀。

"你动动脑子好吧？人家一小赤佬，哪儿有这本事。"

这位玩家是上海人？路隐观察着每个嫌疑人。他不清楚这些参与推理的玩家是像他一样，是由真人戴上 VR 设备进入游戏进行角色扮演，还是只是个虚拟的人物，但无论如何，这剧本杀的体验越来越真实，也会越来越刺激。

众人最后检举出了一名与司诀父亲有财务纠纷的男同事为凶手。但是 GOD 最后告诉司诀，他们的推理是错误的。至于真凶是谁，需要他继续推进剧情，或许可以找到，若真的找不到，则要到本游戏全部结束之后才会公布。

GOD 的声音消失后，VR 提醒路隐今日的游戏结束时间已经到了，游戏将会存档，之后会邀请他测试接下来的剧情。

路隐记得之前这种状况在剧本杀界叫"跳车"。而 VR 剧本杀里，这种跳车的情况也不少见。因为现在的剧本杀剧情越来越长，越来越刺激，要消耗的时间也越来越多了。中途存档，下次再玩，更符合这类游戏的发展。为了玩完全套的剧本，顾客势必会充钱继续消费。这也是"人间快乐指南"能开遍全国的缘由之一。

"不得不说，他们的剧本杀游戏做得真的很好。我抽到的角色好几次执行杀人任务，很刺激。"回到 S&T 调查组，莫闻赶紧来找路隐。

路隐将那只假眼恢复成灰色，问道："你也抽到了凶手角色的卡牌？"

"是的。"莫闻说，虽然他和路隐玩的故事不同，但他们都成为过凶手。

"果然，那卡牌并不真的是随机抽选的。"路隐冷哼了一声。

莫闻却略有期待地问："老大，我们接下来还要去玩吗？"

"当然，我也想知道故事的结局。"路隐说。

7

再次戴上 VR 设备，感受酥麻的电流后，路隐重新来到了《复仇者的救赎》。他依旧是那个心理阴暗的小孩，司诀。

在第三章的故事中，成为孤儿的司诀决定为自己的父母报仇。他找不到雇凶杀人的真凶，就把复仇对象定成了被雇用杀人的杀手！

如果在上一章节找到了真凶，那么他还会这样推进剧情吗？应该也会吧，司诀就是那种有仇必报的人。对他父母下手的杀手也是他复仇的对象。路隐脑子里闪过这个念头。

时间流转，司诀已经成年，他放弃了学业，在便利店打工。结果这一天，便利店的主管却死在了仓库里。他的脖子上留下了一个刀痕"X"。

于是第三章的推理就围绕主管之死展开。

这一次，凶手依旧是司诀。他讨厌这个自以为是、对他指手画脚的主管，于是在一次争吵后杀了他。

本章节的嫌疑人很快就聚集到一起，大家都在猜测凶手为什么杀害主管，又留下"X"。

有人说这是"X杀手组织"所为，应该要猜雇主是谁。有人说这是模仿作案，是想要把命案嫁祸给"X杀手组织"……大家讨论激烈，彼此怀疑。

司诀佯装无辜，跟着他们检举了一名被主管骚扰过的女性，说她是不堪其辱，所以谋害了主管。

司诀把自己的罪行掩盖得很好，没人知道那天他故意与主管争吵并杀了他，是为了通过"X杀手组织"的考验。

闪过的蒙太奇回忆告诉路隐，司诀因为偶然认识了"X杀手组织"的成员，而被引荐到了杀手组织内。他想要留在组内调查是谁杀害了他的父母，就不得不用一条人命换取自己成为"X杀手"的机会。

不过对于司诀来说，这不是件需要纠结的事。

我才是天生的杀手！路隐心中响起这句低语。他猛地一惊，回过神来。

第三章已结束，第四章正式开启。

这一次，他为了执行"X杀手组织"的任务，又杀了人……

"人间快乐指南"的VR剧本杀每天最多体验两个章节，因为两个章节的游戏就要花费六七个小时。不过由于这游戏设计得太让人上瘾，所以即使心里觉得这玩意儿耗时又费钱，大家还是想要"明天再去"。

"老大，我觉得'人间快乐指南'肯定在 VR 设备上做了手脚。"回到 S&T 调查组，莫闻有些失魂落魄地对路隐说，"我感觉自己现在就是游戏里的角色……我有一点儿害怕。"

路隐也未尝不是如此感受。他发现"人间快乐指南"所谓的内测游戏，就像一个人格培养机器。他给玩家设置身临其境的成长体验，在游戏里，从小开始培养一名杀手，把恶一点点地植入他的心中。

不是 ISFJ 人格的路隐和莫闻尚且如此，符合他们目标的那些拥有 ISFJ 人格的人，岂不是更容易被操控？只要针对其性格进行设计，他们会更容易对杀人上瘾。

莫闻说，在他的游戏里，他也成了"X 杀手组织"的成员。虽然前面几章的成长线与路隐不同，成为杀手后执行的任务也不同，但他已经明白，现实中的"X 连环杀人案"的凶手为什么会在被害人的脖子上留下标记了——他们在现场留下标记，是一种潜意识的身份认同。

"也可能是因为他们混淆了真实世界与虚拟游戏。"路隐想起戴上 VR 设备时那股酥麻的电流，是它让参与游戏者有了真实的心理体验吗？

很快，路隐和莫闻重新进入了游戏。

这一次，他们要找到更多这款游戏误导玩家走向极端的线索。然后他们发现，他们已经在不知不觉间玩到了第八章。

在路隐这边，第八章的故事是他找到了那名杀害司诀父母的杀手。

在废墟大厦里单独对决时，那名杀手冲司诀露出一个惨然的笑："恭喜你，司诀。你的父母的确是我杀的，但我不会告诉你雇用我的人是谁。"说着，他退到了落地窗旁。

"不要！"司诀朝那名"同事"冲了过去。

"你知道的，成为'X'有一条原则：如果被发现了身份，我们得了结自己的生命，绝不透露组织的任何信息。"杀手再次对司诀露出笑容，然后毫不犹豫地朝外倒了下去。

"该死！"司诀朝着楼底飞奔而去。

他无法接触到"X杀手组织"的老大，所以父母死亡的真相，他只能问这个执行任务的杀手！但是现在，这个家伙却轻而易举地结束了自己的生命……不可以……不可以！

司诀发疯似的扑向那名杀手，却发现他已经变成了一具尸体。

司诀大骂着脏话，从口袋里掏出一把刀，朝着他的肚子捅去。

不知过了多久，司诀跌坐在了地上。而扮演他的路隐，这才慢慢从刚才的愤恨里一点点回过神来。

那一刻，路隐也感到了害怕。他觉得自己在刚刚彻彻底底地成了一头阴暗狂暴的野兽！

就在这个时候，GOD的声音从他的前方传来。

不，那不是GOD的声音，是"人间快乐指南"的创意师沙辙的声音。

"怎么样，两位侦探，我制作的游戏好玩吗？"沙辙居高临下地看着跌在地上、浑身是血的司诀。

路隐心里一惊，余光却扫到自己的身旁多了一具尸体和一个人。

那是莫闻扮演的角色！刚刚他在自己的故事里也像路隐一样，发疯似的杀了一个人！

但是现在，两个游戏故事被连接到了一起。

莫闻诧异地看了一眼路隐，又疑惑地看向沙辙，仿佛还未从游戏里回过神来。

"你早就发现我们不是普通的玩家？"莫闻问。

"当然。你们没有怀疑过为什么这次的游戏测试只有你们两个人吗？"沙辙笑道，"你们以为我是靠MBTI人格测试来选定游戏测试员的吧？但事实上，我现在已经不再用这种测试来筛人了。其实一开始，我就不想用这种测试筛人。奈何这个测试太有名，愿意参与的人多，所以我只好先选用了它。"

莫闻问他："为什么你专挑具有ISFJ人格的人？"

"因为你在这个测试里测出来的也是ISFJ人格？"路隐紧跟着问道。

"没错，我自己测出来就是 ISFJ 人格。"沙辙耸耸肩，道，"虽说这个测试不能全信吧，但我总觉得还是有参考价值的。所以一开始，我就专挑这种人格的人参加我的游戏。因为我对自己比较了解，知道怎么精神控制我自己。"

他说着笑起来："不过控制某一类人并不是我真正的目标。我真正的目标，是可以轻易地用游戏改变任何人。"

"所以你才选了我们？"莫闻压制着怒火，道。

"与其说我选择了你们，不如说是你们选择了我。"沙辙挑眉道，"如果不是你们使用我已经不再主动向外推送的 MBTI 人格测试程序，我也想不到要把你们拉到游戏里来。不过你们也没办法，为了调查'X 连环凶杀案'，你们只能这么一试，对吗？"

"没错。明知道可能会打草惊蛇，我们也只能这么做。"路隐冷笑着回应道。

"可是……为什么你依旧给我们玩有关'X'的游戏？"莫闻不解，沙辙发现了他们是来调查"X 连环凶杀案"的，却并没有避讳让他们了解到为什么凶手要在脖子上留下"X"标记，又为什么会在事情暴露时选择自杀。

"我相信，这位传说中的灰瞳侦探知道答案。"沙辙转向路隐，点破他道，"说实在的，你那灰色的瞳孔比较酷，不是吗？"

8

一开始，路隐就对这场游戏测试有所怀疑。他和莫闻填写完 MBTI 人格测试，顺利地收到了游戏测试的邀请，但参加测试的却只有他们俩。这未免也太有针对性了一些。但那时，他不确定沙辙是否已经发现了他们在调查，是因为他们所进行的游戏中透露了太多"X 连环凶杀案"的凶手为什么会犯案的线索。

不过就在刚刚，当沙辙突然向他们坦白时，他意识到，这一切都是故意的。他根本不在乎他们发现是游戏导致了那三个人成为凶手。他甚至期待他们发现真正的幕后主使就是他！

"小时候，我的家就在南柽高中的附近。后来那里发生了一件引起轰动的'小事'，有个高中生虐杀了数只野猫，并在它们的脖子上割下了'X'的标记。但无人知道，这件事是我曝光的。"沙辙一边回忆，一边说道，"但我上传野猫被杀的照片，并不是因为想要伸张正义，而是因为我想猎奇。我以为大家也会这么觉得，殊不知给那位大哥哥带去了巨大的麻烦。他不仅被带到了警局教育，还受到了咒骂，被人唾弃，有人甚至给他家寄送恐怖的物件，威胁他们全家。真是太可怕了……"

莫闻闻言，再次攥紧了拳头。这种人居然不知道反省！

沙辙看到了眼前两个人眼里的愤怒，却笑着继续说道："所以呀，那时的我打消了模仿那位哥哥杀猫的想法。我可不想被人发现，将我扭送去警局。但是那些小猫脖子上的伤痕，却深深地深刻在我的心里。"

沙辙说，之后很长的岁月里，他都在压抑内心杀戮的想法。因为他的头顶一直悬着一把由恐惧铸成的达摩克利斯之剑。直到最近几年，他成为 VR 游戏的创意师，开办了"人间快乐指南"工作室。他想到了一个既能执掌自己的命运之剑，又不让达摩克利斯之剑落下的方法——他用 VR 技术和游戏的设定，让自己选中的游戏测试员成为现实生活里的杀人犯。

"你激起了他们内心的仇恨，让他们做了自己之前不敢做的事情。但在杀戮之时，他们在游戏里的潜意识一同被激发了，所以他们才习惯性地在受害者的脖子上刻下了'X'的标记，并在事情败露之前想方设法了结自己？"莫闻皱起眉头，说出了他们早已思考过的推测。

沙辙听完却摇了摇头，道："有一点你说错了。他们想方设法了结自己并不仅仅是因为游戏里的规训，'X 杀手组织的成员在执行任务时暴露了身份就要英勇就义'这个设定只是其中一个原因。你们猜，另外一个原因是什么？"

"因为他们以为死亡可以重启游戏？"路隐说出了自己的猜测。

"我是这么告诉他们的。"沙辙轻描淡写地道。

他设计的这几款内测游戏，是为了让测试员对杀戮之事上瘾。在确定对方上瘾后，他会取消他们继续参与游戏的资格。这些享受过杀戮快感的人，一时半会儿无法戒掉自己内心的瘾，就会将罪恶的剑指向现实里无辜的人。当他们真的展开杀戮，游戏里的记忆就复苏了。于是他们陷入了现实与虚幻的混乱之中。而当他们被警方发现时，他们会下意识地祈祷，这一切都只是游戏。为了重启游戏，他们会故意让警方朝自己开枪或是服毒自杀，抑或是跳崖。

"可惜没人知道，是你让轰动全城的连环凶杀案发生，所以你才让我们体验了这个游戏？"路隐猜到了沙辙的想法。

沙辙"扑哧"笑出了声："你说得没错。毕竟自恋是ISFJ人格的特点之一呀。"

"你为什么忽然在这里停下游戏，跟我们讲这些？你不想把我们也培养成杀人犯吗？"莫闻咬牙切齿地问道。

"你们难道没有在接受心理治疗吗？"沙辙猜到了路隐和莫闻每结束一次游戏都会进行心理干预，所以感慨道，"要把你们培养成杀人犯可不容易啊。"

"而且我们变成杀人犯，要是跟那三名凶手一样'重启游戏'，就没人知道这一切都是他的杰作了。"路隐跟着解释道。

沙辙笑着听完，立即拍了拍手："没错，就是如此。没人知道这一连串的凶杀案其实是我所为，真是太无聊了。"他略带抱怨地说完，忽然换上了正经的语气，道，"好了，两位，我已经看到你们在游戏里不受控制的精彩表现，那么你们的游戏就此结束，如何？"

沙辙虽然用了问句，却根本不等路隐和莫闻有所反应。他堂而皇之地出现，又堂而皇之地消失在了他们面前。

路隐和莫闻面面相觑。

游戏世界里的浓雾已经重新弥漫开来，GOD的声音也飘然而至——"游戏已经结束，欢迎下次光临人间快乐指南。"

9

路隐和莫闻结束游戏后,"人间快乐指南"便遭到了调查,沙辙也被扭送去了警局。但由于沙辙太过小心谨慎,将游戏存档进行了自动删除,他与路隐他们在游戏里的对话并没有存储下来。他们一时半会儿拿不出有力的证据证实连环杀手的犯案与沙辙有绝对性的关系,所以最后沙辙被取保候审。

"不过技术组在努力恢复游戏存档的内容了。这一次,我可不会让他像杀猫的徐成峰那样逃脱法律的制裁!"莫闻从心理治疗室出来时,仍惦记着这次的案子,"而且我们对'人间快乐指南'关停,应该不会再出现被游戏蛊惑的杀人犯了。"

一同接受完治疗的路隐走在莫闻身旁,听他这么说着,不由得笑了笑。

莫闻心中那种绝对的正义感让他有些羡慕。

因为路隐总在担心,这些邪恶之人头顶上的达摩克利斯之剑是否真的会落下。

沙辙敢在游戏里同他们坦白,一定是因为他相信,这游戏的存档是无法被恢复的。如果游戏的存档最终没有恢复,沙辙会不会像徐成峰那样逃脱正义的惩罚?邪恶的游戏会否在之后被他再次秘密创造,引来下一轮的杀戮?

路隐忧虑着,如同忧虑每一个案件之后的未来。

但没过多久,路隐的这种忧虑就消散了。

沙辙死了。

第十章
闪电脉搏
SHAN DIAN MAI BO

1

路隐总梦见自己的十二岁。

那时，他对自己的未来没有任何目标，因为那个年纪，他本就不需要顾虑未来。但是那年的秋末，他的童年被硬生生挖出了一个窟窿，流出血来。那一抹昏天暗地的赤红，一路流过时间，入侵他如今的睡眠。

他又瞧见十二岁的自己放学后与同学走在回家的路上。

他们正在讨论刚刚更新的动漫。路隐觉得男主角最后甩出的一记绝杀太离谱，但是其他男孩都觉得"燃到爆炸"。就在他们揶揄他不懂动漫时，一辆面包车急急地刹在了他们身旁。

他和其他几个男孩疑惑地看过去，只见从车上跳下两个蒙面的家伙。

男孩们不明所以地盯着他俩看了几秒，直到他们伸过手来，才尖叫着散开。

但是路隐不够幸运，步子还没迈开，就被他们抓住了。他们眼疾手快地捂住了他的嘴巴，将他拖进了面包车。路隐蹬着腿挣扎，却感觉自己越来越无力。很快，他就失去了意识。

等他醒来时，他发现自己被绑在椅子上，在一个昏暗的房间里。他的面前，依旧是那两个蒙面的家伙——或许他们换了人？但是他从体形上无法判断。

路隐恐惧地盯着蒙面人，不敢发出一点儿声响。他们敢在大庭广众之下绑架他，一定是有把握没人能找到这里，所以他再怎么尖叫也无济于事。路隐企图分析现在的局面，但他的情绪慢慢地偏离了冷静。

因为他想起了母亲。

那些逃走的同伴，应该把他被绑架的事告知了他的母亲。与他相依为命的母亲，此刻一定焦急万分吧。

路隐脑海里浮现出母亲的脸，但他很难想象出这张脸焦急万分的模样。因为母亲面对他时，总是沉静又温柔的。就连她告诉路隐他的身世时，也是如此。

她把路隐的父亲比作扯不住的风筝，在她身边短暂飞行，然后断线离开。而路隐是他留下的那条线。

路隐年纪更小时觉得这个比喻像童话，长大一点儿，他才跟同学自嘲般地说道："别听我妈说得那么文艺，事实就是我爸是个不负责任的渣男，丢下我跟我妈，自己跑了。"

说完，他"哈哈"地笑，表示自己毫不在意父亲是否缺席自己的人生。于是别人也就不再拿他没有父亲这件事嘲笑他、伤害他。

但母亲是他的软肋。坐在昏暗的房间里，他想象那张永远沉静温柔的脸崩溃的样子，忍不住开始哭泣。

面前的两个蒙面人没有呵斥他、阻止他流泪，甚至有一瞬间，他们眼里闪过了一丝同情。但他们的善良没能存留多久，几分钟后，他们像是收到了什么指示，坚定地朝他走了过来。

一个人走到了路隐的身后，箍住了他的下巴和脑袋。另一个人则朝他的眼睛伸出了手。

路隐闭眼、挣扎、企图尖叫也无济于事。

那人竟毫不犹豫地、活生生地抠下了路隐左眼的眼珠子！

那钻心的痛，让路隐以为自己就要死了。事实上，他也的确很快失去了意识。

第十章 闪电脉搏

但在这一切发生之前,他脑海里清楚地印下了抠下他眼睛的那只手,手腕上的文身……

等路隐再次睁开眼,他发现自己躺在医院里,母亲正趴在病床边小憩。他发蒙了一会儿,慢慢回忆起自己经历了什么,不由得发出了尖叫。母亲被惊醒,冲过来箍住了他激动的肩膀。

后来路隐才知道,绑匪拍下了挖他眼睛的视频,传给了他的母亲,勒索了一百万元。他们说,如果她报警,路隐的另一只眼睛也将被挖掉,从此之后,他便什么也看不见了。

母亲看到视频,差点儿精神崩溃。她不敢报警,只能东拼西凑,借来了一百万元,交到了绑匪指定的地点,绑匪这才将失去一只眼睛的路隐丢在深夜的马路上,还给了她。因为没有及时报警,所以警方最后没有抓到凶手。

对于路隐的母亲来说,儿子最后能够活着回来,比追查到凶手更重要。

可路隐并不这么想。

当有一天,他偷偷解开缠在左眼上的绷带,看到那空空如也的眼窝时,心中的愤恨让他不受控制地砸向了面前的玻璃镜。

"哗啦",镜子碎裂成片,锋利的棱角割破了路隐的手背。

鲜血从他的手背一点点流出来,也是一抹昏天暗地的赤红。

从此之后,路隐对未来就有了目标——他要抓到那些害他失去眼睛的凶手!

即使很多年后,他安上的义眼让他能重新用两只眼睛看世界,他的这个目标也没有改变。

"你为什么不把你这只灰色的义眼设置成黑色?"

"因为你心里有恨。你让假眼保持初始颜色,是为了提醒自己,记住失去一只眼睛的仇恨。对吗?"

当他成为灰瞳侦探后,他曾听到有嫌疑人这样反问他。

当时他保持镇定,没有回答对方的提问。但他必须承认,他的心里是有答案的。

"是的。我心里有恨。"这些年来，他一直在心里反复地砸碎那面镜子，反复地流血，反复地瞧见那一抹昏天暗地的赤红……

"老大，又睡着了？"莫闻的声音把路隐从重复的噩梦里拉了出来。

路隐揉着眼睛醒来，灰色的瞳孔随即启动，发出微微的光。

他随莫闻从车上下来，前往此行的目的地，沙辙与女友裴漫的住所。

裴漫报警称，沙辙已经失踪三天了，她怀疑他死了。

"三天前，沙辙说去一趟工作室，就再也没有回来。我一开始以为他又沉迷在自己搞的那些游戏里了，但是我后来想起'人间快乐指南'不是被你们关停了嘛，那些服务器都无法打开，他能在那里搞什么？于是我就去了一趟工作室，发现他的车停在工作室外，手机落在车上，人却不见了。我查看了监控，发现监控也坏了，所以我不得已才报了案。"在报警的电话里，裴漫如是说。

"这家伙难道是畏罪潜逃吗？"莫闻闻言，不由得骂道。他猜测，沙辙可能为了躲避之后的调查，故意让自己失踪。他应该不会选择坐飞机或是坐火车离开，因为这样警方会收到消息。那么他是让别人开车带他离开了本市？

但路隐总觉得这不像是沙辙这样狂妄自大的人会干出的事。

"沙辙敢在游戏里跟我们坦白自己的所作所为，就是因为他笃定自己不会因为'X连环杀人案'受到惩罚。所以他交完保释金离开时是有恃无恐的。"路隐回忆道。

"说不定他后来又害怕了呢？"

"那他为什么不告诉女友他的计划呢？如果裴漫不报警，警方都还没发现他失踪了。他告诉女友自己要避避风头，女友按兵不动，岂不是会给他争取更多时间，让他走得越远越好？"路隐不解道，"而且他会甘心放下那么多家连锁的游戏店，一走了之吗？"

这的确不太像沙辙会干的事。所以裴漫十分担心沙辙出事了。

路隐安抚完裴漫，跟她约了个时间，说要登门调查。

裴漫答应了下来。但是当路隐和莫闻赶到她与沙辙的住所后，发现她好像并不在家。

"叮铃——叮铃——叮铃——"

莫闻连按了三下门铃，都无人来应门。于是他扯着嗓子朝里喊道："裴漫小姐，你在家吗？"

依旧无人回应。

"难道她出去了吗？"莫闻掏出手机给裴漫留下的那个号码打去电话。

但是电话也是无人接听的状态。

"怎么回事？"莫闻重新拨打电话。

忽然，他看到路隐在嘴巴前竖起了食指，示意他继续拨打，但不要发出声音。

然后，他们隐隐地听到房间里传来了手机的铃声。

"她在家？"莫闻轻声问道，"那她为什么不应门？"

路隐眉头紧锁，心里生出一股不祥的预感。

"裴小姐，你在家吗？能否给我们开一下门？"路隐敲打着门，大声地问道。

门内依旧无人应答，只有微弱的手机铃声持续地在响。

一直拨打着电话的莫闻也紧张起来。

"她该不会在里面出了什么事吧？"

莫闻想起裴漫在之前的报案电话里曾激动地嚷道："说不定沙辙已经死了！不然他怎么会连手机都不带，消失这么多天呢？如果他死了……我也不想活了……"

难道她……

莫闻不敢往太坏的方向想。他们现在唯一要做的事就是打开面前的门，看看裴漫是不是在里面。

莫闻第一个想法是像电影里演的那样破门而入，但他看着厚重的大门，立即放弃了这个想法。于是他转身去按电梯，准备去找物业开门。

但是路隐似乎觉得这个方法太耗费时间，竟然自己上前，开始输入电子锁的密码。

这个门锁的密码有6位，由0到9组成，总共有100万种组法。这要是能蒙对就有鬼了！

莫闻觉得还是找物业最靠谱。结果就在他等电梯的过程中，他听到了密码锁被打开的声音。

莫闻不敢相信地回到门前。

"老大你是怎么解开的？"

"我只是试了试沙辙的生日。"路隐耸了耸肩，迈步走了进去。

"居然用这种老掉牙的方式设密码吗？"莫闻嘀咕着，跟进了房间。

下一秒，他们就被眼前的场景吓了一跳。

只见裴漫闭着眼睛，横躺在客厅的沙发上。她垂下的左手手腕处，被划开了一道口子，鲜血正一点点地滴落在地毯上。地毯上还有一把染着血的水果刀和一部手机。刚刚若不是这手机的声音被路隐听到，它的主人可能就一命呜呼了。

彼时，路隐已经察觉到割腕的裴漫还有呼吸。他立即让莫闻去叫救护车，自己则冲进卫生间，找来一条毛巾包扎她的伤口。

好不容易等来医护人员将裴漫抬出了房间，路隐才留意到地上那把水果刀。仔细一瞧，他发现水果刀的刀尖上，竟留有裴漫手腕上的皮肉。

刚刚慌乱之中，他没能仔细去看裴漫手腕上的伤，但这刀尖上的皮肉让路隐觉得有点儿不对劲。于是他开启了他那只灰瞳的回放功能。

这只义眼记录下了刚刚裴漫手腕上的伤口。但那不像是单纯割腕自杀留下的伤口……

路隐站立在原地，认真审视灰瞳里的记录。然后他脑海里浮现出了一个画面：裴漫割开了自己的手腕，用刀尖从里面挑出了什么。

没错，那是她从手腕里挑出什么后留下的伤口！

那么，她挑出了什么东西？

路隐低头看向地毯。这张地毯上面分布着几个几何图形，每个图形色彩不一，让它显得绚烂无比。地毯的一小部分已经被裴漫的血染红，染血的部分没有别的东西，但是……

路隐的灰瞳突然聚焦到了一个棕红色的几何图形上。他凑近那块图形，蹲了下来。然后，他伸手摸索，在棕红色的毛缝里找到了一个被血染红的小东西。

路隐将这东西捏起，那东西上面的血迹就被他揩掉，露出了它本来的颜色——金黄色。路隐也看清了它的形状——一道闪电。

路隐眯起眼来，打量着手上这枚小小的金黄色的闪电，不自觉地喃喃道："这是什么？"

2

"这是一枚芯片。"

"我当然知道这是一枚芯片！"路隐一屁股坐在老鬼实验室的矮桌上。

"给我下来！那是我的实验台！"老鬼狠狠地朝路隐的大腿拍了一巴掌。

这位患有侏儒症的男人，孩童面相，常戴报童帽，以前是黑市的中介。路隐的灰瞳，一开始就是从他这里买过来的。

当时市面上不是没有拥有高科技的义眼，只是它们价格高昂，令常人望而却步。老鬼对此嗤之以鼻。他觉得这不过是小儿科的东西，外头的公司竟把价格炒得那么高，简直是奸商。于是他恶作剧兴起，在黑市贩卖私造的义眼。虽然老鬼开出的价格也不便宜，但总比外头市面上的实惠，路隐决定试一试，在他这里装上了新眼。

后来路隐开始接手案子，老鬼作为黑市的中介也帮了不少忙。

不过这家伙如今攒够了钱，搞起了实验室，当起了"科学家"，请他帮忙，不能再用金钱或是等额的虚拟货币支付。上次路隐请他帮忙提供线索，他提出的交换条件是让路隐当他实验的小白鼠。本以为老鬼当时只是随口一说，结果上个星期，他去升级灰瞳的定位系统时，果真挨了他一针。

这次，为了了解那枚金色的闪电，路隐又来到了他的实验室里。

"上次给你注射的那一针，有什么感觉吗？"老鬼见面就问他当小白鼠的感受。

"没什么感觉。"路隐耸耸肩，道。

"没有副作用吗？"

"如果硬说有什么副作用的话，就是我好像变得嗜睡了。"

老鬼点点头，在心里默默记上这一笔，嘴上却笑他说："嗜睡是因为你老了。"

路隐嚷道："我说，你到底给我注射了什么？该不会之后让我突然七窍流血而死吧？"

"我说了不会让你死的，你就放心好了。我现在只是想测试一下，看看它有没有副作用。"老鬼努力撑着脖子，"至于那玩意儿到底是什么，这是我的商业机密，你无须知道。"

"行吧，行吧。"路隐赶紧把话题转回正事上，"我已经告诉你副作用了，那你现在可以告诉我这枚闪电到底是什么芯片了吧？"

"你们技术组查不出来吗？"老鬼看着路隐手上的金色闪电，语气里多少有些揶揄。

路隐努力给技术组找回点儿面子，说他们最近在恢复上一案的游戏数据，暂时没空破解这枚芯片云云。

老鬼听完哈哈大笑，说："找他们，的确不如来找我。如果我没记错的话，它应该可以记录人的健康数据。"

"健康数据？"

"智能手表你戴过吧？这芯片跟智能手表一样，可以记录你的运动数据、睡眠信息，甚至你上厕所的频率都能给你反馈到手机上。"

"但是它是嵌入在人的皮肉里的。为了这些健康数据，有必要大费周章地植入芯片吗？"

老鬼眨巴着眼睛，道："要是单记录健康数据，谁会用这玩意儿呀。我只说它可以记录健康数据，没说它只能记录健康数据。"

"所以它还有别的功能？"

老鬼不置可否，道："我听说它可以让人在床上翻云覆雨时，有更刺激的体验。"

所以……裴漫是为了追求刺激，所以植入了这枚闪电芯片？

路隐眼前浮现裴漫横躺在沙发上，奄奄一息的模样。

"那你知道谁在贩卖这种芯片吗？"路隐随即又问老鬼。

老鬼低着头思索了一会儿，忽然，他像是想起了什么，脸上闪过一丝震惊的神情。但他很快又恢复到原来的表情，嬉皮笑脸起来。

"我以前就听过这玩意儿叫'闪电脉搏'，知道它大致有什么用，但……你看哪个女人能看得上我？我有机会用到这玩意儿吗？"老鬼故意哭丧着脸道，"而且现在我已经离开黑市，更不知道哪里可以搞到这种东西了。"

路隐察觉到了他语气中的搪塞，不禁追问道："你在黑市的人脉都断干净了？"

"那倒没有。但他们应该也不知道可以去哪里搞到闪电脉搏。"

"为什么？"

"哪有那么多为什么。"老鬼忽然烦躁起来，"我有问过你为什么要调查这玩意儿吗？"

"我可以告诉你我为什么要调查这玩意儿。"路隐眯起眼睛。

老鬼赶紧挥了挥手："我不想听你到底在调查什么。反正我能告诉你的就这些了。我劝你也别去别的地方打听哪里可以搞到这种东西。"

"为什么？"

"你是个提问机器人吗？"老鬼不悦地嚷道，避开路隐的问题。

路隐看出他有所隐瞒，重新举起了那枚闪电脉搏。

"它除了记录人的健康数据、让人获得快感,还有别的功能吗?"

"它这么小的一片东西,还能有什么别的功能!"老鬼敷衍道,"我接下来还有实验要做,没事的话赶紧给我滚蛋!"

路隐知道他意识到了什么,但咬死不敢说出口,就不再逼问他。

"行吧,我知道了。一些行业秘密是吧?"路隐笑了笑,说,"那我走了。"

老鬼朝他挥了挥手,赶他出去。

可最后,他还是忍不住叫住了他。

"小路子。"他欲言又止片刻,终于道,"有些案子,是可以让它成为悬案的。"

路隐皱起了眉头,回看了老鬼一眼。

"知道了。"

他转过身,朝他挥了挥手,头也不回地离开了。

3

路隐知道老鬼这个人爱炫耀自己什么世面都见过,所以在刚刚看到闪电脉搏的时候,他下意识地、得意地跟他讲起他所掌握到的信息。但是在介绍的过程中,他似乎想到了什么本该讳莫如深的东西,所以才会在后来忽然改变了态度,把他给轰了出来。

让老鬼都不敢说的东西,到底是什么?

路隐开着车,一路思索。

半个小时后,他抵达了裴漫入住的医院。

这几天,莫闻听从他的吩咐,一直守在病房里。

"老大。"黑着眼圈的莫闻打着哈欠招呼路隐。

路隐看了一眼病床上仍沉睡不醒的裴漫,问道:"她现在情况如何?"

"医生说她生命体征平稳,没什么大碍。"

"那她有醒来过吗?"

"没有醒过。所以我一直和别的同事轮流看着呢,以防她万一醒了又想不开。"

路隐听完竟笑了笑。

莫闻不解地看着他,只见他蹲到了病床旁,俯身道:"裴漫小姐,你就别装睡了,你流的那一点儿血,不至于让你昏过去这么久。"

莫闻不明白路隐为什么这么说,他看向病床上的裴漫,发现她依旧保持着刚才的状态,紧闭着双眼。

路隐无奈地摇了摇头,道:"你跟我们约定了见面时间,故意在那个时候割腕。你知道我们如果发现没人应门,一定会给你打电话,所以你用手机铃声来提醒我们你在里面。那么厚重的房门,我们却仍能听到这铃声,应该是你故意将手机的音量调至最大了吧?"

病床上的裴漫仍没有反应,但一旁的莫闻瞬间回忆起那天下午的状况。

"所以……门锁的密码故意设置得这么简单,也是为了让我们能尽快进去?"

"没错。"路隐说,"常人都知道,像出生年月日这样的密码很容易被熟人破解,沙辙这么聪明谨慎的人,又怎么会使用这么简单的密码呢?所以我刚刚特地让技术组去查了那个密码锁,发现我们打开房门的密码是当天才修改的。"

"她为什么要这么做?"

"因为她想让我们发现她手腕里曾经植入的芯片——闪电脉搏。"路隐对莫闻解释道,"裴漫小姐应该怀疑沙辙的失踪跟他们植入的这个芯片有关。她以此提醒我们,可以从这芯片入手去调查。"

"那她为什么不直接告诉我们?而是搞这么一出呢?"

"因为她害怕参与之后的调查。她在我们面前割腕,就是为了可以名正言顺地躺在医院里,让自己尽可能地脱离整个案子。"路隐转向病床上的裴漫。

只见裴漫已经睁开了双眼,正对他们露出一个狡黠的笑容来。

"你为什么不一开始就揭穿我呢?"她看着路隐,问道。

"一开始，你的确晕过去了不是吗？"路隐灰色的瞳孔闪出寒光，"而且调查线索本来就是我们的工作，所以我还是决定先自己调查看看。但很可惜的是，我只调查到这种芯片叫闪电脉搏，可以记录人的健康数据，并让人获得一些不同寻常的快感。至于它为什么会导致沙辙消失……很可惜，我还没调查清楚。或许，裴漫小姐你本来就知道为什么。因为你好像知道，他可能已经死了？"

莫闻想起裴漫当时的报警电话。她在报警的时候就猜测，沙辙可能已经死了。但很少人会在亲友失踪几天后，把这猜测直接说出口。尽管这可能是事实，尽管他们心里也可能有这样的怀疑，但是他们往往很难在叙述的时候，把亲友的失踪跟死亡直接联系到一起，除非有什么别的事加强了他们的这层怀疑。

莫闻一边想着，一边看向裴漫，只见她听完路隐的话，微微转过脸去。

但路隐注意到她眼里闪过的担忧。

于是路隐问道："裴漫小姐，你是在担心自己的人身安全吗？"

裴漫没有点头，也没有摇头，沉默着。

路隐又说道："我跟你保证，你在这里是安全的。这几天我一直安排了人在这里守着你，之后我也会叫人保护你，所以请你不要担心。"

裴漫看了看路隐，又看了看莫闻。

莫闻立即给她一个坚定的眼神。

裴漫扯了扯嘴角，然后无奈地叹了口气，说道："是的，沙辙应该是死了。"

"所以你真的知道他为什么会失踪？"莫闻惊讶道。

裴漫点点头，说："应该是有人匹配到了他。"

路隐和莫闻都没能明白她说的是什么意思，于是裴漫解释道："植入闪电脉搏的人，通常都是为了寻求不一样的快感。而所谓的健康监测，只是为了防止他们在看病时，被医生盘问这枚芯片的用途，才附加上去的功能。呃……说附加上去其实也不准确，因为它真正的用途，又跟健康检测有关。"

裴漫咬了咬嘴唇，似乎在犹豫是否真的要把接下来的话说出口。

路隐也不催她，只是静静地等她做完心理斗争。

第十章 闪电脉搏 SHAN DIAN MAI BO

过了许久，裴漫终于重新直视他们，说出了真相："闪电脉搏真正的用途，其实是为了给上层的用户，匹配合适的……器官。"

"器官？！"莫闻惊愕地瞪大眼睛，路隐则沉下脸来。

裴漫说，闪电脉搏由一个名叫"天神"的组织制作，他们真正牟取暴利的方式是进行人体器官买卖。

但是这种交易，有时很难达成。因为有些客户，可能等到死也等不到与自己匹配的器官。同样的，有些器官即使被摘出来用于交易，也可能因为找不到合适的客户而失去价值。

闪电脉搏的出现，可以大大减少这种状况的发生。他们甚至可以利用这枚芯片，应付急单。如果上层用户遇到意外，急需某个器官，他们也可以立刻找到合适的人选，进行器官的摘取与交易。

裴漫猜测，沙辙的失踪，就是因为某个上层用户发出了急单的需求。天神组织从卖出去的芯片中，匹配到了沙辙，对他进行了绑架和器官摘取。

"等一等，你所说的上层用户应该是有钱人吧？"莫闻问道，"以沙辙的身家，他会成为'猎物'吗？"

"你这说的是什么话呀。"裴漫笑话他道，"沙辙那点儿身家，根本成为不了真正的上层用户。他甚至都不知道，闪电脉搏到底有什么用。他还以为那东西就是用来寻求快感而已。"

"那你为何知道这些？"莫闻问道。

裴漫又陷入了沉默。

于是路隐对她说出了自己的猜测："因为让沙辙植入闪电脉搏的人，就是你吧？"

裴漫闻言，惨然一笑，算是默认了。

过了许久，她才鼓起勇气，重新开口。

她说，她之前的工作，就是替组织推广这种芯片。她用自己的美色，勾搭年轻力壮的男人，告诉他们，闪电脉搏可以给他们带去更多的刺激，从而让他们乖乖成为被匹配者，纳入他们的备用器官库中。

沙辙就是她工作时狩猎到的被匹配者。

但令裴漫自己也没有想到的是，她会喜欢上沙辙，成为他的女友。

但彼时，他已经经由她的推荐，植入了闪电脉搏，所以她只能祈祷，他永远都不会被匹配上。毕竟没有那么多人能成为闪电脉搏真正的上层用户，也没有那么多上层用户会需要器官移植吧。

裴漫如此安慰着自己，继续与沙辙交往。两人度过了一段美好的时光。

但是就在前几天，沙辙突然失踪了。她立即意识到，或许他被闪电脉搏匹配到了。有人需要沙辙的某个器官，所以他才会无缘无故地消失，连招呼都不打一声。

裴漫很惶恐，因为她知道，上头的人动作极快，沙辙很可能当天就一命呜呼了。毕竟他们从未让被匹配到的受害者活着回去过。

意识到这些的裴漫十分自责，也十分害怕。

因为她的手腕处，也被植入了闪电脉搏。

当时，她刚出社会，以为自己终于遇到了爱情。前男友告诉她，这枚小小的芯片能让她同他一起上天堂。直到后来，裴漫无意间发现，原来他一直在骗她。他根本不爱她，而是为了推广闪电脉搏，为了让她成为被匹配者，才跟她好上。

男人没想到裴漫会识破闪电脉搏的真正用途，被吓得冷汗直流。

"不要！请你不要这么做！"男人看着举起水果刀，想把芯片从手腕里挑出来的裴漫，激动地央求道，"如果被上头发现用户私自摘除芯片，我会死的。求求你，让我活着……求求你……我们好好在一起好不好……"

"我们怎么好好在一起？万一有一天，我被匹配到了呢？"裴漫声嘶力竭地叫道。

男人立即示意她小声一些。然后他走到她身前，抱住了她，安抚她道："要不你加入我们吧，加入我们，上头就不会让你成为被匹配者。"

第十章 闪电脉搏 SHAN DIAN MAI BO

裴漫说不清自己当初是被爱情冲昏了头脑，以为这样就可以和男人"好好在一起"，还是因为担心自己会成为被匹配者而丧命，总之，她稀里糊涂地成了天神组织的一员。

之后，她同那个男人还相处了一段时间，但最终因为频频争吵，两人不欢而散。裴漫从此再也没有见过他。

她也曾向上头提出过申请，希望可以摘掉她手腕里的闪电脉搏。但是上头托中间人给她传达了他们的回复："我们保证你不会成为被匹配者，所以请你好好享受它带给你的不一样的快乐。"

说来说去，他们并不同意裴漫将闪电脉搏移出体外。所以裴漫只好安慰自己，他们会遵守诺言，不会让她成为匹配者。

"毕竟这芯片还要我推广呢。"她想。

但沙辙的失踪，让她尘封多年的恐惧又涌上了心头。

我会不会成为下一个匹配者呢？她忧心地在房间里踱步，然后突然想起了那个带她入行的男人。也植入了闪电脉搏的他，现在还好吗？裴漫带着心中的疑问，想方设法地去找寻他的下落，结果发现他在很多年前就离奇失踪了。

这更让裴漫焦虑不安。

果然，上头的话是不可信的吧。她之所以还好好地活着，并不是因为她成了组织的一员，得到了豁免权，而是因为这么多年，还没有上层用户需要她身上的器官！但她无法保证，之后的自己也如此幸运。

所以犹豫再三后，裴漫拨打了报警电话，报告了沙辙的失踪，并将路隐和莫闻约到了家中。

她知道，如果自己擅自取出闪电脉搏，组织的人就会派人了结了她。所以她要寻求保护。

她在路隐和莫闻到来之前，从手腕里挑出芯片，并佯装成割腕自杀，那么他们就会将她送到医院看护起来。组织的人不敢轻举妄动，所以应该不会追杀到病房里来。

但这并不是长久之计，所以她把宝押在了沙辙提过的灰瞳侦探身上。

裴漫希望路隐能发现她留在地毯上的闪电脉搏，从而以此为线索，找到天神组织，将他们绳之以法。这样，她就能顺利地逃脱组织，逃脱成为下一个受害者的恐惧。

"可惜，你似乎没能找到破案的方向。"裴漫失望地对路隐说道。

路隐面无表情地回看着裴漫，反倒是莫闻生气地嚷道："你要是早提供这些信息，我们说不定已经破案了！"

"如果不是我们揭穿她，她是不会告诉我们这些的。"路隐说。

"我……我只是想远离这件事。"

"不，你只是想给自己再多留一点儿余地！"莫闻戳穿她，道，"如果你直接告诉我们真相，让我们将你保护起来，你组织的人就会知道，你跟我们站在了一边。如果我们不能将你所在的组织一锅端掉，你就会被当成叛徒解决掉，所以你才演了这么一出。我猜，如果你的组织没有被端掉，他们到时候追查起来，你就会撒谎说是我们逼你挑出了闪电脉搏，然后你靠装晕躲过了我们的盘问，没有向我们透露其他的线索，对吗？或许这样，他们可以饶你一命。"

"他们才不会饶我一命！"裴漫压低声音，吼道。

"但你还是得留这一线可能，不是吗？"

裴漫冷哼了一声，用微弱的声音说道："我只是想尽可能地活下来，这也有错吗？"

"你……"莫闻还想说什么，却被路隐打断了。

"现在不是争论这些的时候！"路隐呵斥完莫闻，转向裴漫："现在，你已经跟我们站在一边了。所以你必须和我们一起找到天神组织，找到那些所谓的上层用户，你才有机会活下来！所以裴漫小姐，请你告诉我你知道的一切吧。"

裴漫垂下眼帘，沉默了许久，终于还是点了点头。

4

裴漫说，她其实并不知道是谁创建了天神组织，主导了这一切。因为像他们这样的推广员，在获得被匹配者的信任之后，会将他们交给中间人带去植入室植入芯片。植入室的地点对他们这些推广员保密，但那里应该留有天神组织更多的线索。

为了寻找线索，路隐和莫闻决定成为被匹配者。

裴漫告诉他们，推广员喜欢在酒吧狩猎。所以路隐和莫闻可以去酒吧试试，看看会不会有人上来搭讪他们。

"不过……"裴漫犹豫了一下，说出了他们推广员的秘密，"因为闪电脉搏能给人带来更深层的刺激，所以在私底下，有很多年轻人都在寻找植入它的机会。导致这枚芯片供不应求。于是乎，近期大家似乎都形成了一种默契，不再主动推广，而是等鱼上钩。如果有人通过朋友介绍来植入芯片，我们会开出双倍的价钱，从中捞取油水。"

"这么说来，我们要主动出击？"莫闻问。

"是的。"裴漫点点头。

"所以我们要去找一个植入过闪电脉搏的人，让他当中间人，给我们进行介绍？"

"没错。不过我并不清楚，其他推广者手下有哪些'客户'。"裴漫无奈地说。

"或许，我们可以跟你的同事对接。"路隐说，"我们到时候装醉，直接开出三倍价钱，你觉得他们会同意吗？"

"应该会同意的吧。因为对他们来说，钱比什么都重要。不过……"裴漫想了想，说，"我们组织并不允许推广员私下交流，所以我并不认识具体的某一个人。如果你们要去找的话，我可以告诉你们推广员常活动的区域、酒吧。然后……"

裴漫示意莫闻把她的手机还给她。

她从相册里翻出了一张照片，照片上是她的手腕。

"我们推广员都被植入了闪电脉搏，但在确认进入组织后，我们的闪电脉搏都会进行一个升级。我们可以通过手机操作这枚芯片，让手腕出现这种文身。我们以此来表明彼此的身份，以免互相成为猎物。"

说着，裴漫将手机朝向路隐和莫闻。

他们看到那枚文身是一个三角形。三角形里面有一只眼睛。

路隐灰色的瞳孔猛地缩小。

因为他认识这种文身！这种文身叫天神之眼。这款天神之眼比较特别，三角形里的眼睛中间，还有一道镂空的闪电。

路隐的记忆瞬间回到了十二岁，回到了那个逼仄的房间里。

那个蒙面的男人朝他伸出了手，他尖叫、挣扎，但是他还是硬生生地抠出了他的眼睛。那只被抠掉的眼睛最后看到的，就是这样的文身！

那么……当初绑架自己，最后害他丢失一只眼睛的，也是这个名叫天神的组织吗？

路隐攥紧的拳头让他整只胳膊都绷紧。

"老大，怎么了？"看到路隐忽然充满敌意地盯着裴漫的手机，莫闻疑惑地问道。

路隐下意识地想告诉他缘由，但是那一刻，他不知为何又把到嘴边的话吞了回去。

"没什么。"他说，"我们开始行动吧。"

路隐决定和莫闻分头调查，他说这样可以提高效率，但让莫闻切记在遇到推广员时通知他。莫闻点头答应，转身走进了裴漫告知的一间酒吧。

路隐则前往另一条街区的酒吧。

走进酒吧时，路隐灰色的瞳孔已经变成了黑色，身上也已经换上了更为年轻的装扮。他在吧台点了一杯酒,听着酒吧里嘈杂的音乐,悄无声息地观察酒吧里的顾客。他那只义眼此刻仍在偷偷地工作着。

它能将昏暗环境里的人、物,提亮放大。

他们手腕上的配饰、文身都能清楚地被路隐捕捉到。

如果路隐发现谁有天神之眼文身,他便会上前搭讪,谎称自己想要植入闪电脉搏。但是在这间酒吧苦等了一个小时,路隐也没有发现闪电脉搏的推广员。莫闻那边也传来消息,说他也没能找到他们要找的人。

于是两人重新找酒吧,继续寻人。

一间一间地等待、找寻,待到深夜,他们俩合起来已经去过近十家店,却都一无所获。

"难道我们要在同一家店,死等一整晚吗?"第二天晚上,两个人继续行动时,莫闻提出了这个建议。

路隐觉得可以一试,于是又根据裴漫提供的线索,同莫闻各自寻了一间酒吧,准备苦守到凌晨。

不过今晚路隐运气好,零点刚过,一个剃着断眉的男人,搂着一位姑娘推开了酒吧的大门。

路隐很快注意到他搭在女人肩膀上的手。他的手腕处正有一枚文身。文身就是带有闪电图案的天神之眼!

裴漫给的情报总算派上了用场……

路隐也不急着上前搭讪,而是坐在吧台边,默默观察着断眉男与女人在卡座上尽情地玩乐。

等断眉男喝得差不多,尿意上来去厕所,他才把手头的酒一饮而尽,跟着朝厕所走去。

刚推开厕所的门,一个黑影闪到了面前。断眉男一伸手,把他推到了门上。

路隐任由自己的背撞在门框上,装出疼得龇牙咧嘴的模样。

"你小子看了我一晚上了,什么意思?"断眉男居高临下地瞪着路隐。

路隐还蜷缩在地上,扶着背哎哟哟地叫唤。末了,他才慢慢站起来,道:"哥……我只是想问问,你这里出闪电脉搏吗?"

听到闪电脉搏四个字,断眉男警觉起来,他锁上厕所的门,然后转身将隔间的大门一一踢开,确认里面没人后才回到路隐面前。

"谁介绍你来的?"

"没人介绍我来,我自己在暗网上看到有人在讨论,说是可以……你懂的。"路隐露出谄媚的笑来。

"你怎么知道我这里有这东西?"

"我花狗狗币在暗网上买的消息。对方说来这里找一个断眉、手腕上有文身的男人,可以买到闪电脉搏。"路隐撒谎不打草稿,却说得滴水不漏。

"妈的。"断眉男骂道,"狗娘养的东西,还给我传网上去了。"

"你也别生气,"路隐安抚道,"我就想问问你这边还能买那东西吗?"

断眉男皱着眉头打量着路隐,路隐这次却毫不畏惧地回看他。

刚刚的谈话,他向断眉男透露了两点信息。一是他会上暗网,说明自己是地下圈子的人,不会把事情捅到光天化日之下。二是他肯花钱,愿意用狗狗币换一条信息的人,不差钱。

果不其然,断眉男犹豫片刻后,给他比了个数字。

那数字可不是裴漫口中说的两倍价格。

"你这价格,比之前又贵了两倍啊。"路隐扯了扯嘴角,一脸为难的样子。

"现在就这个价格。"断眉男撇撇嘴,道,"不买拉倒,别碍着老子尿尿。"

路隐伴装犹豫了半晌,最后一咬牙道:"行行行。钱都是小事。"

"可不是嘛。"断眉男发出浑厚的笑声。

就这样,路隐成了断眉男的客户。他用S&T调查组申请下来的伪账号,给断眉男转去了闪电脉搏的费用。

断眉男收到钱后,让路隐在酒吧里等着,之后他会请"朋友"开车送他去植入。

路隐知道所谓的"朋友"就是中间人，但他还是要佯装好奇地问："不是你带我去植入吗？"

"我哪有那工夫。"断眉男拍拍他的肩膀，道，"放心好了，我收了你的钱，绝不会害你的。你到时候乖乖坐车去植入，马上就能体验到什么叫作真正的快乐似神仙。"

"不过现在都快两点了，这么晚你们还工作哦？"路隐佯装关心。

断眉男不耐烦道："你咋废话那么多？我们这叫用户体验至上，懂不懂？"

"懂懂懂。"路隐嘿嘿地笑。

断眉男鄙夷地瞧了他一眼，又去卡座上拈花惹草喝酒去了。

过了一个小时，凌晨三点，断眉男撇下自己的女人，将路隐带离了酒吧。

"喏。"断眉男哈着气，冲街头一辆黑色的汽车扬了扬下巴，示意路隐上车。

路隐点头哈腰地感谢断眉男，朝车子走去。坐上车之前，他注意到车子停在监控的死角。而且它用的是虚拟牌照，可以任意变换车牌，所以警方很难找到它。

一边整理着这几秒内看到的信息，一边坐进车内，路隐发现，这辆车的副驾驶座是一个独立的封闭空间，看不到前后，也看不到车窗外的景色。或许断眉男说的"朋友"根本不存在，这是一辆无人驾驶汽车。

"请在这里放置您身上所有的电子设备，包括但不限于手机、手表……我们会在您植入完成之后，全数返还，并将您送回此地。"座位前的黑色挡板上跳出一行字和一个箭头图标。

图标指向文字下方的凹槽。

路隐按照提示，将自己的手机放到凹槽里。

凹槽闭合，手机被收走，车辆才开始行驶。

路隐在黑暗里，静静地闭上眼睛，稍做休憩。不知过了多久，平稳到让人怀疑是否仍在运行的车子停了下来。

下车之后，路隐发现自己已经身处一栋建筑当中。

一道玻璃门横在路隐面前。戴着口罩的保安检查他身上是否有携带其他物品。检查完毕，他才用自己的指纹刷开了面前的玻璃门。

路隐注意到，玻璃门要从里面打开，也需要用指纹解锁。

与此同时，他又瞧见玻璃门内，有一个医生模样的男子已经等候多时。他身穿白大褂，戴着口罩，只露出眼睛。但路隐从他眼角的细纹上，还是能判断出他的年龄将近四十。

见到路隐打量自己，男人开口了。

"林慕先生，我是负责帮您植入闪电脉搏的 Aaron。"Aaron 叫了路隐伪造的姓名。

路隐顺势朝他点点头。Aaron 便领着他朝里走去。

"闪电脉搏的功能，相信你已经听说过了。"他语气轻快又积极，让人如沐春风。若不是路隐知道闪电脉搏的真实用途，他都要给天神组织的服务五颗星的评价了。

路隐在心里冷哼一声，眼睛却不放过目光所及的所有细节。

这一路上，他都在思考如何探寻到天神组织的更多线索。他是到植入室后打晕眼前的 Aaron，直接行动？还是按兵不动，先植入芯片，再做进一步打算？

但直到走进植入室前，他都没能确定好该怎么办。

只能见机行事了！

路隐看到 Aaron 用指纹打开了植入室的大门。

干净而明亮的房间里，除了一些机械设备外，就只有一个盖着白布的大平台。很可能就是植入芯片的手术平台，但这平台看上去有点儿……高？

Aaron 示意路隐进入室内，自己则在他身后关上了大门。

路隐眼里带着一丝警觉，问："我直接躺上去吗？"

Aaron 摇了摇头，说："等我先把这块布拿掉。"

说着，Aaron 用力地扯下了平台上的白布。

路隐本以为会看到一张干净的手术平台，但是下一秒，他却被眼前的景象惊得分了神。

因为白布下的平台上，放着一口与平台长宽相同的棺材！

这口棺材没有盖子，所以路隐一眼就瞧见了里面躺着的尸体。

那不是别人，正是裴漫失踪的男友，沙辙。

他紧闭着双眼，脸色发白。更令人触目惊心的是，他的胸腔被剖开，双肺被切除，空空荡荡的躯体里，布满了凝结的血液。

路隐瞬间意识到，这一切都是陷阱！但是他刚刚被看到的景象分了神，而Aaron已经抓住时机，朝着他的脖子来了一针。

Aaron的那一针让路隐一个趔趄，撞在了棺材上。他发现那棺材竟是用纸做的。所以，它瞬间被压扁了一只角，但路隐的脸上，也被割出了一道血痕。

路隐想站起来，但是麻醉剂的药效快速地侵蚀着他的神经。

"你……"路隐发出微弱的声音，努力睁大眼睛。

他看到Aaron口罩之外的眼睛，此刻正露出笑意。

"灰瞳侦探，你来这里，不就是调查棺材里的这个人去了哪里吗？"Aaron俯身看着路隐一点点瘫软下去，缓缓地说道，"现在，你的调查结束了。"

5

混沌，混沌。

一片混沌之中，路隐听到有什么声音正爬进自己的耳朵。

他努力在混沌里挣扎，让自己清醒，然后他听到一个上了年纪的女声，生气地嚷道："为什么？为什么他也不匹配？"

接着，路隐听到Aaron回复她道："您女儿的情况……真的太特殊了。"

"你这是什么意思？你是说我女儿没救了吗？"女声激动道。

"桑小姐……我不是这个意思。"Aaron低声下气地认错。

他口中的桑小姐却仍旧激动地喊道："我费劲心力经营天神，养着你们，你们却连我的女儿都救不了吗？！"

Aaron 沉默不语，忍受着桑小姐的谩骂。

桑小姐发泄完，忽然又换上了略带恳求的语气，说："要不你再查查看吧，Aaron，他父亲的心脏跟我女儿父亲的心脏都能匹配上，为什么他不能跟我女儿的心脏匹配上？"

"桑小姐，每个个体都是有差异的。我已经帮您匹配测试了三遍，他的心脏真的无法移植给您的女儿。"Aaron 还在解释，桑小姐却突然大声吼叫起来。

"Aaron，你不是说你的麻药还能撑两个小时吗？！"

Aaron 看到她的目光射向匹配台上的路隐，心里一惊，猛地转过头去，只见路隐此刻睁开了眼睛，怒视着他们。

"桑清莲？"从昏迷中苏醒的路隐，清楚地叫出了眼前头发花白的女人的姓名。

桑清莲此刻也不激动了，路隐此刻四肢都被绑在匹配台上，她有什么好担心的呢？只不过……只不过他终于知道了她的真实身份罢了。

她笑起来，说："好久不见，路隐。"

路隐回忆起上次见到桑清莲时，还是在推理作家山镗的葬礼上。

作为山镗前妻的桑清莲前来悼念。葬礼结束后，他们还曾坐在一起，说过几句话。

那时桑清莲如一位普通的老人，慈祥地打量路隐，关心他的眼睛，关心他的身体状况。路隐心中倍感温暖。但他没想到，天神组织的头目竟然就是她！

如果不是 Aaron 的麻醉剂提前两个小时失效，让他无意中听到了他们的谈话，他可能一辈子都无法将闪电脉搏、器官交易与她联系到一起。

怎么会这样……

路隐不敢相信地看着眼前的桑清莲，琢磨着她刚才说的话——

"他父亲的心脏跟我女儿父亲的心脏都能匹配上，为什么他不能跟我女儿的心脏匹配上？"

第十章 闪电脉搏 SHAN DIAN MAI BO

这是什么意思？

路隐的脑袋忽然开始疼痛。

他的思绪又回到了自己的十二岁。

那个路隐眼中不靠谱的浪子父亲，早早离开了他们。这让路隐在学校里常被人嘲笑，于是他开始记恨这个男人。就算路隐后来懂得拿此事自嘲，父爱的缺失仍成了他的心结。

这个心结随着时间一点点勒紧。直到路隐失去一只眼睛后，它彻底被勒成死结。

不过那时，路隐还对父亲抱有一丝丝的幻想，冒出过想要去寻找他的念头——"看到我失去一只眼睛，说不定他会回到我身边呢。"

但是母亲呵斥了他。

曾经还拐着弯维护父亲的母亲，在路隐失去一只眼睛后，彻底对父亲死了心。

她对路隐说："你要是敢去找他，就别再回来找我了！"

路隐不解，追问为什么。

母亲恶狠狠地说："那个人根本不配当你爸！你被绑架时，绑匪提出要拿一百万元。我手头没有那么多钱，所以给他打去了电话，请求他帮忙。你知道他怎么说的吗？他说：'你少来诓我，抚养费我已经给过了，别的钱没有。就这样，别来烦我了。'你说……你说他怎么会变成这样冷血的人？！"

母亲声泪俱下的控诉犹在耳畔，所以至此之后，路隐决心与父亲断绝关系，再未去寻他。

但是，桑清莲刚刚那句话的意思是……

看到路隐怒目圆睁，桑清莲却换上温柔的语调，问他："路隐，你刚刚听到了多少？"

路隐只觉得虚伪和恶心，语气冰冷地道："我爸也成了受害者？"

桑清莲走到路隐身旁，抚摸着他的脸，低声道："你跟你爸真的挺像的。"

286

路隐厌恶地转过脸,发现自己已经不在植入室。为了匹配他的心脏,他们给他换了一个地方。

而这时,收回手的桑清莲笑了笑,缓缓说道:"路隐,你以为山铠当初接近你,真的是因为他要找写作的素材吗?"

路隐眉头紧锁,回想起与山铠认识的经过。当时,这位已经成名的推理作家,以寻找写作素材为由,找到了路隐。路隐曾经读过他的作品,甚是喜欢,所以不疑有他地与他结交为朋友。之后,他也承蒙山铠多次关照,并对他心生感激。

结果现在,桑清莲打破了这份友谊的幻象。她说,山铠之所以与路隐成为忘年之交,全是因为他心中有愧,因为他夺走了他父亲的心脏。

很多年前,山铠就跟桑清莲离婚了。桑清莲带着女儿离家后,继承了父亲的事业,成为天神组织的领导人。她至此再未结婚,而山铠之后又娶了一任妻子,生下了一个儿子。

他们本以为彼此都不再有交集,直到山铠的心脏出了问题,生命危在旦夕。

桑清莲听闻山铠病重,便前去看望他。看着昔日心爱的男人一点点憔悴下去,她心有不忍,便决定送他一份"举手之劳"。

"毕竟他还是我女儿的父亲嘛。"桑清莲对着路隐回忆起多年前的经历。

那一年,闪电脉搏还未研究成功,但天神组织还有其他方法去搜集被匹配者的器官信息。他们买通了医院里的医生,拿到了一些用户的体检报告,其中一份资料显示,路隐父亲的心脏与山铠有极高的概率匹配成功。

于是桑清莲开始计划绑架路隐的父亲。但那个男人同路隐一样机敏,他们几次下手,都未能成功。因为他浪迹多年,多少有了一些仇家,所以他总是小心翼翼地现身又隐身。

桑清莲预感到如果事情继续拖下去,路隐的父亲可能会对他们进行反击,到时候别说山铠的命不保,她自己的命也可能会受到威胁。就在她焦虑之际,他们发现他竟然有一个十二岁的儿子。

于是他们决定,绑架那个叫路隐的孩子,挖下他的一只眼睛,给那个男人寄过去。

　　他们知道，威胁路隐的父亲，要用最触目惊心的方法。与此同时，他们在存有路隐眼珠的盒子里，给他留下了一句话："如果你不来，你的儿子失去的可不只是一只眼睛。"

　　"不过说实话，我们当时也有赌的成分。万一，他根本不在乎你呢？"桑清莲继续回忆道，"好在最后，这个男人还是来到了我的面前。他用一颗心脏，换了你一条命。多么感人的血浓于水，父子情深啊。"

　　听到桑清莲的笑声，路隐愤怒地挣扎起来，但是勒着他四肢的束缚带猛地缩紧，将他重新锁回到了匹配台上。

　　直到这一刻，他才知道，当年所谓的一百万元的勒索，不过是为了掩盖他们要与父亲器官交易这件事。

　　而父亲对母亲最后的冷血回绝，也是为了让他们母子不再对他抱有希望。

　　于是这么多年，他和母亲就这么记恨着父亲，不去寻找他的下落，当他从未在这个世界上存在过。

　　路隐闭上眼睛，怎么也回忆不起父亲那张脸。

　　他曾经见过他的，可是现在，他怎么也回忆不起来了……

　　怎么会这样……

　　眼泪从眼角滑落，滴在冰冷的匹配台上。

　　那一刻，路隐也想明白了，如今的这一切不过是个骗局。

　　以裴漫的聪明与狡猾，她应该猜得到，自己那点儿小把戏是骗不过路隐的。她之所以还搞了这么一出，就是为了把路隐骗进来。她伴装自己要逃离组织，不得不与路隐合作。但事实上，她自始至终都跟天神组织站在一起。

　　桑清莲的女儿大概也跟她父亲山铠一样，有了心脏方面的疾病。但是她一直无法匹配到一颗合适的心脏，于是桑清莲想到了路隐。

　　但路隐是 S&T 调查组的成员，平日里他们很难接近他、绑架他。他更不会主动植入闪电脉搏，交出自己的器官信息。所以他们设下了圈套，让他自投罗网。

为了查明真相，他总是奋不顾身，明知山有虎，偏向虎山行。上一次，调查人间快乐指南时，他不也是如此吗？

或许正是因为上一次的调查，让裴漫从沙辙那里知道了他的个性，所以才会有现在的这个陷阱。

"所以，你们天神组织的图腾，真的是那个天神之眼吗？"路隐重新睁开眼，盯着天花板，问桑清莲。

桑清莲帮他抹去眼角的泪水，温柔地道："不，天神之眼的文身只是为了确保你入局。我很早就从山铠那里知道，你记住了挖你眼睛的那个人手腕上的文身。"

路隐鲜少与人说过自己的童年。

但他的确曾与山铠推心置腹，告诉过他这件事。毕竟他是他喜欢的作家，是他的忘年之交啊……

所以山铠根本不是因为愧疚才接近我，他是为了监视我，怕我追查当年的事的真相，才找到我的！路隐难以置信地想到。

而桑清莲似乎看穿了他的想法，说："山铠当初接近你，的确是因为愧疚。当然，愧疚并不代表他不想确保自己的安全。人嘛，都是复杂又自私的。"她理所当然地说，"所以后来，我去找了当时替你绑架你的老曹。老曹说，他也猜测你当年看到了他手腕上的文身，所以他当时结束绑架你的任务，就去洗掉了文身。但他还记得那文身的样子。于是这一次，为了引你入局，我就让裴漫告诉你，那是我们的图腾。果不其然，你一看到文身，就像变了个人似的。"

没错，路隐正是因为那枚记忆中的文身，才只身涉险来到了这里。

路隐自嘲地哼笑了一声。

接着，他忽然刺激桑清莲道："你和女儿也是血浓于水，母女情深啊。可惜，就算是这样，我和她的心脏还是不匹配，看来你这仅剩的一点儿希望也没了。"

"你给我住嘴！"桑清莲终于露出本来的面目，恶狠狠地道，"没有你的心脏，我们还可以匹配到别人的心脏！总有人能救我女儿一命！"

第十章 闪电脉搏

"是吗？"路隐讥讽道，"如果我不是你最后的筹码，你会不惜把闪电脉搏的事捅到我们调查组面前，引我入局吗？不要再自欺欺人了！你自己知道，你的女儿马上就会死了！"

桑清莲闻言，怒不可遏地扇了路隐一巴掌。

路隐被扇得歪过头去，发出含混的笑声来。

"你以为你能活下来吗？"桑清莲咬牙切齿地看着路隐。

"我知道，我不可能再活着回去了。"路隐决绝地说着，笑道，"所以，我的前师母？您能为我解答最后一个疑问吗？沙辙是怎么死的？他也是你为了让我入局而死的吗？"

"都到了这个时候，你还问这些废话？"桑清莲说着，走向放置在匹配台旁的桌子，从桌子上取出了一管注射剂。

路隐转过头时，就注意到了那些注射剂，上面贴的标签显示，它们是 TR2 原液。

那是一种无人可解的剧毒！路隐曾经靠这东西，杀死一条被制造出来的怪物——螣蛇。但这东西，一般人是不会拥有的。大概是桑清莲的"上层用户"给了她这些东西，让她了结受害者的性命。

现在，路隐的命就将葬送在它上。

路隐看到桑清莲举着 TR2 原液，一边走向自己，一边说道："一开始，是因为我们一位客户需要沙辙的双肺，所以我们绑架了他。但是后来，我们发现他之前跟你有所瓜葛，所以叫给他推广闪电脉搏的裴漫假扮他的女友，引你入局。"

原来，裴漫是沙辙女友这事，也是假的！

而这头，一想到自己要白发人送黑发人的桑清莲继续愤怒不已地嚷道："但是我费了这么多工夫，结果依旧找来你这么个废物！不，你连废物都不如！"

刚刚路隐那恶毒的话还在她的脑海里打转，让她发蒙。

所以此刻，她只想杀了他！她必须杀了他！

桑清莲举起了那管TR2原液，朝着路隐的胳膊扎了下去。

TR2原液快速进入他的血管，路隐浑身猛地一抽搐，不过数秒，他就死了。

6

"冬天真冷啊。"男人感叹着，用指纹打开了面前的黑色大门，走进了焚化间。

还是焚化间暖和。进入焚化间后，男人搓着手，盘算着赶紧下班去跟情人幽会。

他很开心，自己五十岁了还能找到女友。这多亏了面前这份负责焚化尸体的工作。

看着焚化间里存放的棺材，想着这个月到手的月薪和女友，男人不禁哼唱起歌来。

"沙辙，双肺移植死亡，今日处理。"男人看了一眼纸棺材上的标签，打开了盖子。他要确认棺材里的人是否跟标签上的照片一致。

一丝不苟地完成工作，才能对得起自己的良心。他一边告诫自己，一边仔细比对着照片与尸体的面容。

确认无误。他将尸体推进了焚化炉，点火，焚烧。

"下一位……"他像店小二般轻快地吆喝，踱步到另一口纸棺材边。

这具尸体有一点儿特殊，上面只有照片和"今日处理"四个字。

看来他们又乱杀人了。男人愤愤地想了一秒，转而又熟练地打开了盖子，仔细端详比对。

嗯，照片和尸体的面容一致，他想，真是个英俊的男人啊，可惜，死得太早了。

想着，他准备盖回盖子，把棺材推进焚化炉。但是就在他去拿盖子的瞬间，他突然发现了一件事！

棺材里的男人突然睁开了眼睛！

男人吓了一跳，手上的盖子掉到了地上。

第十章　闪电脉搏

妈的！男人咒骂道，我怎么会被这种小事惊吓到。那不过是自然现象罢了。是有尸体会因为气温、环境的改变而发生变化，自己以前不也碰到过突然睁眼的尸体吗？这次的这个家伙，应该也是如此吧。毕竟除了他，上头可从不会让活人来到焚化间。

想着，男人从地上捡起了棺材的盖子，准备重新站起来。

但是很快，他的余光就扫到了什么，他吃惊地跌坐在地，头撞到了背后的墙上。下一秒，他的心脏猛烈地跳动，缩紧，又停止。

在被吓死之前，他看到棺材里的那个男人坐了起来！他黑色的左眼随即转动了一下，变成了灰色。

而从棺材里坐起的路隐，只感觉浑身虚弱，头痛欲裂。

之前老鬼拿他做实验，给他注射了一剂药。他并没有告诉路隐，这药剂有什么用，只让他体验看看它是否有副作用。但是路隐好奇心泛滥，转手就抽了几管血，让技术组去实验了。

在第一晚去酒吧寻人的路上，他就收到了技术组的实验报告。

他们发现，路隐的血液竟然可以对传说中无人能解的 TR2 原液进行分解！

老鬼真正的实力恐怖如斯。怪不得他宣称自己不是什么黑市中介，而是科学家！

而令路隐没想到的是，天神组织的器官匹配室里就放有一排 TR2 原液。

他虽然被绑在床上无法动弹，但在转头的瞬间，就捕捉到了这一信息。

因为 TR2 原液是一种起效极快的剧毒，所以桑清莲才备着它吧。

路隐知道，自己这一次很难逃脱。所以与其坐以待毙，不如赌一把！于是为了防止桑清莲在之后用其他手段夺走他的生命，他当场拿桑清莲女儿的性命来刺激她，让她立刻想要亲手杀了他。

对于一位老人来说，没有什么比拿一支 TR2 原液往他身上扎上一针更方便的办法了。

果不其然，气头上的桑清莲最终用 TR2 原液来实施对路隐口不择言的报复。

路隐瞬间陷入了假死的状态。

之后,他们解绑了束缚着路隐的束缚带,把他装进棺材,送到焚化间。

好在,在被推进焚化炉之前,老鬼的药剂终于把他从假死的状态里复苏回来。

他本来以为自己又要跟人进行一场殊死搏斗,但没想到,自己的起死回生竟然直接将眼前的男人吓死了。

路隐奋力地从棺材里爬出来,跌跌撞撞地走到男人身边,测探他的脉搏,确认他真的死亡后,他企图从他身上摸出这栋建筑的通行牌之类的东西。

但是很快,他发现男人身上除了衣服,空无一物。

看来,他的进出也是靠指纹之类的生物信息来进行密码解锁。

路隐赶紧用眼睛扫描整个焚化间。他想找到推棺材的推车,把这个男人带出去,但是推车在送完棺材之后被收走了!

"该死!"路隐一边低声骂着,一边用虚弱的身体扛起了男人。

他要在他凉透之前,用他的生物信息解开挡在他面前的重重关卡。毕竟现代科技,砍下手指进行解锁的方法很难行得通了。

路隐拖着男人,推开焚化间的门,朝着走廊上黑色的大门走去。

冷汗一点点浸透了路隐的脊背,他的双腿也因为男人的重量而开始发抖。

他从没想到,一条路可以这么远,他也从没想到,一个男人的指纹,对他有多么重要。

终于,他拖着男人,抵达了黑色大门前。他颤抖地抓起男人的手,将他的食指按在了门上的指纹密码键上。

"叮——"指纹检索成功,黑色大门应声而开。

路隐却看到面前又出现了一条长长的走廊!

路隐差点儿两眼一黑,瘫倒在地。刚刚那一段路,已经让他精疲力尽,面前这一条长长的走廊,他还有力气再走过去吗?

就在他不知所措之际,前方走廊上的摄像头已经捕捉到了黑色大门处的

第十章 闪电脉搏

SHAN DIAN MAI BO

异样。

一瞬间,警铃大作,让他雪上加霜。

路隐浑身一个激灵。他知道自己没时间了。于是,他不假思索地扛起了身边的男人,奋力地朝走廊尽头的大门拖过去。

接到警报的两名保安,已经朝焚化区冲了过来。

路隐才将男人拖到走廊的中间,走廊尽头的大门便被保安打开了。

他们鱼贯而入时,路隐瞥见那扇门背后就是出口。

可他还有机会出去吗?

因为路隐看到面前的保安手里举着枪!

"你把他怎么了?"其中一名保安用枪指了指被路隐拖着的男人,大声问道。

"他只是晕过去了。"路隐撒谎道,"你让我出去,我就放了他。"

"你不可能从这里出去!"另一名保安斩钉截铁地说。

"你们都不管他的性命吗?"路隐一只手籀住男人搭在他肩膀上的手,一只手偷偷绕到男人身后,提拽住了他,以防他彻底瘫软下去。

"比起他的命,我们自己的命更重要。"他们的意思是,若放路隐走,他们的命就会保不住。所以,他们才毅然决然地朝路隐举起了枪。

不等路隐再开口,他们就扣下了扳机。

子弹射出之时,路隐猛地将身边的男人提起,挡在自己的面前。

一枚子弹射入男人的躯体,一枚子弹贴着路隐的头顶飞掠过去,掉落在他身后的地板上。

未中目标,保安再次将枪口对准了路隐。但是路隐眼疾手快地将尸体朝其中一名保安身上推过去,对方下意识地朝尸体开了一枪。近距离的作用力让他跌倒在地,另一名保安见状心里一慌,但却没有停止开枪。

"砰!"又一枚子弹脱膛而出。

路隐躲闪不及,子弹擦着他胳膊,刮出一道赤红。本就虚弱的他一个踉跄,摔倒在地,保安露出胜利的笑容,走近他准备补枪。

路隐见机，突然伸出手，用尽全力抓住了他的双脚，猛地一拉。

"砰！"保安摔倒的同时，射出了一枚新的子弹，但子弹弹在了地板上。

还没等保安反应过来，路隐猛地一发力，顺势掰掉了他手里的枪，转而握到了自己的手中。

"不许动！"他将枪抵在了那名保安的太阳穴上。

而刚刚被尸体扰乱了手脚的另一名保安，此刻也已经重新站了起来，将枪对准了路隐。

"你也无所谓他的死活吗？"

路隐带着人质站了起来，转身背向大门，一点点地退过去。

"小齐……你不要冲动！"人质对他的同伙说道。

"你刚刚也说了，如果他走了，我也会死的。"名叫小齐的保安，举着枪，吸了吸鼻子，"我不想死。"

"小齐，你冷静一下！先放他走！"关乎自己的性命，人质立马改变了态度。

路隐举着枪，努力克制不让自己颤抖，冷冷地命令道："给我开门！"

人质立即点了点头，伸出一只手，摸索着门上的指纹密码键。

"叮——"指纹检索成功，背后的大门应声而开。

路隐立刻感受到冬日的冷风穿过焚化区外的树林涌了进来。

"不！我不能让他走，我不想死！"小齐见状，突然激动起来。

"不要！小齐，不要！"

人质惊呼，想要阻止，但是小齐已经闭上了眼睛，朝着路隐射出了子弹。

人质见状猛地挣脱开路隐的束缚，朝外面一仰，跌了出去。

虚弱的路隐甚至来不及扣动扳机，就被小齐射过来的子弹击中肩膀。

他控制不住地同人质一起，跌出了门外。但是人质可没有受伤，他见小齐居然真的射中了路隐，立即翻身起来，捡起了路隐掉落的手枪，指向了躺在地上的路隐。

路隐看着漆黑的枪口，万念俱灰地闭上眼睛。

第十章 闪电脉搏

SHAN DIAN MAI BO

"砰！砰！"两声枪响，一切结束。

但路隐还能听到背后树林被风吹动的沙沙声。

他努力睁开眼来，竟看到了莫闻。

"老大，你没事吧？"莫闻看了一眼被狙击手击毙的两名保安，又看了看路隐肩膀上的伤口。

"怎么可能没事，我快痛死了。"路隐颤抖着嘴唇说道。

冬日的阳光洒在他的脸上，让他恍惚自己已经上了天堂。

7

两个月后，一个阴天，路隐和母亲给他的父亲举行了小型的追悼会。

他庆幸母亲还留着父亲的照片，让他现在还有机会记得他的面孔。

桑清莲说得没错，他与父亲真的很像。路隐看着父亲的照片，眼眶湿润地想着。

就在这时，帮忙的莫闻走了进来。路隐立即招呼他到父亲的照片前。

"爸，这是我的搭档，莫闻。"他忽然正式地向父亲介绍道，"如果不是他，我现在可能已经丢了你给我换来的这条命。"

路隐知道，如果不是老鬼之前给他升级了灰瞳的定位系统，如果莫闻没有按照定位系统带人找到建立在深山里的天神组织，控制住天神组织的人，他可能连焚化区都逃不出来。所以他对他们心存感激。

但莫闻听到路隐夸自己，多少有些不好意思。

"老大，快别这么说。"他挠挠头，笑了笑，然后转向路隐父亲的遗像，郑重地鞠了一躬。

追悼会结束之后，莫闻才告诉路隐，他刚刚去找他，是想告诉他一个新的消息——桑清莲的女儿因为没能匹配到合适的心脏，去世了。

路隐一时不知该抱着怎样的心情去看待这件事。

那天路隐被莫闻一行人救出后,整个天神组织就被封锁了。引路隐入局的裴漫和剥夺了无数人生命的桑清莲自然也难逃法网。而桑清莲罹患重病的女儿,则留给他们来照料。所以这两个月来,他们都在积极地帮她寻找治病的方法。但命运并未眷顾她,她无法用正规的途径替换一颗心脏。

"不过对她来说也是一种解脱吧。她在治疗时说,她自己自然是想要活下来的。但她又很担心,她的母亲如果真的为她匹配到心脏,她会像父亲山镗一样,一辈子活在愧疚当中。所以从患病开始,她的内心就一直处在挣扎中。现在,她反倒没有那么多负担,可以轻松一点儿地面对死亡。"莫闻对路隐说,"她为伤害到你而感到抱歉。"

路隐闻言,叹了口气。

桑清莲的女儿不可能不知道自己的母亲在干什么勾当,以前默许一切发生的她,实在谈不上什么好人。但生命的最后,她的道歉,却让她的人生有了一点点的光亮。

路隐抬头看了一眼追悼会场外的天空,只见灰蒙蒙的天空之上,厚重的云飘过,忽然落下了几道光。

它们落在新长出的枝丫上,落在春日暖洋洋的风中,落在莫闻的肩膀上,也落在路隐的眼眸里……

如今,路隐的双眸,依旧一只是黑色,一只是灰色。

以前他让自己的义眼保持最初始的灰色是为了记住仇恨,而现在,他要用这只眼睛记住父亲,记住他最后给予他的光亮与爱。

灰瞳侦探

未 / 来 / 危 / 机

作者
郑星

封面绘图
渡月

内文插图
冰块块

封面设计
杨小娟

内文版式
周沫

图片总监
杨小娟

责任编辑
罗长敏

出版社
中国致公出版社

总出品
湖北知音动漫有限公司

制作出品
知音动漫图书·漫客小说绘

官方微博
https://weibo.com/xiaoshuohui

平台支持

图书在版编目（CIP）数据

灰瞳侦探·未来危机/ 郑星著. -- 北京：中国致公出版社，2023

ISBN 978-7-5145-2126-9

Ⅰ．①灰… Ⅱ．①郑… Ⅲ．①幻想小说－中国－当代 Ⅳ．①I247.5

中国国家版本馆CIP数据核字(2023)第056946号

本书由郑星授权湖北知音动漫有限公司正式委托中国致公出版社，在中国大陆地区独家出版中文简体版本。未经书面同意，不得以任何形式转载和使用。

灰瞳侦探·未来危机/郑星 著
HUITONG ZHENTAN WEILAI WEIJI

出　　版	中国致公出版社
	（北京市朝阳区八里庄西里 100 号住邦 2000 大厦 1 号楼西区 21 层）
出　　品	湖北知音动漫有限公司
	（武汉市东湖路 179 号）
发　　行	中国致公出版社（010-66121708）
作品企划	知音动漫图书·漫客小说绘
责任编辑	罗长敏
责任校对	魏志军
装帧设计	杨小娟　周　沫
责任印制	程磊
印　　刷	武汉鑫兢诚印刷有限公司
版　　次	2023 年 6 月第 1 版
印　　次	2023 年 6 月第 1 次印刷
开　　本	880 mm×1230 mm　1/32
印　　张	9.5
字　　数	320 千字
书　　号	ISBN 978-7-5145-2126-9
定　　价	45.80 元

版权所有，盗版必究（举报电话：027-68890818）
（如发现印装质量问题，请寄本公司调换，电话：027-68890818）